Sin tetas sí hay paraíso

Gustavo Bolívar

Sin tetas sí hay paraíso

Planeta

Av. Diagonal, 662-664, 08034 Barcelona
www.editorial.planeta.es
www.planetadelibros.com

Primera edición: septiembre de 2016
Depósito legal: B. 15.739-2016
ISBN: 978-84-08-15712-0
Preimpresión: J. A. Diseño Editorial, S. L.
Impresión: CPI (Barcelona)
Printed in Spain - Impreso en España

El papel utilizado para la impresión de este libro es cien por cien libre de cloro y está calificado como **papel ecológico**

A Marta Nieto, Pacho Bolívar, Yesmer Uribe, Hugo León,
por creer en mis historias desde antes de concebirse.

En sus páginas doradas, la historia no tiene espacio para los cobardes.

Llega primero un malvado al cielo que un indiferente.

RESUMEN DE
SIN TETAS NO HAY PARAÍSO

A sus escasos catorce años, cuando notó que las niñas pobres de su barrio empezaron a aparecer con ropas de marca, finos relojes, motocicletas ruidosas, móviles de última generación y electrodomésticos modernos para sus casas, el corazón de Catalina empezó a angustiarse. Preguntó a sus amigas cómo lo hacían y la respuesta de Yésica, la Diabla, la proxeneta, tan solo un año mayor que ella, fue contundente: Le toca darlo, amiga. Le toca acostarse con los «tales» (los narcos).

Después de pensarlo un poco, aceptó, pero se estrelló con un problema. Los narcos no la aceptaron en sus camas por tener las tetas pequeñas, y tampoco se podía operar sin el dinero de los narcos. Catalina nunca imaginó que la prosperidad y la felicidad de las niñas de su generación quedaban supeditadas al tamaño de su sostén.

A partir de entonces, la pobre solo tuvo un sueño: agrandarse las tetas para encajar en la estética de los narcotraficantes y por esa vía llegar al paraíso de la opulencia.

En ella, como en muchas jovencitas de su generación, confluyeron los ingredientes de un coctel peligroso: de un lado la ignorancia, mezclada con vanidad y ambición, y del otro una sociedad que no brinda oportunidades a sus jóvenes y una madre laxa que no vio, no escuchó ni dijo nada cuando los síntomas de degradación familiar se hicieron presentes.

Con el camino despejado, y de la mano de Yésica, Catalina se lanzó a beberse el mundo de un solo sorbo. Viajaron de Pereira a Bogotá en busca de un médico que le fiara la operación y encontraron uno que por una noche de placer le puso unas prótesis de segunda mano. Es decir, usadas, recién sacadas de los senos de otra paciente. Con sus tetas grandes y reutilizadas, Catalina empezó a vivir una época de falsa prosperidad. Grandes fincas, largos viajes, autos lujosos, lindos hoteles, costosos regalos, dinero a borbotones y hasta un narco dispuesto a casarse con ella: Marcial Barrera.

Mientras vivía su fantasía, Catalina se olvidó de su hermano Bayron, de doña Hilda, su madre, y de su noviete del barrio, Albeiro. El joven pasaba por su casa todos los días a preguntar si había regresado o al menos llamado, pero doña Hilda le respondía siempre de la misma manera: «No ha dado señales de vida». En ese ir y venir, doña Hilda y Albeiro resultaron enamorados. Novio y madre de Catalina juntaron necesidades y se entregaron al amor.

Entretanto, la fantasía de Catalina empezaba a desmoronarse. Sus implantes de silicona le generaron una alergia terrible que la obligó a quitárselos. Por si fuera poco, el cirujano le prohibió operarse antes de dos años, so pena de poner en riesgo su vida. Y como ella centró todo su universo en las tetas, sintió que había perdido atractivo para los hombres que la pretendían. Y así fue. La Catalina sin prótesis dejó de ser atractiva para la mafia. Yésica, llevada por la envidia que le producía la buena vida de su amiga al lado de Marcial, aprovechó el mal momento de Catalina y se inventó la manera de traicionarla para quedarse con su marido y con su fortuna, y lo logró. La pobre fue recogiendo las tempestades que sembró y llegó un momento en el que se le juntaron todas las desgracias. Su hermano Bayron fue tiroteado por la Policía y su madre quedó embarazada de su novio Albeiro.

Con tantas calamidades encima, producto de la suma de sus desaciertos, Catalina no tuvo otra salida que la muerte. Pero como fue cobarde a la hora de suicidarse, primero con una letal mezcla de éxtasis con alcohol, posteriormente desde una altura y por último con el revólver de Pelambre, optó por encargar que la mataran. Utilizó a Pelambre, un escolta de Marcial que se había enamorado de ella, para que la asesinara haciéndole creer al pobre que iba a matar a Yésica, cuya traición ya había descubierto.

Al escuchar el rugir de la motocicleta con la que se trasladaban los sicarios que la venían a matar, Catalina abrió la Biblia en el lugar donde le indicaba el delgado cordón azul de satén. Manchó, sin proponérselo, un par de párrafos con sus lágrimas, tachó con un bolígrafo rojo un versículo de san Lucas, con evidente rabia, escribió sobre él, deprisa, una frase lapidaria, y cerró los ojos al sentir los pasos del asesino. En un instante viajó por su vida con asombrosa nitidez y se entregó a la muerte. Cuando pudo liberar sus penas y mandar sus apegos al carajo, escuchó los cuatro disparos que le arrebataron la vida que ya no quería y que, a lo mejor, ya no tenía. Cayó al suelo sin mucho estruendo, y con ella, la estupidez que la acompañó desde que se le antojaron aquellas cosas que no podía, ni debía, ni necesitaba tener. Con Catalina murieron sus demonios, pero crecieron y se fortalecieron los de Yésica, la Diabla.

1

PELAMBRE

El asesino del amor

En el frío suelo del Café Salento, enroscado, como escondiendo el dolor de su fracaso, yace un cadáver de mujer, atravesado por cuatro proyectiles envenenados de olvido: uno que le quebró la ambición, otro que le borró la ignorancia, uno que le rompió la vanidad y, el más certero, el que le mató los sueños.

Junto a la difunta, en medio de un griterío exagerado y como testigos del caos, permanecen varias sillas ladeadas, algunos casquillos de bala calibre 38, media docena de empleados corriendo de un lado a otro, como hormigas al finalizar el otoño, dos investigadores inexpertos y una Biblia abierta y subrayada con marcador rojo en el capítulo 23, versículo 43, del libro de san Lucas.

Innumerables chismosos, entre ellos yo, el asesino, curioseamos la escena. Vine a tomar una foto de la difunta que la señora Catalina me pidió como prueba el día que acordamos el crimen. Mientras preparo la cámara pienso que este es un momento sublime, porque si alguien en este muladar llamado mundo merecía la muerte era ella, Yésica. Por algo le llamaban la Diabla. Fue el peor ser humano que parió el infierno. Por eso cuando doña Catalina me dijo que la quería ver muerta, no lo dudé un segundo y me ofrecí a matarla. En parte porque en pago me ofreció su amor, algo que he anhelado desde que era la esposa de mi patrón, y en parte porque, por culpa de esa demonia, don Marcial se enceguéció y nos quitó la herencia a doña Catalina y el empleo a mí. Aunque muero por un beso de mi señora, a Yésica la hubiera matado gratis y hasta hubiera pagado por adquirir el privilegio de desaparecerla. La odio aun estando muerta y debo admitir que no me duele su sangre derramada.

En la escena del justo crimen, entre tantas caras de asombro sobresale la mía, que no puede esconder una sonrisita malnacida, de esas que se van con uno hasta la tumba. Llamaré de nuevo a doña Catalina para contarle que su peor enemiga, la que le quitó el marido y la buena vida, ya no existe.

Hace dos minutos la llamé y no contestó. A lo mejor tiene remordimientos. Le diré que puede respirar sin miedo, que podemos empezar una nueva vida lejos de aquí y, por qué no, si lo desea, puede usar mi ser y mi amor para ser feliz.

Un último vistazo. Le disparo de nuevo: esta vez cuatro fotografías, pero ninguna a la cara porque sigue bocabajo. Espero con paciencia, escuchando comentarios de los chismosos, hasta que por fin un funcionario de Medicina Forense, de esos que cuentan orificios a los difuntos tiroteados, voltea el cadáver. La noto rara. En un movimiento mecánico le quita el cabello de la cara y le limpia el rostro en busca de más agujeros. Retrato el momento con asombro.

Algo malo sucede. ¡Dios! El sol se apaga. Mis ilusiones se derrumban en un instante. La mujer que yace en el suelo no es Yésica. No es la Diabla.

La muerta es mi señora Catalina del alma.

¡No puede ser!

¿Qué pasó?

¿Qué hice?

Todo es confuso. Lloro mi desgracia.

He asesinado a la mujer que amo.

Miro sus labios morados y me lamento. Observo sus mejillas pálidas y las deseo. Sus manitas, ya sin fuerza, sostienen un móvil y un bolígrafo de tinta roja con el que tachó el versículo que narra el momento en el que Jesús les dice a los malhechores que lo acompañan en el monte Calvario: En verdad os digo que hoy estarán conmigo en el paraíso. Ese versículo está tachado con una inscripción que resume lo que fue la malograda vida de doña Catalina: «Pura mierda, sin tetas no hay paraíso». Y razón no le faltó a la pobre. Cuando las tuvo, el mundo se puso a sus pies. Cuando las perdió, el mundo le dio la espalda. Al menos desde su punto de vista, esa fue su penosa realidad.

Destrozado por la desaparición de la única mujer que he amado en silencio, intento reconstruir los hechos en mi agobiada cabeza y no entiendo el engaño. Ella me dijo que Yésica iba a estar sentada en esa mesa, con esa chaqueta blanca, con esa bufanda rosada, con esa Biblia que yace en el suelo con sus páginas jugadas al viento, a esta misma hora. Pero me mintió. Se puso en el lugar de la Diabla para que mis sicarios la mataran a ella. Cobarde, me engañó. Jugó con la bondad que nacía de mi amor. Se burló de mí. Sé que este dolor me acompañará a la tumba porque no alcanzarán los días que me quedan para llorarla lo suficiente. La amaba más que a mi madre.

Macabra despedida

El chorro de sangre que sale de la cabeza testaruda de doña Catalina corre por debajo de las mesas, baja a la acera con precaución, como si temiera algo peor, y camina lento por la orilla de la calle, esquivando los pies de algunos curiosos y las llantas delanteras de dos coches patrulla de la Policía. Yo no muevo mis pies. Dejo que la sangre roce mis zapatos y me agacho a tocarla. Llevo la muestra recogida con la yema de mi dedo índice a la boca y cierro los ojos saboreando la única partecita de doña Catalina que podré llevar dentro de mí.

El chorrillo, aún tibio, culebrea por entre el polvo y esquiva o arrastra algunas hojas que han caído de los árboles hasta perderse dentro de una rejilla de desagüe, una manzana más abajo. Dentro de esa alcantarilla se mezcla con la mierda de los ricos, la mierda de los pobres, los meaos de ambos, y empieza a recorrer la ciudad en una especie de macabra despedida.

Y, como la agüita amarilla de Los Toreros Muertos, pasa por debajo de las casas de los malos que se creen buenos, pasa por debajo de las casas de los buenos que se creen malos, pasa por debajo de los peores, aquellos que no se creen ni una cosa ni la otra. Por último, se precipita sobre las aguas de un arroyo que desemboca en el río donde, kilómetros y días más adelante, encuentra salida en la abertura del acueducto de la ciudad donde vive la madre de Catalina.

Sin presentimiento alguno, porque la intuición se le secó hace meses, doña Hilda recoge un poco de agua del grifo de la cocina sin imaginar que, a lo mejor, contiene alguna minúscula partícula del alma de su hija muerta. La bebe con los ojos cerrados y exclama:

—Gracias, Dios, por el agua bendita que nos das.

Si la vida de Catalina fue todo un monumento al desperdicio, su entierro fue toda una apología a la tristeza. Después de disfrutar de los placeres de la vida en los mejores restaurantes, en los autos deportivos más bestiales, en las fincas más lujosas, en los hoteles con más estrellas, un jueves, tres semanas después de su muerte, al borde de las cuatro de la tarde, dentro de un ataúd muy pobre, sin herrajes como los que usaba en sus bolsos costosos, ni terciopelo como el de las cortinas de su mansión, bajo los hilos helados de una llovizna intrascendente, su cuerpo fue enterrado en el Cementerio Central con mi única y distante presencia.

Los hombres de Medicina Forense depositaron su cadáver en una fosa común con la naturalidad de quien tira algunas sobras al cubo de la basura. Sin una oración y ni una flor sobre su tumba, los desechos humanos de mi señora fueron arrojados a la nada. Los observé desde la distancia con un ardor que me quemaba la garganta. Sentí un impulso incontrolable de meterme con ella dentro de la tierra, pero los matones somos cobardes. Nos gusta desconectar vidas, pero le tememos a la muerte.

Cuando los hombres terminaron su trabajo, me acerqué temeroso, tomé un poco de tierra de su nueva y lúgubre morada y la guardé en mi bolsillo después de extraer de sus entrañas un par de gusanos blancos y gordos, asquerosos, de esos comensales de carne humana que se encargan de recordarnos que todos somos iguales. Aún conservo ese puñado de tierra. De rodillas le pedí perdón a mi señora por haberla matado, por amarla tanto, y me acosté sobre su terruño a recibir el agua del cielo sobre mi rostro. No soy bueno para hacer reclamos a Dios, pero mi silencio fue suficiente para darle a entender a ese señor que no estaba contento con Él.

Allí, sobre esa tierra que recubre sus pobres restos, cuidándola, reprochándole su engaño, jurándole mi amor infinito, me dormí, agarrotado por el frío intenso, pero con más dolor que frío. No volví a saber de mí hasta un día después, cuando los mismos hombres que enterraron a Catalina me lanzaron un cadáver encima. Desperté asustado, pero mi cara de asco les hizo saber que no estaba muerto, aunque muy muerto sí estuviera por dentro.

Uno de ellos echó a correr gritando que yo había resucitado, pero muy pronto cayó en la cuenta de su exageración y fue objeto de burlas por parte de sus amigos. Cuando descubrieron que yo era el doliente de la mujer enterrada el día anterior, se lamentaron por la equivocación y me ofrecieron disculpas que no tuve reparo en aceptar. Puse sobre la tumba de mi amada una cruz hecha con ramajes de árboles y flores de otros difuntos y me marché pensando en cómo iba a ser mi vida sin su sonrisa triste.

2

PELAMBRE

El mensajero de la muerte

Dos meses después, recorriendo los pasos de doña Catalina, llego a Pereira. Voy a la que fue su casa, inconfundible por ser la menos arreglada de todas, y toco a su puerta. Aparece Albeiro, el novio de la mamá, el huevón que una vez casi hago matar por don Marcial, y noto que el pendejo me saluda con pereza. Como queriéndome vengar por su frialdad, le cuento sin ambages lo sucedido a mi señora Catalina:

—Viejo man, tranquilo, que no vengo a pedirle limosna. Solo vine a contarle que Catalina, la hija de su esposa, se murió.

El pobre se lleva las manos al estómago con un gesto de dolor similar al que ponen las madres cuando lo paren a uno. Primero no lo cree, segundo lo cree imposible y, por último, me dice que necesita gritar. Entonces entra en su casa a pasos largos y, apenas cruza la puerta, la cierra y de inmediato escucho un grito, que más parece un bramido de toro recién estocado. Es tan desgarrador su lamento que traspasa las paredes de su casa y se me mete en los ojos haciéndolos sangrar de nuevo.

No me quedo a observar su reacción porque se me revuelven los recuerdos, pero lo espero porque me dice que tiene que ir hasta el cementerio a darle la noticia a su mujer. Me siento en el antejardín a aguardarlo mientras escucho sus gritos y lamentos avergonzados. Lo veo salir al rato, sin aliento, movido por la inercia, completamente destrozado, y lo acompaño a entregar la terrible noticia a su mujer.

La madre de doña Catalina, pobrecita, con siete meses de embarazo encima, ignora el tsunami que se está gestando en el mar de sus desaciertos. Está poniendo flores en la tumba de Bayron, su otro hijo asesinado hace poco, cuando advierte, a lo lejos, nuestra inexplicable presencia. Yo espero a prudente distancia, pues presiento que la reacción de la señora me terminará de lastimar el alma. Cuando ve a Albeiro, su esposo desde el año pasado, se queda mirándolo con una sonrisa amorosa. Pero su rostro se transforma en incertidumbre cuando nota que viene con el corazón en la garganta, y en terror cuando lo observa caminar con el andar que adoptan los cobardes cuando no quieren afrontar su destino. Sin arresto alguno, el pobre se acerca a ella, pálido, con la mirada perdida, y solo tiene que pronunciar dos nombres para explicar toda la tragedia.

—¡Hilda... Catalina!

Luego se lanza al césped sin poder contener más su hipócrita levedad y empieza a dar alaridos de culpa que desgarran el corazón a los vivos y el alma a los muertos que, a esa hora, al caer el sol, comparten penas en el cementerio.

Deshilachada por dentro, doña Hilda siente que el cielo se oscurece y que un enjambre de nubarrones negros descienden hasta aplastarla. Siente rabia, siente impotencia y luego culpa, al hacer consciente el hecho de perder a un segundo hijo en menos de un año y a causa del mismo síndrome: el de la madre que no oye, no ve y no habla a tiempo, cuando sus hijos empiezan a torcer el camino.

Inmersa en su dolor, la doña se aferra a las flores que lleva en sus manos y, enseguida, cuando asume la realidad, echa a correr como un globo al que se le abre la válvula del aire y empieza a gritar:

—Dos hijos no, señor. Dos hijos... No. Ya te me llevaste a Bayron, a Catalina no. A Catalina no. Dos hijos no, Señor. Dos hijos no, Señor, no seas tan desgraciado, Señor.

Mientras el mundo enloquece ante sus ojos, la madre de mi señora Catalina siente ganas de lanzarse dentro de una fosa que a distancia observa vacía, y lo hace. Cuando se ve aprisionada entre esas cuatro paredes de tierra gobernada por gusanos, empieza a golpearse la barriga con la violencia suficiente para matar al niño que lleva en su vientre.

—Si ya me mataste a dos, llévate a este también, cobarde. Cobarde, llévatelos a todos. Agarra a los tres, desgraciado —grita mirando al cielo.

Albeiro le pide que se calme y se lanza con decisión a la fosa con la misión de salvar a su hijo. La toma de las manos, aplicando la fuerza necesaria para que el remedio no resulte peor que la enfermedad y le explica, con paciencia, que lleva dentro una vida que nada tiene que ver con sus equivocaciones.

—¡Basta, Hilda! ¡No más, mi amor! No te desquites con nuestro pequeño, por favor. Él no tiene la culpa de lo que hemos hecho. Él es un angelito que nada tiene que ver con las cosas que nos pasan. No más, por favor, por favor. Permítele vivir. Por favor.

Doña Hilda se contiene. Albeiro la abraza tembloroso y pálido, mientras ella siente un ahogo terrible que lacera sus vísceras quemando cualquier rescoldo de ilusión dentro de ella. Sus lágrimas fluyen a borbotones, acusadoras y punzantes. Son tan abundantes que atraviesan las tres capas de tierra que las separan del ataúd de Bayron, ya mil veces por ella sollozado.

—Dos hijos no, mi amor. Mis dos hijos no se me pueden morir.

—Vamos a luchar porque este no se nos muera, mi amor —le responde Albeiro aplazando su propio duelo.

La Catalina que se va, la Catalina que llega

En medio del drama, y producto de los golpes que se propina en el vientre, el hijo que esperan doña Hilda y Albeiro, tal vez angustiado por el peso de las amarguras y el dolor que está sintiendo su madre, decide adelantar su fecha de nacimiento.

Corremos como locos a llevarla al hospital. Por el camino rompe aguas. Intentamos improvisar un parto dentro del taxi que nos lleva, pero no lo logramos. Entramos a urgencias con ella en volandas y, como no la quieren recibir, la tomo en mis brazos, con la ayuda de Albeiro, y nos metemos a la fuerza hasta la recepción, ignorando las órdenes del guardia. Allí, con gritos desesperados, él logra que la atiendan de inmediato.

La meten al quirófano y yo me quedo tranquilizando a Albeiro, que está sumamente nervioso y sin saber cómo sortear el cúmulo de acontecimientos.

—Pelambre —me dice comiéndose las uñas, literalmente, y sentencia—, si perdemos a ese niño, Hilda se termina de morir. Es lo único que la puede mantener con vida.

—Es que la señora se desquitó con el niñito y eso no se hace. Él no tiene la culpa de lo que está pasando —le respondo con sensatez.

—No la puedo juzgar, porque uno tiene que estar en los zapatos del otro para saber por qué actúa de esa manera en ese momento —exclama, logrando mi comprensión, y luego cae en un letargo de varios minutos.

Recuerdo que mis reacciones ante la muerte de mi señora Catalina no fueron muy distintas.

Para romper el silencio, Albeiro me dice que al bebé le llamarán Bayron, en honor al hijo que perdió su Hilda.

—En estos tiempos es mejor un varoncito. Sufren menos —me explica nervioso sin dejar de mirar hacia la sala de partos.

—Se sufre por igual —apunto sin tacto alguno, pero haciendo honor a lo que creo.

—Pero afortunadamente la ecografía dice que es un hombrecito. No veo la hora de abrazarlo.

Al instante aparece una enfermera con el rostro descompuesto y un traje quirúrgico en sus manos, para pedirle que la acompañe porque su esposa lo está llamando. De dos movimientos Albeiro se pone el traje de tela desechable, color verde oliva, y corre al lado de la mujer. Nada más entrar, lo reciben con una noticia nefasta, de esas que cambian el eje del planeta donde uno está parado.

—Pase, señor, tome a su bebita. Es hermosa y está sana —le dice el médico.

—¿La bebita, dijo usted? —pregunta Albeiro con incredulidad.

—Sí, señor. Siga. Es una linda niña. Obsérvela, no sienta miedo.

—No puede ser una niña, la ecografía decía que era un niño.

—Bueno, estas cosas suelen pasar —concluye el galeno.

—¿Están seguros? ¿Ya miraron bien? —insiste Albeiro buscando con sus ojos el sexo de la criatura.

—Es una bebé hermosa —exclama una enfermera, pero al ver su cara de desencanto opina—: Mejor, son más lindas para vestir.

Mientras el médico corta el cordón umbilical, en las sonrisas maternales de Hilda se esconde la decepción por el sexo de la criatura. El rostro de Albeiro esboza una expresión de tristeza comparable a la que le vi cuando supo que Catalina estaba muerta. Una tristeza que a la vez se convierte en duda y una duda que a su vez se convierte en miedo. El miedo de que su hija repita la historia de su hermana. El miedo de reincidir en la mala educación. El miedo de ver crecer a ese angelito que ahora llora ensangrentado sobre el pecho de su madre, sin saber si en la adolescencia perderá sus alas para convertirse en un demonio.

Alegando disculpas infantiles

—Se me resbala. Me dan impresión los bebés recién nacidos. Todavía no estoy preparado. Tengo temblor aún por la emoción —Albeiro se resiste a coger a su hija, negándose a vivir el momento.

Su rostro siempre denota decepción. Sus planes de vida acaban de cambiar. Sus sueños se han roto en pequeños pedacitos difíciles de rearmar. Ya no jugará al fútbol con su hijo en la cancha del barrio, ya no le comprará la camiseta del deportivo Pereira, ni le enseñará a ponerse un condón cuando sus hormonas le exijan dar rienda suelta a sus instintos sexuales. Ahora tendrá que lidiar con viciosos, proxenetas y amistades peligrosas que se pegarán a ella, como chicle, cuando el capullo se convierta en flor.

Para la pareja, la llegada de una hembrita es una noticia terrible. Esperaban un varón. La ecografía estaba equivocada. Entran en pánico. Saben que una mujercita, en el lugar donde residen, en el entorno donde habitan, en la pobreza en que viven, en la cultura de la violencia que a fuerza heredaron, será un nuevo dolor de cabeza para sus vidas. Será carne de cañón para aquellos que satisfacen sus instintos a costa de la felicidad de las niñas con necesidades de dinero y figuración.

Es tanta la decepción de Albeiro que durante los primeros tres meses se niega a ver a su hija. Se va a dormir al cuarto que alguna vez ocuparan Catalina y Bayron, y allí llora en silencio su desgracia. Por más que Hilda, de las maneras más amorosas, trata de convencerlo, él rechaza una y otra vez conocerla. No la coge, no la mira. Hasta que el llanto callado de su mujer en una noche lluviosa lo hace regresar a su alcoba. Catalina está ardiendo en fiebre. El termómetro marca 40 grados. Es el momento de asumir la realidad, más por solidaridad que por gusto. Esa noche de truenos y relámpagos, Albeiro envuelve a su hija en una bolsa de plástico y corre por las calles en busca de un taxi mientras Hilda lo cubre con un paraguas al que no le funciona una esquina. Su reacción oportuna le salva la vida. Cuando se la devuelven sana y salva, regresan a casa y él se acuesta al lado de sus dos mujeres. Sin mediar palabras, las abraza con el amor que nunca les dejó de tener.

Retorno y recurrencia

Ya resignados por el impacto de recibir una niña en vez de un niño, en honor a Catalina, a quien no olvidan un instante de sus vidas, Albeiro y su esposa acuerdan bautizar a la recién nacida con su mismo nombre.

Es a todas luces una revancha de perdedores. Como si quisieran darse la oportunidad de verla renacer y enderezar su camino hasta hacerla desistir de buscar la felicidad en el tamaño de sus tetas. Es como querer sentir la satisfacción de criar, sin traumas, a alguien que se llame Catalina.

Para distinguirla de la primera, adoptan, sin quererlo, en sus charlas nocturnas proclives al remordimiento, un apodo que, también sin premeditarlo, convierte a la primera en un homónimo de un gran personaje de la historia, Catalina la Grande, y a la recién nacida en una tipa sin personalidad, Catalina la Pequeña.

Muy dispuesta a luchar como una fiera para defender a su hija de su incierto destino, el día que vuelve a su casa con la niña por primera vez, Hilda le jura a su pequeña, en voz alta para que los vecinos escuchen, que «jamás nadie la tocará con oscuras intenciones», que «nunca nadie truncará sus sueños», que «tiene que morirse el que la intente hacer infeliz». Es un juramento que la llevará a cometer tantos errores con Catalina la Pequeña como los cometidos con Catalina la Grande.

3

ALBEIRO

La raya

Temerosos por el futuro de nuestra hija, un día le propuse a Hilda que nos fuéramos a los Estados Unidos. Aunque la propuesta no le sonó del todo viable, la aceptó con tal de encontrarle a Catalina la Pequeña una salida. Con gran esfuerzo pagamos los trescientos dólares que costaron los tres visados y nos fuimos para Bogotá en un bus que tardó nueve horas en llegar, cuatro de ellas atravesando la parte más alta de la cordillera en un eterno culebreo que terminó mareándonos a todos. Llegamos con el frío de una madrugada capitalina. Esperamos en la terminal a que amaneciera y muy temprano nos fuimos en un taxi a cumplir esa cita con la humillación.

Al llegar a la embajada nos topamos con una larga fila de aspirantes, de todos los estilos, colores y personalidades. Desde el emperifollado que no se explicaba por qué lo tenían haciendo fila al lado de gente inferior hasta el pobre que se creía inferior y ensayaba la cara que pondría cuando le negaran la visa y el discurso con el que justificaría ante sus amigos y familiares el no haber podido viajar al país del norte a realizar sus sueños:

—Es que apenas la concedían. Se la estaban negando a casi todo el mundo. A un señor que llegó muy elegante, con corbata y todo, también se la negaron. Me tocó con la vieja amargada que no la da.

Después de una hora, por fin llegamos a los puestos delanteros de la eterna fila, listos a pasar por un escáner que averiguaría nuestras intenciones. Nos separaba de la entrada una raya amarilla que alguien traspasó por las prisas, desatando la furia de un funcionario que la emprendió a gritos estridentes desde un megáfono:

—Orden, por favor. ¡Orden! No pueden pasar la raya amarilla hasta que se les llame. Respeten las normas, por favor. Si no pueden respetar una raya aquí en Colombia, tampoco van a respetar las señales en los Estados Unidos.

Respetamos la raya, sagradamente, hasta que nos llamaron. Pasamos por el escáner y luego nos situaron en otra fila, esta vez dentro de la embajada, junto a la ventanilla que en suerte nos tocó. La número doce. Una señora nos dijo que la aprobación de la visa dependía del buen o mal genio con el que se hubiera levantado la cónsul. Desde nuestro sitio pudimos deducir que era una mujer, pues alcanzábamos a ver las gafas y el pelo largo de la funcionaria a través del cristal verdoso y blindado de la ventanilla. Un señor, al parecer su esposo, concluyó:

—Si a la vieja se la comieron anoche, nos aprueba la visa, si no se la comieron o se la comieron mal, nos la niega. Otros opinaron que a la gente se la negaban por los andares, por el miedo que tuviera a la hora de hablar o por la ropa que llevara puesta.

Los comentarios eran tan folclóricos que decidimos no escucharlos más y nos aislamos para orar. Durante todo el tiempo, como queriendo aportar su grano de arena al viaje que la podría salvar de las garras del lobo, Catalina permaneció silenciosa, tratando de no ocasionarnos problema alguno. Hasta que nos llegó la hora de pasar. Caminamos esos ocho pasos que nos separaban de la odiosa ventanilla con actitud de condenados a la horca. Al llegar, la mujer nos pidió, con acento gringo y aceptable español, pero con actitud hostil, que tomáramos un teléfono que cuelga de la pared y que pasáramos los documentos por debajo del cristal. Solo nos hizo tres preguntas con tono militar y mirándonos como la poca cosa que ella creía que éramos:

—¿A qué van a los Estados Unidos?

—A pasear, señorita, queremos ir a Disney Wo…

—¿Cuánto tiempo se van a quedar? —interrumpió la cónsul.

—Una semana —dije yo.

—Dos semanas —dijo Hilda casi a coro, provocando que nos mirara por encima de sus lentes.

—¿Quién paga los gastos del viaje?

—Yo, señorita.

—Enséñeme sus extractos bancarios, por favor.

Hasta ahí llegó la ilusión de ver crecer a nuestra hija aprendiendo frases como *Thank you, I love you* o *I'm sorry* y no las que estaba condenada a escuchar en el barrio como «Esa piroba hijueputa me las paga», «Te voy a quebrar ese culo, maricón» o «Esa vieja está rica, pagaba hacerle la vuelta».

—El señor tenía razón —dijo Hilda con su inusual sentido del humor—, a la vieja se la comieron mal.

En medio de la tristeza me arrancó una sonrisa. Solo tuve ánimo para hacer un comentario:

—Lo duro es tener que pagar tanto para que lo humillen a uno —le respondí pensando en las deudas que había adquirido para costear el trámite.

Muy consternados regresamos a casa en otro autobús igualmente demorado y oloroso a desinfectante. Jotica, un amigo de mi infancia, nos estaba esperando en la terminal de buses y nos llevó a casa en su auto viejo, pero siempre limpio y muy rumboso, con lujos baratos y luces de distintos colores por todas partes. Por algo le llamaban «el pesebre ambulante». A pesar de su tartamudez, era muy empeñoso, nunca se entregó a la pena y llegó a superarse tanto que de chofer alquilado durante varios años pasó a tener su propio automóvil para traslados particulares, que a la gente del barrio le gustaba contratar porque era más confiable y más barato que el taxi. Lejos estaba de imaginar que, dos lustros después, un invento igual convertiría en billonario a algún greñudo de Silicon Valley.

Consternados, por la noche nos propusimos remendar los sueños y reconstruir el futuro de nuestra hija. Y estábamos planeando cosas, proponiendo alternativas, explorando posibilidades, cuando a Hilda se le ocurrió una idea que al principio me pareció brillante, pero que al final terminó siendo fatal.

—¿Amor, recuerdas la raya amarilla?

—¿Qué raya amarilla? —le pregunté sin entender lo que me quería decir.

—La raya amarilla de la embajada. Esa que traspasó un señor y que por eso lo regañó el del megáfono.

—Sí, sí, claro. ¿Por qué?

—El tipo, aunque grosero, tiene razón en algo. Si uno no respeta una señal acá, no la respeta en ningún otro lado.

—Es verdad. ¿Y por qué el comentario, amor?

—Tengo una idea.

Era tal la obsesión de Hilda por evitar que el mundo contaminara a Catalina la Pequeña que, tan pronto nuestra hija cumplió los trece meses, un 24 de junio, más exactamente, el día en que dio sus primeros pasos, hecho que celebramos entre gritos y abrazos, me hizo un singular encargo:

—Mijo, vaya a la ferretería del barrio y me compra un bote de pintura amarilla y una brocha mediana.

Sorprendido por el inusual pedido, llegué a casa con las compras y encontré a mi mujer de rodillas, limpiando con una mano el umbral de la puerta y, con la otra, evitando que la niña tratara de saciar su curiosidad asomándose a la calle. Nunca, salvo en los días en que la llevamos enferma rumbo al hospital, Catalina la Pequeña conoció lo que había más allá de las paredes de nuestra casa. Era curiosa y se puso terca cuando abrí la lata de pintura. Quería que la dejáramos participar de algo que odiaría al llegar a la pubertad.

Mi esposa sumergió la brocha en el bote, la escurrió con denodado cuidado y empezó a pintar una raya en el suelo, exactamente debajo del marco de la puerta.

La raya tenía entre quince y veinte centímetros y abarcaba todo el ancho del umbral. Mientras la repasaba una y otra vez, con obsesión, para que nunca se borrara, Hilda le explicó y le recalcó a nuestra hija:

—Escúchame bien, mi amor. Jamás, por ningún motivo, aunque la casa se esté cayendo a pedazos por un terremoto, aunque se inunde por un diluvio, aunque la esté devorando un incendio, puedes cruzar esa raya sin mi compañía o sin la compañía de tu papá. ¿Me entendiste, Catalina?

En su inocencia, la niña solo atinó a sonreír y la pisó accidentalmente, desatando la ira de su madre.

—¡¿Qué te acabo de decir, Catalina?! ¡Hay que respetar las reglas, señorita!

Yo, que seguía sin entender ese gasto inútil en pintura que descuadraba las cuentas de la casa, le insinué a Hilda que nuestra hija no estaba en edad de entender esos propósitos y que la raya amarilla sobraba, porque la niña jamás iba a salir sola a la calle, por lo menos hasta que fuera al colegio.

Al notar que aún no comprendía la filosofía de ese símbolo de prohibición con siete capas de pintura encima, me explicó, con paciencia y con la terca intención de que la niña escuchara, que de la raya amarilla para adentro nuestra pequeña encontraría paz, amor, comprensión; pero que de la raya hacia afuera solo hallaría problemas, tragedia, muerte.

—No me vaya a desautorizar, Albeiro —me dijo con tanta seriedad que solo atiné a mover la cabeza en señal de obediencia.

—Yo respeto tus decisiones, amor, pero tengo que decirte que me parecen un poco exageradas.

—Con el tiempo verás que no son exageradas. Tengo mis razones, Albeiro —puntualizó.

Señalizar la casa como un campo de concentración no me parecía sensato, pero, en aras de la armonía que se respiraba en nuestro hogar desde que acepté a la niña, no discutí su decisión. Sabía que Hilda solo trataba de corregir errores del pasado. Cuando no existía la raya, la puerta fue atravesada por Bayron y por Catalina las veces que quisieron y sin control alguno, y el resultado, dos muertos, supera cualquier análisis. No quería volver a la época en la que no oyó, no vio, ni dijo nada ante los síntomas de degradación familiar que fueron surgiendo en casa a medida que sus dos hijos crecían.

Por eso, cada 24 de mayo tenía que ir a la ferretería a comprar un nuevo bote de pintura amarilla y, a veces, una brocha para que Hilda se agachara a repintar la raya.

Nuestra hija siempre estuvo a su lado, escuchando su obsesiva perorata, que, por lo repetitiva, se fue aprendiendo de memoria en cada una de las épocas de su vida.

Hasta los cinco años la atemorizó con el coco. La lección estaba aprendida. Solo que al ver que el coco nunca aparecía, Catalina la Pequeña nos cuestionó la fábula, por lo que tuvimos que cambiarla por la del hombre del saco, un indigente que con el pretexto de comprar chatarra se llevaba a los niños en su horrible bolsa de tela sucia.

Hasta los diez, le creó pánico con las bandas satánicas que buscaban niñas vírgenes para sus rituales. Hasta los doce la amenazó con caer en manos de un violador en serie. A los trece, cuando el cuerpo de la niña empezó a mutar en mujer, vino lo peor, le metió terror con las pandillas:

—Son terribles, mi amor. Unos desadaptados que no quieren ni a sus madres. Van de barrio en barrio vendiendo drogas y violando a niñas para compensar su falta de cariño.

A los catorce, cuando ya se rumoreaba en todas las esquinas del barrio que la hija de doña Hilda era lo más bonito que había parido esta tierra, mi mujer la empezó a asustar con los narcotraficantes.

—Encargan que se lleven, a las malas, a las niñas que les gustan. Es la peor edad de una mujer que tiene la desdicha de ser pobre, mamita. Y peor si son bonitas.

—¿Por qué, mamá?

—Porque después de los catorce los actos sexuales con las niñas no llevan cárcel y es la edad que los pervertidos buscan para saciar sus instintos y acabar con la virginidad de las niñas bonitas. Son un gran trofeo para esos malnacidos, pero tú no serás trofeo de nadie.

Esta amenaza, más real que las anteriores, hizo que Catalina se llenara de miedo y la incluyera en su lista de temores. Un día, en un descuido nuestro, abrió la puerta a un vendedor ambulante y no quiso traspasar el umbral, ni siquiera cuando el joven le ofreció chocolates, su gran debilidad. Otro día pasaron los Testigos de Jehová ofreciendo el paraíso a cambio de arrepentimiento y el diez por ciento de lo devengado, pero la niña les respondió de una manera tan contundente que jamás volvieron:

—El paraíso es el amor y mis papás no me cobran por dármelo. Además, no tengo nada de qué arrepentirme. El peor delito que he cometido es haber nacido.

Nunca la dejamos sola. Ni siquiera vio la televisión. Cuando tenía dos años, en un ataque de insensatez, Hilda desenchufó el televisor y lo guardó para siempre en un armario, con un argumento que no era del todo descabellado:

—No quiero que la niña piense, al ver a esas actrices y a esas presentadoras, que para triunfar en la vida se necesita tener esas tetas grandes, ese pelo alisado, esa cintura pequeña, ni esas pestañas postizas. Quiero que sea ella misma. Que se valore por lo que sabe y no por lo que cree saber. Que valga por lo que es y no por lo que otros quieren que sea. Que no vaya a relacionar el éxito de las mujeres con su figura. Si es linda, triunfa; si es fea, es una fracasada.

Sus argumentos eran tan elaborados y tan contundentes que jamás me dejaba margen para rebatirlos.

Cuando Catalina empezó a estudiar en la escuela pública del barrio, Hilda y yo nos alternamos, día a día, para llevarla hasta la puerta de su clase. Tras la reja, que separa el recinto de la calle, nos quedábamos esperándola hasta las doce y treinta del mediodía, la hora de salida. Al pasar la línea amarilla, de dentro hacia fuera, Hilda le decía:

—Así sí. Con papá o con mamá de la mano sí puedes cruzarla.

Catalina tuvo que aprender a convivir con esa odiosa advertencia, cada vez más cruda, más letal, más miserable a mi modo silencioso y temeroso de ver las cosas:

—Si cruzas la raya habrá tragedia.

—Si cruzas la raya habrá muerte.

—Si cruzas la raya habrá problemas.

—Si cruzas la raya se acabará tu felicidad —le decía Hilda asumiendo que Catalina era feliz.

Pero el mito no tardó en derrumbarse:

—¿Qué felicidad? —le cuestionó Catalina una tarde de domingo, y repitió la pregunta, al instante, por si las dudas—: ¿Qué felicidad?

—Pues la felicidad de estar con tus padres —respondió Hilda, y agregó un par de argumentos, tratando de dejarla sin discurso—: La felicidad de tener un techo, una alimentación, un colegio, la felicidad de estar sana. ¿Te parece poco?

—Sí, mamá, muy poco —exclamó Catalina—. Yo les agradezco las cosas que me dan, pero la felicidad de estar con mis padres es de mis padres. A mí me encanta estar con ustedes, de hecho nunca he estado con nadie más, pero mi felicidad sería completa si pudiera salir a conocer el mundo, tener amigas y amigos, correr descalza por las calles cuando llueve. Pero ni siquiera puedo ir sola a la tienda del barrio. Ahora les ha dado por pedir las cosas a domicilio.

—Todo a su debido tiempo —concluyó Hilda.

—Soy la única de la clase, y tal vez del barrio, que no tiene y no ha tenido nunca un novio.

—Así son ellas, porque no tienen madres que se preocupen por su seguridad, pero tú eres muy pequeña para eso.

—Y no es que me haga falta tener un novio, te lo digo para que entiendas que la vida se está pasando mientras yo crezco dentro de estas cuatro horribles paredes.

—Ya basta, Catalina.

—No he terminado, mamá.

Un silencio de Hilda la autorizó a desahogarse.

—Todas mis amigas salen a fiestas. Todas mis amigas salen a pasear. Todas mis amigas salen al cine y van al centro comercial…

—A encapricharse. A deleitar los ojos con cosas que no pueden comprar —interrumpió Hilda.

—A lo que sea, pero van. A ninguna de mis amigas las llevan sus papás de la mano hasta el colegio, ni se quedan esperándolas hasta el recreo o la salida.

—Lo hacemos por tu bien, hija. Tienes que entenderlo.

—Lo hacen porque les da miedo que a mí me pase lo mismo que le pasó a mi hermana Catalina.

—¿Quién te dijo eso? —exclamó Hilda temiendo que Catalina ya estuviera hablando con sus amigas de clase sobre el pasado familiar.

—Eso no importa.

—¿Quién te dijo eso, Catalina?

—Todo el barrio lo sabe, mamá. Deja de ser ingenua.

—¿Qué te han contado las hijas de Ximena y Vanessa?

—¿Y por qué sabes que son ellas?

—Ellas estudian contigo y sus madres son las únicas que conocieron a tu hermana.

—Eso no importa. Lo importante es que ninguna de mis amigas es mala por no tener una odiosa raya amarilla pintada en las puertas de sus casas.

Catalina corrió a buscar un sitio para llorar mientras Hilda enmudeció y yo aplaudía por dentro la valentía de mi niña para expresar su inconformismo. En todo tenía razón. Y eso que se olvidó de mencionar que Daniela, la hija de Yésica, a su cortísima edad, la misma de Catalina, ya conducía un todoterreno por toda la ciudad con su novio de turno delante y un cargamento de amigos y escoltas en los asientos traseros.

Toda esa lista de prohibiciones y comparaciones hacían infeliz a mi hija, y con sobrada razón. Con algo de remordimiento, Hilda convocó la primera reunión familiar para hablar francamente del tema, pero las cosas siguieron igual. Apenas se ablandaron un par de disposiciones. En adelante, Catalina sería acompañada hasta su clase, pero era opcional llevarla de la mano. El temor de mi esposa por los peligros de la calle la había llevado a pedir todas las compras por teléfono, pero ahora mi hija también podría salir sola a la puerta a recibir los encargos. La niña aceptó las medidas con resignación, pero nos preguntó si podía salir a jugar al parque como lo hacían los demás niños de su edad. El permiso le fue negado, de nuevo.

El miedo de Hilda obedecía a que Adriana, Valentina, Martina y Daniela, las hijas de Vanessa, Ximena, Paola y Yésica, las compinches de Catalina la Grande en sus años locos, que tienen casi la misma edad de nuestra niña, andaban merodeando todo el tiempo por nuestras vidas. Adriana y Valentina estudian en el mismo curso que Catalina la Pequeña. Martina, dicen las buenas lenguas, fue reclutada desde muy niña por la Diabla, quien la ha venido entrenando para que sea su sucesora en las labores de proxenetismo que la hicieron tan famosa quince años atrás. Alumna aventajada, ahora Martina anda de celestina buscándoles niñitas a los narcos, y ya tuvo que haberse fijado en nuestra hija para incluirla en el catálogo de prostitutas prepagadas con el que anda para arriba y para abajo, como si fuera una biblia.

Y Daniela, la hija de la Diabla, aunque de otro estrato social ahora, porque su mamá se volvió poderosa y rica con la herencia del narcotraficante con el que se casó, viene cada semana a visitar a su abuela Imelda y nunca deja de mirar con odio a Catalina. Todo porque mi hija es más linda que ella. ¿Qué culpa tiene Catalina de haber nacido tan hermosa? Que la mocosa esa le reclame a Dios o a la naturaleza o a sus papás por no ser tan agraciada, pero que no venga a desquitarse con mi angelito.

Deberían, ahora que tienen plata, llevarse a la señora a un barrio de ricos para que no tengan que volver por aquí. Pero cuentan las lenguas moderadas que doña Imelda nunca ha querido abandonar el barrio por más que Yésica le ofrezca mansiones en urbanizaciones lujosas. Dice la señora que le aburren los barrios donde en una misma manzana no se encuentran una peluquería, una panadería, una carnicería y una tienda de ultramarinos.

Para no perder su nuevo estatus de millonaria, Yésica compró la casa de al lado, la unió con la de su madre y le empezó a añadir pisos encima con la mafiosa intención de convertirla en la más alta, la más grande, la más linda y más costosa del barrio. Y lo logró.

La insensatez: el detonante de las guerras

A Hilda le produce pánico que nuestra hija conozca la casa de doña Imelda por dentro.

—Se puede encaprichar de cosas que jamás vamos a tener —me dice.

—Tú siempre exagerando —le respondo con algo de temor, porque odia que le contradiga su método de educación. Sin embargo, me arriesgo a expresar lo que pienso—: Tienes miedo a que Catalina se encuentre con Daniela, ¿verdad?

Su silencio me da la razón. Dicen los que viven pendientes de lo que hacen los demás que la Diablita, como la llaman muchos en voz baja, está enamorada de Hernán Darío, el jovencito que lleva los encargos a la casa de su abuela. Dicen esas mismas lenguas que el joven mensajero, que se traslada en una bicicleta que paga a plazos, no está enamorado de la hija de Yésica, sino de la mía. Y ese chisme inofensivo, que parece un juego infantil, puesto en contexto real, con una niña conflictiva, caprichosa y con ínfulas mafiosas como Daniela, y una señora superprotectora y traumada como mi mujer, puede convertirse en el detonante de una guerra mundial. Un insensato conflicto con un detonador garantizado: el amor.

El tiempo no tardaría en darme la razón. La estrategia de comprar a domicilio para que Catalina no fuera a la tienda salió mal. El lobo dijo: Si Caperucita no viene a mí, yo voy a Caperucita. Si el amor no viene a mí, yo voy al amor. Una tarde, Catalina se encaprichó de unos chocolates y la mamá se los pidió por teléfono. A los cinco minutos, a nuestra casa empezó a llegar el amor en bicicleta, disfrazado de mensajero.

4

CATALINA

La casa negra, las tetas chiquitas

Obreros de la Alcaldía municipal están pintando mi casa de negro. Dicen que nos correspondió ese color en un sorteo que hicieron para embellecer las casas del barrio. Lo raro es que a la casa de doña Imelda la pintaron de blanco, la de Paola de azul claro y las de Valentina y Adriana de gris. La única negra es la nuestra. Somos blanco de las burlas y los comentarios de todo el vecindario. Ni los evangelizadores han vuelto a llamar a nuestra puerta. Mamá y papá han puesto el grito en el cielo, pero el secretario de obras públicas ha encargado que les digan que lo pueden colocar incluso más alto porque nadie los va a escuchar: «Es un decreto del alcalde que hay que respetar», y les ha explicado que los colores de todas las fincas se eligieron por sorteo.

Este color entristece nuestro hogar, de por sí ya triste desde la muerte de mis hermanos, y nos señala como los desdichados de la manzana. Papá escuchó a alguien decir que la nuestra era la casa del diablo y que dentro debíamos estar celebrando rituales macabros. En realidad, somos desdichados. Papá nunca ha conseguido un trabajo estable y bien remunerado, por lo que trabaja en casa haciendo estampados con temas deportivos, que nadie le paga bien. Mamá abandonó la costura por andar manchando, con lágrimas de amargura, todas las telas, vestidos, faldas y pantalones de sus clientes, y yo sigo encerrada o, mejor, encarcelada por culpa de una raya amarilla que mamá pintó en el suelo desde que tengo memoria con la prohibición expresa de atravesarla.

Lo único bueno del nuevo color de mi casa es que combina con el amarillo de esa raya que nunca puedo cruzar sola. Le tengo temor y respeto. Pienso que al cruzarla los tejados de las casas volarán, el sol se derretirá sobre nosotros o una lluvia de mil días y mil noches lo inundará todo. De este pequeño tamaño es mi terror.

Mis papás tejieron alrededor de esa raya un mito de miedo, porque permanecen eternamente apesadumbrados y asustados por algo que no me han querido contar. Tampoco sonríen, aunque se esfuerzan por hacerme la vida amena con sus caras de limón con sal.

Hace un mes cumplí quince años. Quince años agridulces porque mis padres no tuvieron dinero para celebrármelos como a todas las niñas. Mamá me cosió un vestido más apropiado para una niña de diez años que para alguien que, se supone, ya es una mujer, y mi papá me compró una tarta muy chiquitita, que, sin embargo, los tres compartimos con amor. Porque en mi casa, en todo este tiempo, podrá haber faltado todo menos amor.

La suerte quiso que mis padres no tuvieran el talento para enriquecerse, pero sí la sapiencia para generar tranquilidad y mesura en mí. No asistí al mejor colegio, como Daniela, la hija de Yésica, cuya abuela vive a pocos metros de aquí, pero tampoco al peor, como los hijos de una vecina que toman clases de supervivencia con los jefes de una pandilla.

No comemos manjares como lo hacen a diario quienes roban al país, pero tampoco pesares como los que viven en las alcantarillas buscando sobras entre la basura. No vestimos con trajes de marca como Yésica o Daniela, o como los narcos y las novias de los malos, pero tampoco compramos la ropa en los saldos del Victoria. No tenemos alas de ángeles, pero tampoco la maldad de esos políticos que cada dos años vienen al barrio a estafar a la gente con mentiras. Somos seres anónimos, sin necesidades, porque no conocemos el lujo y, sobre todas las cosas, personas con sueños. Sueños intactos que papá y mamá han jurado no permitirle a nadie arrebatarnos.

Para cumplir su promesa, y por esa serie de temores que aún no acabo de comprender, mamá y papá me mantienen dentro de una burbuja construida con el vidrio más blindado e insonoro. Las pocas cosas que sé de mis dos hermanos muertos y del mundo real me las han contado en el baño del colegio Adriana y Valentina, las hijas de Vanessa y Ximena, dos compañeras de andanzas de mi hermana Catalina, conocidas de mis padres, con quienes no puedo hablar por ningún motivo. Incluso cuando tengo trabajos en grupo y por suerte los debo hacer con ellas, mi mamá va al colegio y le pide a la profesora que me asigne otros compañeros. Ellas no me odian porque saben que la discriminación no nace de mi corazón, sino de los temores de mis padres.

Los miedos se les notan desde que los gallos cantan. A las cinco en punto de la madrugada están sentados en el borde de mi cama, despertándome con besos. Me atiborran de cariño, me llenan de comprensión, me acarician el pelo, me acompañan al baño y, mientras uno me prepara el agua caliente, el otro me cepilla la boca. Me bañan, me cambian, me ponen talcos en los pies. Mientras papá me sirve el desayuno, mamá me habla de lo malos que son los narcotraficantes. Luego me preparan la bolsa, me revisan las tareas, me bendicen como tres veces cada uno y me llevan a la puerta del colegio. Allí me encomiendan a los vigilantes y a todos los profesores y vuelven a la hora del recreo. Durante los veinte minutos que dura el descanso, me vigilan desde la reja para que no se me acerquen Adriana y Valentina y, cuando suena el timbre que pone fin a los mejores minutos de la mañana, me sonríen con disimulo desde la distancia y me envían besos mientras me hacen cruces en el aire. La verdad es que me desesperan con tantos cuidados. Hasta poquitos días antes de cumplir los quince, para ir o regresar del colegio me cogían de la mano. Ahora solo me agarro cuando yo quiero y eso solo sucede cuando se nos cruza por el camino algún loquito. Tantos cuidados me hacen sentir vergüenza ante mis compañeros.

A medida que mi cuerpo termina de formarse y mis padres estrechan cada vez más sus fastidiosos cuidados, mis compañeras de clase llegan, escalonadamente, a sus quinceañeros. En febrero cumplieron Juliet, Paulina y Ana María; en marzo Juliana, Andrea y Carolina; en abril Valentina y Luna; en mayo cumplimos Johanna y yo, y en junio Isabella y Juani. Once fiestas en seis meses, sin contar la de Daniela, la hija de Yésica, que estuvo fuera de serie: dos orquestas, parranda vallenata con cantantes famosos, el reguetonero de moda, mariachis, quinientos invitados, pasajes en avión, hotel a Cartagena para todos y un vestido para ella con piedras y cristales finos, diseñado por el modisto de la Miss Colombia, con el sutil propósito de resaltar sus nuevos senos de silicona.

Para la ocasión, la mamá la hizo operar de todo. Cuentan que cuando el cirujano se opuso al proyecto de reconstruir a Daniela por la corta edad de la paciente, Yésica le puso sobre el escritorio un maletín con dólares y una pistola para que el médico eligiera el camino. Le limaron un pico de cóndor que tenía en la nariz, le pusieron tetas de señora y nalgas de caballo; le quitaron grasa de la cintura, el algodón de los cachetes, y le reacomodaron algunas cosas más en el cuerpo y en la cara. Los dientes le quedaron tan ridículamente blancos que cuando ríe encandila. Quedó como una muñeca. Debe oler a caucho.

Once quinceañeros con su parafernalia de vestidos hermosos, sillas rosadas de princesa y quince chicos enamorados entregando un clavel rojo a la agasajada antes de bailar el vals. A todas esas celebraciones mamá me impidió ir con el pretexto de lo peligrosas que son las fiestas de noche.

—¡Ay no, Catalina! ¿Y si alguien se emborracha y se sobrepasa con usted, mamita?

—¡Ay no, Catalina! Me da miedo que le echen algo en las bebidas y mi amor termine por allá en la cama de algún pervertido.

—¡Ay no, Catalina! ¿Y si el borracho, que no falta, empieza a disparar al aire y una de esas balas le cae a usted, mi vida?

—¡Ay no, Catalina! ¿Y si llega una pandilla a la fiesta y empiezan a disparar a todo el mundo por matar a algún enemigo y me la pegan un balazo?

—¡Ay no, Catalina!, mejor no.

Creo que en parte sentía pesar de que yo comparara esas fiestas de mis amigas con la que nunca tuve.

Entonces Omaira, mi mejor amiga, que cumplía los quince el 14 de agosto, le pidió a su mamá que su reunión se hiciera por la tarde, con la velada intención de que yo asistiera. Mamá de nuevo me negó el permiso. No valieron razones.

—No vas y punto.

—Me dijiste que no podía ir a las fiestas de mis amigas porque te da miedo la noche.

—Ahora también me da miedo el día —me gritó huyendo hacia la cocina.

—Entonces, ¿cuándo me vas a dejar salir, señora miedosa? —le grité con malos modales, y mamá se volvió y estuvo a punto de abofetearme. Nunca lo ha hecho y no creo que se atreva, pero me levantó la mano.

—Aquí se hace lo que yo diga y en este momento yo digo que no puedes salir a fiestas.

—¿Cuál es el miedo? ¿Dígame de una vez por todas cuál es el miedo?

Le pregunté mil veces el porqué de esa arbitraria decisión y mil veces me respondió, desde la cocina, que ella tenía sus motivos.

Lloré muchos días seguidos. Omaira también. Fueron días infernales en los que no les quise hablar. Me encerré en mi cuarto y no salí en una semana. Me preocupaba el colegio, pero sentí la necesidad de protestar. No era posible que yo fuera la anormal del barrio, la excepción en todas las celebraciones, la niña rara a la que sus padres impedían cualquier tipo de amistad. Mis amigos del barrio y del colegio me empezaron a llamar «la presa número 10», en alusión al número de mi casa y a la nueva medida tomada por mamá para evitar que yo fuera hasta la tienda: pedir las cosas a domicilio.

Nunca me llamó la atención tener novio y menos en una edad en la que mi cuerpo apenas está terminando de formarse, pero ya hay un muchacho que me gusta. Es algo que nace de dentro. No lo llamé. Está ahí. Se fue incubando y está a punto de nacer. Es cuestión de ponerlo a la temperatura adecuada. El chico se llama Hernán Darío y lo veo tres veces al día. Muy temprano cuando salgo con mis papás para el colegio, lo observo de reojo sudando mientras estira su cuerpo repetidas veces en la barra de hacer abdominales. Por la tarde cuando regreso del colegio y me invento alguna necesidad para que mis padres hagan un servicio a domicilio, entonces él llega y me mira, sonríe con ganas de decirme algo y me entrega una bolsa con el pedido, momento que aprovechamos para hablar con los ojos y tocarnos las manos. Todos los días me entrega un poema que me toca leer en el baño y luego esconder en el rincón más ignorado de la casa. Y en las noches lo veo de nuevo, cuando vuelve al parque a algo. A lo que sea. A arreglar la bicicleta, aunque no esté dañada, a jugar con los amigos, a charlar con los árboles o a escuchar música en una vieja grabadora que a algún pintor de casas debió pertenecer, porque está chorreada por vinilos de diferentes colores en casi todas sus partes. Nunca deja de mirar hacia mi ventana. Y yo siempre estoy ahí suspirándolo. Cada vez que lo veo, algo revolotea dentro de mi estómago y hasta siento que me falta la respiración, pero miro la raya amarilla y se me congela el amor.

Cuando lo veo llegar a casa de doña Imelda, la mamá de la Diabla, siento rabia por la manera como Daniela lo trata. Ese muchacho es tan bonita persona que no merece de nadie un insulto. A mí me parece que ella lo hace porque está enamorada de él, pero Hernán Darío no le hace ni caso. Un día me dijo que esa niña le fastidiaba. Dios quiera que sea cierto porque no resistiría verlo con otra mujer distinta a mí. Siento que lo amo.

Del tamaño de las tetas depende el tamaño de la furgoneta

En pocas semanas cumplo los dieciséis. Ya estoy hecha toda una mujer. Escucho muchos piropos en la calle y por donde paso, aun con papá de la mano, me gritan que soy la reina de este mundo. Entonces me miro en el espejo y siento que soy bonita, pero no tanto como todos dicen. Tengo una cara agradable y un cuerpo un tanto desproporcionado, porque mis caderas son anchas pero mi pecho es plano. Aun así, no me acomplejo por mis teticas pequeñas. Son parte de la creación de Dios y él sabe por qué me las puso así. Aunque la moda es agrandárselas, yo nunca he pensado en eso. Ni se me pasa por la mente. Creo que el tamaño de las tetas de una mujer no debe definir su futuro. Aunque Martina, la hija de Paola, diga lo contrario:

—Si las tienes pequeñas, sos una fracasada. Te tienes que casar con un pobre, un obrero, un don nadie y, como mucho, andar en moto.

—Si tienes las tetas grandes, te llevan en grandes carros, te abren la puerta del carro, o ¡te dan el carro!

Qué modo de pensar tan básico. Yo pienso que una mujer es más que estética, más que carne, más que deseo, más que vanidad. Yo prefiero tenerlas pequeñas y ser auténtica, natural, y no una postiza como Daniela o como la misma Martina, pobres chicas fabricadas con bisturí, sin más gracia que un objeto sexual y sin más pretendientes para sus vidas que los morbosos aquellos de siempre a los que solo les interesa el placer que les pueda dar una mujer a la que siempre verán como a una prostituta y a la que jamás tomarán en serio. Además, mis tetas chiquitas no me estorban, ni me pesan, ni me doblan la espalda como a Daniela, que se hizo poner una talla 34B y ya se nota que le toca esforzarse por cargarlas.

Por eso sé que si Hernán Darío se fijó en mí, que las tengo pequeñas, y no en ella, que las tiene enormes, es porque no es morboso. Es de los hombres que ven más allá de lo que ven sus ojos. Y me interesa mucho que sea así.

5

HERNÁN DARÍO

El amor de mi vida

Soy un mensajero. Vivo orgulloso de serlo. Montado sobre mi bicicleta, entrego servicios a domicilio en las casas del barrio. Mi mamá me enseñó a trabajar desde niño porque un hermano mío no lo hizo y terminó mal. Por eso me enseñó valores como el esfuerzo y la honradez. Mi primer trabajo fue pelar guisantes. Por cada cien pepitas me regalaba un peso. Luego me enseñó a vender cositas en el mercado y en la escuela. Unos días hacíamos empanadas, otros días chocolaticos, y en diciembre vendíamos velitas para alumbrar el paso de la Virgen y lucecitas de chispitas para alumbrar la Navidad. También vendí sobres con petardos.

No es fácil ser honrado en un país donde el que no roba es un bobo y el que roba es un vivo. Pero mi mamá me dijo un día que la gente que se va por el camino del dinero fácil no dura mucho. Lo vivió en carne propia. Primero con mi papá y luego con mi hermano. A papá lo dejaron morir en un hospital de México al que llegó después de volar desde Cali con cien dediles de cocaína dentro del estómago. Las azafatas de la aerolínea lo pusieron en su lista de sospechosos, porque el pobre no quiso probar bocado durante el vuelo, y se la pasó sudando y yendo al baño todo el tiempo. Al llegar al aeropuerto lo apresaron por sospecha y lo dejaron esperando tantas horas en una delegación policial del D. F. que los ácidos estomacales empezaron a desleír los deditos de guante quirúrgico donde venía la droga. A mi hermano lo encontraron en el basurero municipal con la boca llena de moscas. Yo no quiero correr la misma suerte de ellos. Yo quiero durar mucho. Quiero ser importante sin hacer cosas malas. Primero, porque mi mamá merece querer a alguien que se muera después de ella y, segundo, porque esta vida me parece hermosa. Más ahora que estoy enamorado.

La niña se llama Catalina. No tengo las palabras precisas para describir su hermosura, pero no exagero si digo que nada es más bonito que ella. Además de linda es pura. Además de pura es única. Nunca habrá dos iguales. Me siento bendecido por Dios porque, antes de mí, jamás ella se fijó en nadie. Luego puedo aspirar a ser su primer amor. Ojalá su último amor. La pobre vive encerrada como las princesas de los cuentos, como una presa. Solo nos vemos cuando llevo los pedidos a su casa. Al principio salía con su mamá a recibirlos, pero ahora sale sola. Y estoy aprovechando esa circunstancia para finiquitar esta ilusión. Un beso suyo podría justificar mi existencia misma. Cuando se lo dé, sé que la tierra empezará a girar al revés. Le diré que seamos novios y no me da miedo pedirle que nos casemos cuando quiera. Conozco un cura que casa menores de edad siempre y cuando se amen. Y amor nos sobra. Ella no me lo ha dicho, pero lo leo en sus ojos. El lenguaje de las miradas no falla. Cuando me mira y sonríe, me está diciendo que me quiere a su lado.

Cuando me mira y agacha la mirada, me está diciendo que está triste porque sus padres no tienen con qué hacer un servicio a domicilio. Si me mira y se queda seria, me está diciendo que está enojada porque voy para la casa de Daniela a entregar un pedido.

No la odia, porque podría jurar que no odia a nadie, pero tampoco la quiere. Y Daniela se lo tiene merecido. Es odiosa, humillante, caprichosa, y a mi mamá le dije anoche que también es peligrosa. Algo me dice que la trate con cuidado. Y así lo hago. Siempre que llega a visitar a su abuela hace un pedido. Cuando veo pasar la caravana de escoltas, cuento hasta veinte para que suene el teléfono, y mis cálculos no fallan.

—Quiero un pedido —grita desde su móvil sin pedir el favor.

—¿Qué necesita, señorita Daniela? —le responde don Jaime con amabilidad, a lo que ella contesta:

—Usted ya sabe.

Son los ingredientes para la preparación de una bandeja paisa. Esto es: frijol, aguacate, carne molida, chorizo de cerdo, arroz y huevos. Soy todo un profesional y siempre trato de hacer mi trabajo con alegría, pero no niego que entregar este pedido me produce pereza. A veces fastidio. Y aunque le pido a don Jaime que no me mande a llevarlo, el viejo me dice que, si no lo llevo yo, la caprichosa hija de doña Yésica no lo recibe.

—Es que se cree la dueña de la ciudad —le digo con rabia.

—Es la dueña de la ciudad —me contesta.

No es un cuento de don Jaime. Por aquí lo dicen todos. No solo porque la señora Yésica es la esposa del alcalde, sino porque ella y su hija hacen lo que les da la gana sin que nadie les diga nada. Pasan semáforos en rojo, se suben con sus todoterrenos por las aceras y golpean a otros carros sin detenerse. Si alguien les reclama algo, se bajan y lo amenazan con una frase que duele más que la misma abolladura:

—¿Usted no sabe quién soy yo?

Un día la caravana atropelló al perrito de doña Rosa Emilia y ni se detuvieron a socorrer al pobre animal, que quedó vivo, en medio de la calle, lanzando alaridos que nos quemaron el alma a todos mientras se arrastraba con desespero en las dos patas delanteras. Y cuando la señora fue a casa de doña Imelda a reclamar, un escolta le respondió que dejara de joder si no quería correr la misma suerte del perro. Así tratan a todo el mundo y yo no soy la excepción, aunque siento que no nací para ser «todo el mundo».

Daniela ya se está pasando conmigo, y por muy hija del alcalde que sea, por muy hija que sea de una señora a la que apodan la Diabla, un día de estos, no muy lejano, la voy a poner en su lugar. Si en la casa no le han enseñado a respetar, yo sí lo haré. Presiento que está resentida porque no le presto atención a sus coqueteos, pero eso no va a cambiar. Primero, porque ella no me gusta. Puede estar muy bonita por las ocho operaciones que lleva encima y vestir con las ropas más costosas y ponerse dos relojes a la vez, como la vi un día, pero no me mueve el piso. Y, segundo, porque aunque me gustara, mi corazón ya es de Catalina y eso es definitivo. No quiero ni tengo pensado amar a otra mujer en toda mi vida. Moriré de viejo a su lado. Eso quiero, eso haré. Y para eso me preparo. Quiero ahorrar, quiero estudiar, quiero cuidarme para ella. Por eso salgo todas las mañanas a trotar y hago ejercicio en el parque antes de irme al trabajo, porque quiero llevar una vida sana. Rezo todas las noches, porque quiero tener una vida espiritual. En el barrio dicen que es imposible salirse del molde de lo «fácil y rápido», pero yo seré la excepción. Lo estoy demostrando. Lo haré. Haré que un día Catalina se sienta orgullosa de mí. Será el mismo día en que Daniela sienta vergüenza de ser como es.

6

DANIELA

La dueña del mundo

Yo soy una niña rica. De las que hacen lo que les da la gana. De las que ponen a sus pies al que quieren. De las que tienen lo que desean con tan solo mover un dedo. Eso no significa que sea caprichosa, simplemente me doy mi lugar, y mi lugar en esta ciudad es ser la más. La más bonita, la más adinerada, la más operada, la más importante, la más deseada, esa con la que todos quieren estar. Por aquí dicen que estoy de moda, y el que no lo crea es un o una simple envidiosa.

Duélale a quien le duela, soy la hija del que manda en la ciudad y de la que quita y pone en la política, la que quita y pone en la Policía, la que quita y pone en la justicia, la que quita y pone en las calles. Aunque el alcalde no es mi propio papá, estoy con él desde que era una bebé. Mi verdadero padre, según mamá, está muerto, aunque por ahí escuché una conversación en la que alguien dijo que estaba preso en los Estados Unidos. De todos modos, no me importa. Con Aníbal me siento segura, más poderosa, más respaldada, siempre me ha tratado bien y no me quiere comer, como los padrastros de varias de mis amigas a sus hijastras.

Por estar de moda, por ser importante, tengo un ejército de tipos detrás de mí. Unos interesados y otros derramando la baba por mí. Podría decir que todos los chicos de la ciudad me desean. Menos uno. Justamente el que no me merece y por eso tengo rabia. Primero por enamorarme del más vaciado, el más pobre, el único muerto de hambre de todos. Y segundo porque, a pesar de su notable inferioridad, el imbécil no me copia. Se cree mucho y no es nada. Se llama Hernán Darío. Me da vergüenza decirlo, pero es el mensajero de la tienda, el que lleva los pedidos hasta la casa de mi abuela. Allá lo conocí y hasta allá voy cada semana con el cuento de que me encantan las bandejas paisas que prepara mi abuela, aunque ese solo sea un pretexto para verlo. Y el imbécil cada vez más distante. Solo se limita a entregarme el pedido y casi ni habla.

Me cuentan que está enamorado de Catalina, la hija de doña Hilda, la señora más pobre del barrio. Tal para cual. Pobretón con pobretona. Debería dejarlos que sean felices, pero no lo haré. ¿Por qué hacerlo? ¿Acaso no soy lo suficientemente poderosa como para separar algo tan frágil? Lo veremos.

A mí nadie me quita a un hombre y menos una boba tan insignificante como Catalina. Sé que ella se está comiendo el cuento de que es la más bonita del barrio, pero las cosas no se miden por los comentarios, sino por los resultados. En dos años será el concurso en el que se elegirá a la representante de la ciudad al reinado departamental que elige la reina que va a Miss Colombia. Si es verdad que los viejos verdes del barrio la están proponiendo para reina, ahí lo sabremos.

La pobre no tiene plata ni para depilarse el bigote ni las axilas. En cambio yo puedo quitarme o ponerme lo que quiera sin despelucar las finanzas de mamá. Creo que desaparecen varios millones de dólares de su habitación blindada y ni se da cuenta. Porque en mi casa hay seis habitaciones. La que ocupan mis papás, una donde duermo yo, otra donde descansan mis más de doscientos pares de zapatos, otra con muchos armarios donde yo guardo mi ropa, una de huéspedes y una, blindada, con dos claves, puerta de caja fuerte y sin ventanas, en la que mi mamá guarda la plata. A veces las cajas llegan hasta el techo.

—¿Por qué no la metes en el banco? —le pregunto.

—Yo soy el banco —me responde mientras desactiva las siete alarmas que tiene.

Siento que muchos me critican porque hace unos meses, al cumplir los quince años, mi mamá me mandó a hacer varias cirugías. Pura envidia. Fueron solo retoquitos, porque tampoco es que yo fuera la más deforme para necesitarlas. Si tuvieran el dinero harían lo mismo. Pero como no tienen dónde caerse muertos se dedican a despotricar de los que tenemos y podemos. Es la manera que tienen de superar sus frustraciones. No me importan sus comentarios, seguiré buscando la perfección porque siempre hay algo que uno se pueda hacer. Los posoperatorios son duros, pero el resultado merece la pena. Solo aspiro a que un día Hernán Darío no se resista a mis encantos y me acepte. Es un reto, porque ni siquiera lo quiero ni me fascina. Solo me gusta un poco. Debe ser porque ha sido el único que me ha tratado como una mierda. Así somos las mujeres. En cambio, esos que me cortejan y me mandan flores, chocolates, peluches y poemas pendejos solo reciben mi desprecio. No me conmueven. No sé qué le ve el mensajero a esa encarcelada, pero ya se me voló el mal genio y dentro de muy poquito les voy a hacer saber, a los dos, quién manda aquí. Así tenga que llegar a las últimas consecuencias, ese hombre va a ser mío. Es lo que me ha enseñado mi mamá:

—Lo que es para uno es para uno. Pero si el destino se lo da a otra, hay que arrebatárselo, mamita.

A propósito de mi mamá, voy a encerrarme en un salón de belleza, toda la tarde y parte de la noche, porque está inmamable. Recibió un sobre y no sé qué diablos tenga dentro, pero está fuera de sus casillas. Y si hay alguien que mete miedo cuando está brava es ella.

7

OCTAVIO

La herencia de Catalina

Yésica me mandó a llamar. Nunca llama a nadie, a menos que necesite un favor. Me recibió con fuego en su mirada en la enorme sala de su casona campestre, que es un cubo volado que sobresale del resto de la estructura, enclavada en la roca de una montaña entapetada de cafetales.

En ese castillo de naipes, frágil y vistoso, la encontré mirando la ciudad a través de un ventanal que nace en un suelo de mármol de Carrara rosa italiano y termina en un techo de doble altura. Desde allí se descuelga una lámpara de mil luces diamantinas que bajan en espiral, sostenidas por hilos invisibles. Ahora Yésica es una dama esbelta, de mirada fría, sonrisa cínica, adusta y mandona. Sobra decir que es millonaria, aunque sea necesario aclarar que sigue siendo la misma bandida calculadora y desalmada que una mañana de muchos años atrás llegó a mi casa, al lado de Catalina, pidiéndome posada por una noche que se prolongó por casi tres meses. La más larga de mi vida.

Mirándola bien, me parece increíble su parecido con Catalina, mi Catalina amada, cuya muerte lloré muchas noches, embriagado con el peor vino.

—A veces creo que eres Catalina y que su muerte es un montaje —le dije entre risas para romper el hielo, pero ella, que ha perdido del todo y para siempre el sentido del humor, apenas atinó a mirar mal para explicarme:

—Cosas de la vida, puras coincidencias, porque no he movido un dedo para parecerme a esa estúpida. Yo también tengo lo mío, Octavio. ¿O no?

Mentiras. Semanas atrás me encontré con el médico que la operó de todo, hasta de las pantorrillas, y me contó que la tipa había aparecido en su consultorio con varias fotos de Catalina y una bolsa de papel con varios fajos de dólares para que la dejara igual. En verdad son idénticas. Solo que hay algo que la Diabla no se puede operar y es la mirada. La de Catalina era noble, angelical, honesta. La de Yésica es oscura, indescifrable, fría, mentirosa.

—Pero no te mandé llamar para que me hables babosadas. Quiero que me digas cuánto quieres por esto —preguntó entregándome un sobre y sin quitarme la mirada de encima.

—No sé de qué me hablas —le respondí mientras revisaba su contenido.

—No te hagas el imbécil, Octavio. Te conozco y me conoces. Sé de lo que eres capaz, sabes de lo que soy capaz.

El sobre, que tiene como remitente una dirección y un nombre falsos, contenía el acta de matrimonio de Catalina con Marcial Barrera, el verdadero padre de Daniela. Apenas la terminé de leer, entendí la angustia de la Diabla. Su herencia, al menos la mitad de ella, está amenazada porque, al no anular su matrimonio con Catalina, una buena parte de la fortuna de Marcial pasaría a manos de su familiar más cercano, que es su mamá, doña Hilda. Pero juro que no estoy detrás de esta brillante jugada. Ya quisiera. No me quedó más remedio que defenderme.

—Si estás pensando en que yo te envíe esto, estás equivocada, Yésica —le dije con algo de miedo porque, si alguien sabe de lo que es capaz esta mujer enfurecida o amenazada, ese soy yo.

—Octavio, eres el único que sabe de mi boda con Marcial.

—No soy el único —le recordé—, los trabajadores y los escoltas de Marcial también supieron de esta boda. Pueden ser ellos los que estén mandando estos anónimos para recordarte que les debes algo.

—No les debo ni mierda. Y si ellos o alguien está tratando de asustarme, no estoy dispuesta a aceptarlo. Así que si ese alguien eres tú, solo dime cuánto quieres por ir a esa maldita notaría a destruir el acta original.

—Yésica, si quieres te hago el favor de ir a destruir las actas, pero te juro que yo no mandé este correo. Lo juro por mi madre que está muerta. Cuando necesito dinero te lo pido, así ha sido siempre, así fue durante mi pasada campaña.

—No te mato porque te debo favores y no soy tan hijueputa, pero te voy a advertir algo, Octavio: dices una sola palabra de esto y me olvido de los favores.

—Siempre he sabido que la familia de Catalina tiene derecho sobre la fortuna de Marcial y nunca he abierto la boca, Yésica. Eso a mí no me importa. No soy cercano a esa familia y me da lo mismo que se vuelvan ricos o sigan comiendo mierda. Jamás les he hablado. Si hubiera querido hacer algo, lo hubiera hecho hace mucho. Espero que te quede claro.

—Está bien, voy a creerte, pero te voy a pedir un favor ya mismo y te voy a pagar muy bien. Quiero que los originales de esta acta desaparezcan.

—No hay problema. Yo lo hago si aún está en esa notaría, a lo mejor soy amigo de ese notario, voy a revisar.

—Vete por arriba. Habla primero con el superintendente de notario. ¡Usa de vez en cuando tu condición de excongresista, parcero —exclamó dejando escapar algún rescoldo de su jerga pasada, que a todas luces trata de olvidar, pero no puede.

Volví a entablar amistad con la Diabla hace un par de años, cuando me pidió que le presentara al candidato a la alcaldía de la ciudad con más posibilidades de ganar, ya que el comandante de la Policía no le estaba dando bola. Fue amor de bandidos a primera vista. Ella le dijo, «soy narcotraficante, usted es político. Le propongo una alianza para que, con mi dinero, usted sea alcalde, gobernador y en pocos años presidente de la República, y con su poder yo pueda ser más grande que Pablo Escobar, más grande que el Chapo Guzmán, más grande que el Señor de los cielos y que los tres juntos».

En cuestión de días se enredaron, a pesar de que Aníbal estaba casado, y empezó el matrimonio más fructífero de la vida delictiva del país. Aníbal ganó las elecciones, echó al comandante de Policía, habló con el gobernador para que el suyo los dejara trabajar a cambio de generosas comisiones y, en cuestión de meses, Yésica duplicó sus envíos de coca al exterior. Triplicó su fortuna y se convirtió en el capo de los capos del narcotráfico.

Yo aún estaba en el Congreso y desde allí, como honorable senador de la República, usé todas mis influencias en la Registraduría para que a Aníbal Manrique, como se llama el actual esposo de Yésica, le aparecieran más votos de los que la gente depositó por él. Esa campaña tuvo mucho dinero, la mayoría proveniente de narcotraficantes mexicanos interesados en que el imperio de la Diabla, socia suya, creciera hasta que su poder tocara la Presidencia. Compramos votos, jurados, testigos electorales y lo que estimamos necesario para asegurar el triunfo. Cuando se emitieron los resultados, nos emborrachamos con el alcalde electo, con Yésica, su nueva esposa, mientras Daniela, su hijastra, de apenas trece años, ya insultaba, por teléfono, con palabras de grueso calibre al chico de los pedidos a domicilio. Danielita es fruto de la relación interesada de Yésica con Marcial Barrera, exesposo de Catalina, cuyo amor y chequera la Diabla le arrebató en un ataque de envidia demoledor. Por eso su angustia por no saber quién está detrás del anónimo que le enviaron con el acta de matrimonio.

A partir de la elección, nos convertimos en los mejores amigos. Ellos con el interés de que yo les hiciera favores políticos y yo, con interés en sus favores económicos. Pero, curiosamente, desde que terminó mi período como senador, ya no les intereso tanto como antes, a lo mejor nada, y ahora solo soy su lobista a sueldo. Me pagan por cada favor que les consigo con políticos, jueces, fiscales, autoridades aduaneras o cualquier otra persona o entidad que necesiten manipular para mantener su negocio.

Volviendo al tema del acta matrimonial, que tanto le preocupa a la Diabla, tal y como ella me lo indicó, usé los buenos oficios de la politiquería para que el superintendente me ayudara a buscar en qué notaría se había realizado la boda. Me dijo que en la 174 y que el notario había oficiado la boda en la mansión de Marcial Barrera. Entonces me fui a esa notaría a buscar la manera de sobornar a alguien para que arrancara el acta original y me la entregara para mostrarla y después destruirla. Yésica me dio chequera abierta para pagar muy bien el favor. Y no fue difícil doblegar la moral de un funcionario a cambio de una buena suma. Un hombre viejo, de mirada cansada, medio calvo y de mal humor fue el encargado de ir hasta el archivo a cometer la misión de arrancar el acta matrimonial número PE074439. Yo me puse a esperarlo en una cafetería de enfrente mientras atendía llamadas de Yésica cada minuto.

—¿Ya la encontraron?

—Están buscando.

—¿Ya la destruyeron?

—¡Si no la hemos encontrado!

—¿Ya puedo estar tranquila?

Ninguna de las tres cosas. Al cabo de cuatro horas de larga y angustiosa espera, el funcionario corrupto se me acercó sudando y con la peor noticia:

—Señor, esa acta no existe.

—Qué maravilla —exclamé pensando que ya él la había destruido—. ¿Puede darme los pedazos? —le dije, pero el corrupto se me quedó mirando con extrañeza.

—No existe, me refiero a que alguien la arrancó antes que yo.

Cuando le conté a Yésica casi se muere y casi me mata y casi enloquece. La emprendió a tiros contra todo lo que tenía a mano. Como perro faldero tuve que agarrarla por la cintura y moverme detrás de ella por donde andaba disparando como loca y gritando:

—¡No puede ser, hijueputa, no puede ser! Entonces, ¿quién putas arrancó esa hoja? ¡Alguien me quiere hacer algo, pero se muere primero ese perro o esa perra! ¡Si querían verme brava, ya estoy brava, malparidos!

Cuando se le acabaron las balas, le pedí que pensáramos con cabeza fría en la persona que podía estar detrás de la amenaza y llegamos a una sola conclusión: doña Hilda. Pero para eliminar esa amenaza, a la Diabla le tocaría matarla a ella, matar a Albeiro, matar a su pequeña hija, a la que también han bautizado con el nefasto nombre de Catalina, y matar a la persona que les contó lo de la boda, porque dice Yésica que ellos no tendrían por qué saberlo. Le pedí que no lo hiciera por el bien de todos. Me pareció que un triple asesinato era llegar muy lejos.

—Te van a investigar —opiné—, mejor no alborotar el avispero.

—La justicia aquí soy yo, Octavio. No me da miedo eso.

—La justicia aquí. Pero una masacre se vuelve una noticia nacional y los investigadores de la capital van a empezar a escarbar pistas y móviles y van a llegar a ti. Mejor dejar a los santos quietos —le dije y, al parecer, halló razón en mis palabras porque se calmó y empezó a buscar alternativas para callarlos.

Sobre todo porque no sabíamos con certeza si ellos estaban detrás del complot. Entonces me pidió que la ayudara a expulsarlos del barrio. Le dije que eso era más sensato, pero me advirtió que primero teníamos que buscar la manera de registrarles la casa palmo a palmo, centímetro a centímetro hasta encontrar el original del acta. En ese plan empezamos a pensar. Luego me habló de otro par de inquietudes que la tenían con un pie en el manicomio. Estas sí, de índole melodramática.

—Le voy a ser sincera —me dijo con envidia, cerciorándose de que Daniela no estuviera cerca—: en dos años voy a mandar a mi hija al concurso para elegir a la representante por Risaralda al Reinado de Cartagena. Y aquí otra vez aparece la familia de esa bruja de doña Hilda. Esa muchachita Catalina se está poniendo muy linda y a los dieciocho lo estará más. Me dijo mi mamá que los viejos cívicos del barrio la quieren proponer como candidata. Si es así y siendo sensatos, mi hija Daniela puede perder la corona, y si mi niña no va a Cartagena se suicida. Es su gran sueño. Ella no consiente que alguien sea mejor, no resistiría que un jurado le dijera que hay una más bonita que ella, y menos Catalina, a quien yo le he enseñado a odiar tanto.

—¿Me estás hablando en serio, Yésica? —le pregunté con incredulidad ante el inverosímil argumento y el brusco cambio de tema, y me respondió con rabia:

—¡Mi hija tiene que ganar ese reinado y punto! Y si me toca, como Herodes, ir de casa en casa matando niñas bonitas para que Daniela gane, lo hago. Pero, por ahora, nuestra mayor amenaza es esa muchacha estúpida por bonita y su mamá por andar pensando en quitarme lo que tengo. Octavio, soy capaz de las peores cosas. Que no me busquen.

—Ellos no tienen plata para ir a un reinado. A lo mejor ni lo han pensado —opiné, y con mucha lógica. De paso, le propuse otra fórmula que a lo mejor podría solucionar los dos problemas de Yésica—: ¿Por qué no sacas a tu madre del barrio?

—¿Me crees tan tacaña para no haberlo intentado? Llevé a mi mamá a vivir en el mejor barrio de la ciudad. Le puse un apartamento de quinientos metros con jacuzzi, piscina, los mayores lujos, le puse una monovolumen con chofer. Duró un mes. Jodía por todo. Quería que en un barrio de estrato alto hubiera negocios de toda índole, incluso algunos donde vendieran verduras frescas. Me volvió loca para que la devolviera a su vida normal. Por eso me la traje de vuelta y le agrandé la casa para que no me vayan a llamar miserable. Con toda la plata del mundo y la mamá viviendo en una choza.

—Ese problema de la belleza de Catalina es menor. Puedes encargar que se la estropeen —le dije sin que el consejo me saliera del corazón, pero tratando de encajar en su psicología mafiosa.

Me respondió que ya lo había pensado, pero que no era fácil porque los papás siempre estaban a su lado.

—No la dejan ni cagar sola —me dijo sin ánimo de causar risas. Algo de cierto debe haber en su ácido comentario.

—Me hablaste de un par de inquietudes. ¿Cuál es la otra?

—Otra vez ellos. Parece que mi hija está enamorada del chico de los pedidos, pero el idiota está chorreando las babas por otra. ¿Adivina quién?

—Catalina.

—Sí. Y aunque no quiero para mi hija un simple mensajero, tampoco quiero que su autoestima se vaya a la mierda sabiendo que ella, tan linda, con todo el poder y el dinero que tenemos, sea rechazada por un imbécil que está enamorado de la más pobre del barrio.

—Lamento este par de problemas menores —le dije con total sinceridad—, pero me parece que la belleza de Catalina y el novio de Catalina son problemas menores al lado del lío que tienes con la persona que está detrás de los anónimos, Yésica. Estamos hablando de la mitad de tu fortuna, que aquí todos sabemos no es pequeña.

—Por eso te mandé llamar, Octavio. Ayúdeme a solucionar estos tres problemas. De raíz. Si no lo haces, me veré obligada a actuar de otra manera.

—Pensaré en algo que no te ponga en riesgo. Confía en mí.

—Tienes que hacerlo rápido. Muy rápido. Un día Daniela va a explotar y se le va a ir la mano con Catalina, y las cosas cambiarán. Si doña Hilda está detrás del anónimo, va a atacar con todo. Yo sé por qué te lo digo.

No conozco a Catalina, pero si es más linda que Daniela debe ser una diosa. Porque la hija de Yésica me parece divina. No puedo decírselo a la Diabla para que no me haga deshacer en ácido dentro de un barril, como aseguran los rumores, pero, desde que la vi, dañina, malvada, hermosa, fresca, su hija entró como bala a mi alma negra. A su corta edad ya maneja un todoterreno y se mueve libremente por donde le da la gana, por capricho o por llevarle la contraria a la mamá, y casi siempre sin pedir permiso. Tiene dos escoltas a su servicio que le siguen la onda de manera irracional. Son un par de sicarios disfrazados de empleados llamados Armando y Chelo. Los mueve con un dedo y los pusilánimes ponen sus lenguas para que ella camine, pero reciben buenas recompensas. Cuando los chicos del colegio le regalan peluches o chocolates o cosas sin valor, ella se los da a sus cuidanderos para que los lleven a sus casas.

Me encanta su actitud. Parece toda una mujer, tiene ínfulas de reina y quien no cumpla su voluntad puede recibir los peores insultos que imaginen. Ninguna niña de su edad tiene tanta personalidad. Es como si a sus escasos años ya supiera adónde y a qué horas llegará en cinco décadas. Tenía algunos pequeños defectos físicos que con dinero su mamá hizo desaparecer. Por ejemplo, heredó el morro que su Yésica tenía en la nariz por la época en que ella y Catalina invadieron mi apartamento de Bogotá. Le sobraba un tris de cinturita, sus tetas eran chiquitas y le faltaba un poquito de culo. Pero, para sus quince, la mamá le mandó poner todo lo que le faltaba y sacar todo lo que le sobraba, y terminó convertida en una de las chicas más lindas de la ciudad. Si es verdad que su primera meta en la vida es ser reina del departamento, no dudo que la logrará. Tiene el dinero y las influencias necesarias. La belleza no es un problema estético, es un problema económico.

Ya pasando al otro problema, el del corazón de Danielita, dicen que el jovencito es apuesto y educado, pero Yésica no quiere que eso sea cierto. Imaginen la prepotencia. Cree que el dinero le alcanza para hacer cambiar de curso la realidad. Lo mismo piensa su hija. Barre el suelo con sus mechas fijadas con moco de gorila cada vez que va a entregar un pedido. Se nota que goza humillándolo, y todo porque no soporta que él se fije en Catalina y no en ella.

La estrategia

Si Yésica quiere sacar a los Marín Santana del barrio sin matarlos, lo más lógico es que nos toque brindarles alternativas. Entonces le pregunté si estaba dispuesta a pagarles una buena suma por la casa. Los puedo convencer de que se vayan a otro barrio.

—Es la peor pocilga del barrio. No daría un peso por ella —me advirtió con burla.

—Si los quieres lejos, les tenemos que dar para que compren una casa en otro lugar. No se irán si no están seguros.

—Se irán. Yo compré la del vecino de mamá en cuarenta. Ofrézcales veinte por esa choza.

—Ofrezcámosles cincuenta. Yo me encargo del resto —le dije pensando en una oferta que no puedan rechazar.

—Yo le puedo dar los cincuenta, pero eso pondría en evidencia un interés que no quiero que ellos noten. ¿Cuál sería tu mentira? ¿Cómo los convencerías de vender una casa tan insignificante para cualquier persona?

—Yo me encargo —le dije, y se quedó tranquila.

Y estamos pensando en alternativas menos violentas cuando su hija Daniela, vestida de manera exhibicionista, merodea por la sala de dimensiones innecesarias planeando su próxima pataleta. Algún capricho costoso que su madre no tendrá problemas en hacer cumplir con solo chasquear sus dedos.

Anticipándose a su primer grito de histeria, Yésica le pide que se calme y que le hable sin llorar porque eso le «emputa» muchísimo, y le recuerda que no debe hacer un show para obtener lo que desea.

—¿Qué te pasa? ¿Qué quieres?

—Mis amigas del colegio me están humillando con los relojes que les compraron sus papás.

—¿Y es que tú no tienes reloj? Te he comprado varios, los más costosos.

—Quiero los últimos. Ellas los tienen y eso es una humillación para mí. ¿No se supone que soy la hija del alcalde de la ciudad?

—¿Y por qué les regalaron relojes sus padres a tus compañeras? —le pregunta Yésica sabiendo que Daniela no tiene una buena respuesta.

—Por haber pasado en limpio el bimestre.

—Ah, ¿te das cuenta? Ellas los merecen. Tú suspendiste tres asignaturas, Daniela.

—Y eso qué importa —le responde a su madre, y luego lanza una pregunta de fina manipulación que me deja muy sorprendido—: ¿Me trajiste a este mundo a aprobar asignaturas o a ser feliz?

Enseguida la Diabla, como se le conoce en el bajo mundo, llama a Beto, más conocido como Pipe Cortadas, su mano derecha, y le ordena ir en busca de tres relojes de las mejores y más costosas marcas para resolver el problema existencial de su hija. Al cabo de dos horas, Beto aparece con un Bvlgari, un Cartier y un Rolex. Todos en oro, todos repletos de diamantes. Al entregárselos, su madre, complaciente e insospechada, le dice con mediocridad estimulante:

—Toma, pendeja, no llores más. Aquí tienes un reloj por cada asignatura que cateaste.

8

CATALINA

El color de la adultez

Hace como tres años le pregunté a mamá sobre el porqué de las exageradas precauciones en mi cuidado y educación y me dijo que el día que me desarrollara me lo contaba todo. La sangre que marcaba el final de mi niñez y el inicio de mi adolescencia bajó lentamente por mis piernas tres meses después. Estaba ayudándole a mi mamá a hacer la comida cuando sentí que algo caliente me mojaba. Aunque la estaba esperando desde hacía meses y con ansiedad, no imaginé que se tratara de la menstruación. Hubo un gran escándalo en mi casa porque mis papás no se habían ni me habían preparado para ese día. No tenían listas las compresas y a duras penas sabía yo cómo ponerme una, gracias a que la mayoría de mis compañeras ya habían vivido la experiencia y me la habían contado. Me sentí sucia, me sentí rara, pero a la vez liberada y feliz con la posibilidad de que mamá dejara de tratarme como a una niña a la que tenía que dispensar exagerados cuidados y cumpliera su promesa de contarme muchas cosas de nuestra historia, que la gente sabía, pero yo no.

Ilusiones vanas, porque nada cambió. Incluso el panorama oscureció. Me dijo que en adelante deberíamos tener más cuidado porque los hombres se iban a alborotar cuando supieran que yo ya era una mujer y que intentarían conquistarme, de mil maneras, con la única intención de quitarme la virginidad.

—Es un trofeo para ellos, se sienten más hombres siendo el primero en poseer a una niña, pero tranquila, mamita, que mientras yo viva, y vida es lo que me queda, nadie la va a tocar antes de que se case.

—¿Y si nunca me caso? —le pregunté, porque en ese momento no pensaba depender de un hombre en mi vida.

Me respondió con un silencio largo.

Las palabras que me dijo y también las que no me dijo retumbaron en mis oídos como dinamita dentro del agua. Me imaginé monja, me imaginé soltera, me imaginé desdichada. No porque me hiciera falta el sexo. De hecho, hasta ese día no pensaba en eso, ni me mortificaba la idea. A pesar de que varias de mis compañeras ya lo habían hecho, incluso desde los doce años, y lo comentaban a la hora del recreo como quien cuenta una anécdota de un paseo o la salida para comer un helado, yo sabía que a mí no me había llegado la hora de acostarme con ningún hombre.

Mamá me enseñó a temer las relaciones sexuales, pero un día le dije, mientras observaba a Hernán Darío entregándome en la puerta un pequeño pedido, que no por haber anidado ese miedo en mí yo iba a dejar de sentir.

Se quedó pensativa, miró fijamente el reloj de la vida que colgaba de sus miedos y me encerró en su cuarto, con decisión, después de echar el cerrojo para que nadie entrara, y se destapó, por fin.

—Mi amor, ha llegado la hora de que sepas muchas cosas del pasado.

Entonces me contó con dolorosos detalles la tragedia que habían vivido ella y papá por cuenta de las locuras de Catalina, mi hermana mayor ya fallecida, desde el día en que a ella se le metió en la cabeza que para ser rica y feliz tenía que tener las tetas grandes.

Fueron varias noches de catarsis en medio de relatos temblorosos, húmedos, tristes, a las que se sumó papá con más cautela. Me contaron que Yésica, la mamá de Daniela, una señora muy importante hoy en día en la ciudad, había inducido a Catalina por el camino del mal hasta hacerla caer en la tentación. Que entre ella y tres amigas más, de nombres Ximena, Vanessa y Paola, habían llevado a mi hermana a la perdición y que por eso a ellos no les gustaba que yo me juntara con sus hijas Valentina, Adriana y Martina, esta última la hija de Paola con un europeo que la sacó de un prostíbulo con el lenguaje del dinero, y con el que no pudo convivir mucho tiempo debido a su dificultad para aprender el idioma alemán. Dijeron que Paola regresó al país con su hija, la dejó por unos días al cuidado de su madre y no volvió a verlas durante casi un lustro. Especulan que estuvo presa por llevar cocaína en el estómago. Lo cierto es que viene de vez en cuando a visitar a su hija, que vive bajo los cuidados laxos de una anciana enferma y sin autoridad como su abuela Norma.

Cuenta mamá que por la época en que Catalina la Grande cursaba el grado noveno, el mismo año en que los talibanes derribaron las Torres Gemelas en Nueva York, varias chicas empezaron a llegar al colegio con ropa de marca, relojes estrambóticos, zapatos finos y motos ruidosas. Que de la noche a la mañana fueron mejorando sus viviendas, hasta que lograron angustiar a «mi chiquita» con que teníamos la casa más desarreglada de todas.

—Y allí, en ese justo momento no estuve yo —me dijo sollozando, con un sentimiento de culpa que nunca le había percibido, y agregó—: La ilusionaron, le prometieron un paraíso falso, engañoso, de lujos efímeros, a un precio muy alto, y ahí tampoco estuve yo para sacarla del error. Su hermana no tuvo mamá —reconoció ahogada en lágrimas, y culminó—: Yo andaba enajenada buscando cómo ganarme la vida para sacar adelante a mis hijos, pero, paradójicamente, me olvidé de ellos.

Fue en ese momento cuando me contó que Bayron había sido asesinado por la Policía por andar en malos pasos. No lo conocí, pero sentí el dolor que me transmitió la mirada perdida de mamá.

En estos relatos empecé a encontrarle sentido a la raya amarilla. También me pusieron al tanto de las andanzas de mi hermana Catalina en Bogotá buscando el dinero para agrandarse los senos. Me contaron que un médico inescrupuloso, de nombre Mauricio Contento, operó a mi hermana con unas prótesis usadas que, años después, le causaron alergias e infecciones en los senos que la obligaron a desoperarse. Todo por su vana ilusión de encajar en la estética de los narcotraficantes.

—Señores feos, señores de la muerte. Monstruos comesueños —opinó papá con amargura—. Catalina vivió con uno de ellos. Un señor que se llama Marcial Barrera y que ahora está en Estados Unidos cumpliendo una larga condena.

—Debe estar para salir —añadió mamá—, porque dicen que le cayeron veinte años y ya van como dieciséis. Es el verdadero papá de Daniela, la hija de Yésica.

—Dicen que era un hombre muy rico —opinó papá con amargura, pero mamá, intuyendo por dónde iba el comentario, lo calló con una frase:

—No quiero que volvamos a hablar de eso, Albeiro.

—Es que yo le digo a tu mamá que, si Catalina vivió con ese señor, algo de la plata que tiene Yésica nos pertenece. La otra mitad es para su hija.

—Albeiro, ni una palabra más sobre esto, por favor. Jamás en esta casa va a entrar un solo peso manchado de sangre. Quiero que eso quede claro de una vez por todas. Además, para tener derecho sobre esa fortuna, Catalina se tendría que haber casado con ese señor, y hasta donde yo sé, eso nunca sucedió. Hace un tiempo, cuando la niña era pequeña, Yésica vino a la casa con el pretexto de conocerla y me contó que ella sí se había casado con ese tal Marcial. Así que nosotros ahí no tenemos nada que reclamar. He dicho.

La mejor descripción de un narco la hizo mamá una madrugada con los párpados a punto de sucumbir:

—Mamita, no conozco una sola niña que se haya metido con esos señores y sea feliz. Las usan hasta que dejan de ser lindas y jóvenes y después se limpian el culo con ellas.

Supe entonces que su temor a que yo repitiera esa historia tenía fundamentos serios. La última noche de los relatos me hizo jurarle que jamás me dejaría ilusionar con una vida fácil, y lo juré. Me hizo jurarle que jamás me fijaría en un narcotraficante, y también se lo juré. Me hizo jurarle que nunca me sentiría menos que ninguna mujer si no pasaba por un quirófano, y de nuevo se lo juré.

No por tranquilizarla, no por ganar su confianza, no por quitarme de encima la superprotección a la que me tenía sometida. Lo hice porque estoy llena de amor, llena de confianza, llena de autoestima y no pienso ni necesito atentar contra mi propia vida haciendo cosas indebidas. Y lo he cumplido. A medida que fui creciendo me hizo prometerle muchas cosas. La última promesa que me pidió no la podré cumplir:

—Mi amor, prométame que si la hija de Yésica te provoca no le vas a responder.

—Lo siento, mamá, a todo te he dicho que sí, menos a esto. Si Daniela me provoca, me voy a hacer respetar.

9

OCTAVIO

La carta

Atendiendo el pedido de Yésica, sobre el mediodía aparezco en casa de doña Hilda con el único fin de negociar su casa. Albeiro abre la puerta parado sobre una extraña raya amarilla que cruza toda la salida y me saluda con desconfianza. Lo noto más gordo y, desde luego, más viejo, como él me habrá visualizado a mí. Al principio no me reconoce, pero apenas le menciono nuestras aventuras etílicas en Bogotá, esperando a Catalina la Grande mientras se revolcaba en la cama con Mauricio Contento, sonríe con pena. Me saluda efusivamente pero con algo de miedo y, después, cuando le cuento a lo que vengo, me hace pasar.

Doña Hilda, a quien el tiempo ha golpeado con más rudeza, aparece en la sala con su mirada de señora desdichada, una cinta con la que mide los centímetros colgando de su cuello y me saluda fríamente, quitándose los lentes, pero sin dejar de mirarme. Albeiro me presenta sin entrar en detalles dolorosos y le cuenta que les traigo una oferta por la casa.

—No estoy vendiendo mi casa —responde la doña con sorpresa.

—Es una buena oferta, amor —asegura Albeiro, y le aconseja—: ¿Por qué no escuchas al señor antes de decidir?

—Porque no estoy vendiendo la casa, porque no me quiero ir de aquí. Mi hija estudia a dos manzanas. Sería un trauma en estos momentos, amor —confirma con seguridad.

—Si me permite, le puedo contar mi oferta, doña Hilda.

—En realidad no me interesa, don Octavio, yo se lo agradezco mucho, pero como ya le dije dos veces y con esta tres: no estoy vendiendo mi casa. Mejor dicho, la casa de mi hija, porque es de ella en realidad.

—¿No quiere escuchar la oferta por lo menos? —le insisto—. Es una muy buena suma, se lo aseguro. Nadie le dará más por una casa en tan mal estado.

—Antes de escuchar la oferta me gustaría conocer primero el porqué de su interés por nuestra casa, don Octavio, si, como usted ya ha notado, es la más fea de la cuadra. ¡Hasta nos la mandaron pintar de negro los de la alcaldía!

Aquí tengo que improvisar. No venía preparado para responder este tipo de preguntas. Entonces le digo que la alcaldía desea montar en el barrio una pequeña Casa de la Cultura y que esta, por ser esquinera y por estar en el corazón del parque, nos parece propicia para demoler y hacer en esa parcela la obra.

—Dijo usted ¿demolerla?

—Sí. Esta casa no tiene arreglo. Hay que volverla a construir.

—¡Peor me lo pone! —exclama doña Hilda con una risa sarcástica, como queriendo concluir el episodio, y explica—: Esta casa, estos cuartos, estos suelos son el único recuerdo que tengo de mis dos hijos asesinados, don Octavio. Los veo correr de niños por estos pasillos, los veo husmeando en las ollas de la cocina cuando tenían hambre, los veo jugando con agua en los alrededores de la alberca. Esta casa es la memoria de ellos, esta casa es lo único que me los mantiene vivos. ¿Usted cree que yo la dejaría demoler? Definitivamente, don Octavio, esta casa no está en venta.

Plan b

Yésica dice que soy un inepto por no haber podido convencer a la mamá de Catalina de venderme la casa por el doble de lo que cuesta. Tiene razón, aunque me defendí argumentando que los sentimientos suelen dañar muchos negocios. Pero le demostraré que no soy un incapaz. Me acabo de inventar una fábula entre pirata y urbana que me puede funcionar. Era cuestión de invocar a Maquiavelo y pensar un poco. Ya no soy tan rápido mentalmente.

La estrategia es la siguiente: voy a casa de los padres de Catalina la Pequeña y me invento que, en días pasados, cuando me trasladé a esta ciudad, encontré algo en mi trastero que quizás les pueda interesar. Es una carta que les dejó Catalina antes de morir. No puedo decirles lo que contiene hasta que la lean, pero cuando la abran encontrarán que en sus renglones ella les pide, encarecidamente, que se vayan del barrio para que su hermanito crezca en un medio más sano, sin tantas amenazas. En el anverso de esa carta pintaré un mapa con las instrucciones para encontrar un dinero que Catalina, supuestamente, les dejó, producto de sus ahorros, para que iniciaran una nueva vida lejos de ese barrio peligroso donde siempre han vivido: «Necesito que mi hermanito o mi hermanita crezca en otro ambiente, en otro barrio, en otra ciudad donde la gente mala no amenace su futuro».

A Yésica le pareció muy ingeniosa mi estrategia y hasta me acompañó a enterrar el dinero en un lugar seguro y desolado a las afueras de Pereira, en la carretera que conduce a Armenia. Avanzamos con sus escoltas hasta un caserío que se llama Tres Esquinas y nos internamos por un baldío que bordea el Río Verde. Cerca del cauce de ese arroyo a punto de apagarse, bajo un puente viejo y corroído por el tiempo, enterramos cincuenta mil dólares con un par de prendas que Catalina abandonó en mi casa y de las que nunca me quise deshacer por mera y estúpida nostalgia olfativa.

El cartero

Ya con la mentira bien armada volví a casa de los Marín Santana. Les sorprendió verme de nuevo, pero les conté lo de la carta y se medio interesaron.

—Es una carta que les dejó Catalina —le digo a doña Hilda ofreciéndole el sobre y mirándola a los ojos para que no se me note la mentira.

—¿Dijo usted una carta de Catalina? —pregunta asombrada, ilusionada con tener un objeto de su hija muerta.

—Sí, me trasladé a vivir a esta ciudad hace poco y la encontré durmiendo entre unos libros. Pensé que les interesaría abrirla y leerla.

—Claro que nos interesa —opina doña Hilda por los dos, mientras Albeiro agacha la cabeza con aburrimiento, tal vez temiendo que en esa carta haya algo que lo comprometa.

—Me encantaría leer algo nuevo de mi hija, don Octavio —me dice recibiéndola por fin, pero noto que Albeiro se molesta.

Entonces el tipejo mira el reloj y celebra que se le aparezca la oportunidad de huir de la conversación.

—Voy por la niña al colegio mientras ustedes terminan de hablar, mi amor. Aunque, si me preguntan, porque nunca me consultan nada, yo diría que no es bueno tener esta carta en la casa, Hilda.

—¿Por qué?

—No es bueno remover el pasado, mi amor. Tú misma me enseñaste: lo que está quieto se deja quieto. Ya vuelvo.

Doña Hilda me devuelve el sobre alegando que en su casa las decisiones se toman en conjunto. Entonces voy detrás del pelele. Necesito convencerlo de recibir esa carta. De paso, así conozco a la famosa Catalina. Después de las referencias de Yésica, muero por saber qué tipo de belleza hace que alguien pague cincuenta mil dólares por una casa que cuesta veinte. Entonces me ofrezco a llevarlo para matar esos dos pájaros de un solo tiro. Por el camino le pregunto que cuál es el miedo a leer la carta de Catalina la Grande, y se sincera conmigo.

—Fui novio de Catalina. Ahora soy el esposo de su mamá. Uno no sabe qué barbaridad contenga esa carta y no quiero problemas con Hilda, don Octavio... Usted es hombre. Usted me entiende.

—Por razones obvias no la he leído, pero no creo que hable de esas cosas —le digo para tranquilizarlo, y agrego—: La escribió Catalina antes de morir. A lo mejor es algo importante para ustedes.

Se queda pensando. Esto salió bien. En cualquier momento la va a querer leer. Lo que no salió bien fue mi primer encuentro con su hija. A partir de entonces estoy perturbado. Todo lo que había escuchado hablar de ella y su inconmensurable belleza es poco. Niña más hermosa nunca vi.

Ojos más expresivos y blancos de pureza los míos nunca vieron. Nariz más pequeña, boca más delineada, piel más angelical jamás vieron mis ojos. Es una aparición divina. Me remonté a la época en que conocí a su hermana y fue inevitable compararlas. Esta chiquita a quien sus padres bautizaron con el mismo nombre es dos o tres veces más bella. Y si Catalina la Grande enloqueció a los hombres de su época con mucho menos, no quiero pensar en los estragos que causará su hermanita con ese cuerpo de mármol renacentista. En mí ya está causando estragos.

Al regresar a casa de doña Hilda, con el tonto de Albeiro en el puesto delantero de mi monovolumen, encontramos al mensajero merodeando por la manzana. Está en un banco del parque, justo el que da hacia su ventana, tratando de encajar la cadena a su bicicleta. Uno a mil a que él mismo la descompuso. Solo es un pretexto sin ingenio para poder verla. Los dos chicos se miran con dulzura. Entiendo, por fin, las preocupaciones de la Diabla. Tiene razón, si Daniela observa esto, se va a armar un buen zafarrancho. Que se maten no me importa, lo que realmente me interesa es hacer que lean la carta. Me dicen que regrese al día siguiente.

La carta

Al día siguiente regreso a casa de los Marín, a la misma hora, para no perderme el espectáculo de volver a mirar a Catalina. Al llamar en su casa negra, veo de nuevo al muchachito de los pedidos revoloteando como carroñero en funeral.

Doña Hilda abre la puerta y la raya amarilla que tiene pintada en el suelo roba la atención de mis ojos. La doña ya no tiene el mismo entusiasmo de ayer por leer la carta. Albeiro le ha trasladado sus temores. Entonces, para hacer corta mi estadía en ese triste lugar, les digo que vengo a dejarles la carta para que hagan lo que crean conveniente.

—Qué pena por usted, don Octavio, pero mi esposo y yo hemos decidido que no queremos leer esa carta —me dice doña Hilda con amabilidad.

—Bueno, yo se la dejo —les digo con el único objetivo de que la acepten y la curiosidad los obligue a leerla en cualquier momento—, la pueden leer en otro momento.

—No la queremos —repite Albeiro.

—No es por meterme en sus asuntos, pero creo que debe decir algo importante.

—¿Por qué cree que debe decir algo importante si no la ha leído, don Octavio? —interroga doña Hilda acorralándome, pero me salgo de las cuerdas con un movimiento en falso—:

—Porque recordé que esa carta la escribió Catalina en mi apartamento poco antes de matarse.

El gesto de doña Hilda se transforma. Albeiro traga saliva. Lo noto inquieto. Entonces los trato de calmar y también de interesar en el contenido de lo escrito por Catalina la Grande.

—Recuerdo que ella me dijo que era muy importante que ustedes la recibieran, ya que ahí dentro podía estar el futuro de la familia.

Doña Hilda se queda mirándome con un desprecio infinito. Noto que sus ojos se humedecen de rabia y su semblante se torna más infeliz que hace unos momentos. Entonces se me acerca, me mira con odio y me pregunta algo que no estaba en mi presupuesto a la hora de inventar esta treta y que, de haber calculado, tal vez no hubiera inventado:

—¿Usted sabía que mi hija se iba a matar y no lo impidió?

—Bueno, yo...

—¡Contésteme! —gritó—. ¿Fue capaz de permitir que mi hija se matara sin hacer algo para evitarlo, desgraciado?

En mis cortos cincuenta y ocho años de vida he sufrido muchas penas, padecido muchas vergüenzas, vivido muchos momentos difíciles, incluso de escarnio público con escándalos filtrados a la prensa, pero jamás había deseado que la tierra me tragara de la manera en que lo estoy deseando ahora. Al terminar la pregunta, doña Hilda se deshace. Su llanto moja mi pecho mientras lanza golpes débiles sobre mi cara y yo sostengo sus bracitos aguados y huesudos. Aun así, a Albeiro le cuesta trabajo alejarla de mí. La señora tiene toda la razón de estar furiosa. Yo no calculé que contarle a una madre que su hija había ido a decirme que se iba a matar y no hacer algo por detenerla era tan grave como dispararle los cuatro tiros que le quitaron la vida.

Sé que nunca me lo perdonará, pero de los errores se aprende. Esa tarde, ofreciendo millones de disculpas, de las más variadas maneras, me despedí de ellos explicándoles que era muy importante que leyeran esa carta. Albeiro me dice que la deje, que lo discutirán en familia, y se disculpa porque tiene que ir a traer a su hija del colegio. Dejo la carta y me ofrezco a llevarlo de nuevo. El viaje resulta todo un martirio. Catalina la Pequeña es una cosita preciosa que cualquier hombre pasaría años observando sin cansarse.

10

CATALINA

La metamorfosis

Le pregunté a papá acerca de ese señor extraño que me observaba como si se le hubiera aparecido la virgen y me dijo, guardando en su billetera su tarjeta personal, que él era «un amigo del pasado». Me sorprendió su mirada. Nunca nadie me había mirado así. Sentí como si quisiera devorarme con sus ojos. Una cara parecida a la que pone Omaira cuando le llevo cocadas al colegio. Le encanta el dulce. Entonces quise saber a qué había venido ese hombre elegante por segunda vez a mi casa y me dijo que a dejarnos una carta que mi hermana Catalina la Grande nos había escrito antes de morir, pero que ni él ni mamá estaban interesados en abrir heridas del pasado, por lo que de mutuo acuerdo habían decidido no abrirla jamás.

Supuse que hacían bien, porque nada bueno puede estar escrito en una carta cuyo mensajero, quince años después, no es más que un desvestidor de mujeres. Cuando me recorrió palmo a palmo con su mirada lujuriosa empecé a notar que había cambios en mi cuerpo. Hasta ese día no los hice conscientes porque Hernán Darío jamás me ha mirado con ojos de cazador. Sus miradas son dulces, hermosas, brillosas. Nunca me mira a otro lugar distinto a mis ojos.

Mis piernas empezaron a alargarse y a tornearse, mis caderas a ensancharse, mi cabello largo y liso a ondularse en las puntas, mi cintura, que podía caber en las manos de Hernán Darío, no quiso crecer más como tampoco mis senos, que sin embargo se endurecieron como peras verdes. No crecieron mucho, pero mamá me enseñó a sentirme orgullosa de ellos.

—Te vas a ahorrar mucha plata en sostenes, mamita —me soltó un día, como si eso me interesara, y completó la explicación diciéndome—: Nada como correr libre, sin el peso de dos melones inmensos en el pecho.

Entonces aproveché sus mismas palabras para protestar:

—¿Es que acaso algún día yo voy a poder correr libre?

Nuevamente se quedó callada.

Otro día, para que yo no sintiera complejo de mis tetas chicas, me dijo:

—Dios te recompensó con el rostro más bonito y el cuerpo más lindo que he visto en toda mi vida, y no te lo digo por adularte. Si no me crees, pregúntale a los de la Junta de Acción Comunal, que llevan meses rogándome que te preste para participar en el reinado del barrio.

—¿De verdad quieren que yo sea la reina del barrio? —pregunté halagada.

—No es que quieran que tú seas la reina del barrio, mi amor. Tú ya eres la reina del barrio, lo que quieren es mi permiso —me aseguró, y agregó—: La que gane va al departamental.

Me entusiasmé con la posibilidad de concursar por mi interés de conocer lugares distintos a las paredes de mi casa, pero lo demás no me importaba. Creo que debe ser algo humillante para cualquier mujer que se respete sentir una horda de ojos morbosos recorriéndole desde el menor defecto hasta la mayor virtud.

—¿Me vas a dejar participar? —le pregunté por probar sus reales intenciones, pero nuevamente se quedó callada.

El silencio era su mejor arma para demorar aquellas preguntas difíciles de eludir.

En realidad no me siento una reina, aunque el mío es un rostro bonito, pero también coqueto, contra mi voluntad. Mi cuerpo, según los piropos que recibo por la calle cuando acompaño a mamá a la compra o a pagar los recibos de los servicios, es pecaminoso. Cuando me miran por delante, los hombres me adulan con frases de cajón como «¿De qué película te escapaste, mi amor?», o «No sabía que los ángeles del cielo se estaban cayendo», pero cuando me miran por detrás me expresan cualquier cantidad de vulgaridades relacionadas con mi trasero. Si las contara, la menos fuerte sonaría escandalosa.

Martina al ataque

Cuando completé mi desarrollo empecé a darme cuenta de lo difícil que sería cumplir los juramentos hechos a mi madre. No porque me sintiera débil frente al dinero, a la lujuria o a la vanidad, sino porque empecé a sufrir una presión extraña de mi entorno para que mi vida, excluida de problemas por los cuidados de mamá, volviera a su cauce natural. El de la pobreza, el subdesarrollo, el de la necesidad de satisfacer ilusiones. Los hombres me empezaron a perseguir para engullirme y las mujeres a aconsejar mal para destruirme. Entre ellas Martina, la hija de doña Paola, una jovencita de mi edad que se desvió del camino hace dos años por su afán de alcanzar en poco tiempo lo que un pobre tarda toda la vida en conseguir. Todos los días me habla de lo mismo, tal vez con la ciega fe en que voy a caer en algún momento.

—Catalina, no sea pendeja, sáquele billete a ese virgo.

—Catalina, usted es muy bobita, amiga, déjeme presentarle a un tipo que la saca de pobre en dos patadas.

—Catalina, si yo tuviera su culo y su cara sería millonaria.

—Catalina, póngase tetas y le presento al más duro de los duros. Se llama Gato Gordo, es el socio mexicano más grande que tiene la Diabla. El man la ha visto y se muere por usted. Le juro que le compra carrito y le pone apartamento. Eso sí, tiene que operarse porque no le gustan destetadas.

—Yo nunca me voy a operar, Martina. El único hombre que me interesa no se fija en eso. Así que gracias, pero le pido el favor de que no me vuelva a nombrar a nadie.

Obviamente no le presto atención. Tendrá que cansarse de decirme tantas cosas algún día. Sin embargo, siento algún temor porque la he visto subirse a una furgoneta de cristales oscuros que luego nos sigue a papá y a mí hasta la esquina del parque. Sé que es Martina con el tal Gato Gordo observándome.

Recordé las palabras de mi hermana dichas por mamá: «Si una niña es pobre va a vivir una tragedia, pero si además de pobre es bonita esa tragedia es doble».

Yo vivo esa doble tragedia. En cualquier otro lugar del mundo ser linda sería una bendición, pero no aquí, enquistada en un barrio cuyas calles se disputan dos pandillas dedicadas al microtráfico y una banda criminal dedicada a la extorsión y al sicariato.

Los jefes de ambas bandas me mandan regalos que siempre rechazo, me envían mensajes que nunca contesto, me lanzan miradas que nunca correspondo. Están al acecho a la salida del colegio, que es el único lugar donde me dejo ver. Cuando no pueden estar cerca de mí, me mandan vigilar con sus guardaespaldas. Todo es controlable, porque son delincuentes de poca monta, con excepción de Gato Gordo, quien según la misma Martina ha «colocado una tonelada de cocaína en Europa y se ha convertido en un capo temible y poderoso». Ojalá no intente usar su poder sobre mí. Sería una desgracia.

No he puesto al tanto de la situación a mis padres por no alarmarlos y quizás por evitar que aumenten sus asfixiantes controles sobre mí, pero Martina, a lo mejor por una suma grande, me entregó una carta escueta en la que Gato Gordo me advierte que soy el amor de su vida, que no se va a morir sin probar mi dulzura y que le puedo pedir lo que quiera. Lo que quiera, me repite, porque está «embilletado», y que ya no hay nada en el mundo que él no pueda comprar, incluso yo.

Encargué decirle que no se equivoque porque yo lo tengo todo. Que no anhelo lo que no puedo tener. Que soy una niña, que mis padres me dan todo lo que necesito, que no es mucho pero sí suficiente, que no me gustan los hombres que hacen cosas malas y, lo más importante, que me estoy empezando a enamorar. Obviamente, no encargué decirle que de Hernán Darío Bayona, mi único amor, porque, con lo atrevidos que son, termina matándolo.

El primer beso... ¿Y el último?

Nancho, como le dicen todos en el colegio a Hernán Darío, es el único hombre con el que tengo contacto a diario, gracias a los pedidos que se inventó mamá para que yo no saliera. Ayer, por milésima vez, me pidió un beso, y con todo el miedo que cabe en mi corazón le dije que no. Pero estuve pensándolo la noche entera y he decidido que hoy, cuando venga a traer lo del almuerzo, le diré que sí.

Toc, toc, toc. Es él. Mi cuerpo se llena de angustia. Mamá prepara el dinero para pagar y me pide que salga a recibir el pedido. Me plancho el vestido con las manos, me miro por última vez en el espejo, tomo aire por si me llegara a faltar cuando me esté besando y paso por la cocina como si el mundo no estuviera esperándome al otro lado de la raya para explotar. Recibo 7.500 pesos y empiezo a dar los primeros pasos hacia mi primavera. Atravieso la sala, abro la puerta, observo de reojo la gruesa línea amarilla que la llanta delantera de la bicicleta de Hernán Darío alcanza a tocar, desafiante, y lo miro.

—Son 7.500 —me dice con total seriedad, pero sin dejar de mirarme a los ojos.

Le entrego el dinero a tientas, porque me gusta sostenerle la mirada, y de repente siento que él me atrae con fuerza hacia su cuerpo mientras me pregunta:

—¿Hoy sí?

Yo asiento con la cabeza, convencida de lo que siento y de lo que quiero. Entonces Nancho se me acerca sin bajar de la bici. Siento la presión de la sangre en mis venas. La adrenalina sube cuando mamá grita exaltada:

—¿Por qué tanta demora, Catalina?

—Estoy esperando el cambio, mamá —le respondo con un nudo en la boca y me intento escapar.

Pero Nancho tiene el pedido en su mano izquierda y me dice, con risa juguetona, que no me lo entrega si no le doy el beso, porque no pudo dormir anoche esperando este momento.

No sé si por miedo a que salga mamá o por temor a que Hernán se aburra de rogarme y le termine dando ese beso a Daniela, o a otra chica de las muchas que andan enamoradas de él, pero me rindo al amor. Piso la raya amarilla, cierro los ojos y le acerco mi boca. Entonces siento sus labios húmedos sobre los míos y un corrientazo sublime empieza a recorrer mi cuerpo de palmo a palmo. Música celestial suena dentro de mí. Ese primer beso de mi vida es un viaje corto hacia la eternidad. Siento su lengua como flama ardiente dentro de mi boca y no sé cómo reaccionar. Habría jurado que los besos no iban más allá de los labios, pero Nancho me ha mostrado otro camino. Ese día mi saliva perdió su inocencia. Hasta ese día no supe a qué sabía el amor. En realidad, no es el sabor lo que importa, sino el color. El amor es azul claro con fucsia, como las nubes de ciertos atardeceres. Fue lindo. Me gustó. A partir de entonces, el mensajero se terminó de colar en mi corazón.

Muy hermoso para ser real

Un día me hizo la propuesta más emocionante que he recibido en mi vida. De hecho, la única que hasta entonces me habían hecho.

—Escapémonos, mi amor.

Inmediatamente le dije que no. Impensable. No era mi intención atravesar la línea amarilla jamás. Entonces se inventó la manera de escapar sin que la cruzara. Apareció una noche en el patio de mi casa, llamó a mi ventana y me pidió que escapáramos saltando la tapia. Me llené de nervios. La adrenalina me copó. No supe qué hacer. Donde mis padres lo descubrieran, ahí se armaría un gran lío. Sin embargo, conocer una calle distinta a la de mi colegio me sedujo por completo. Se veía tan hermoso en medio de su miedo que ya no pude negarme más a la aventura y la acepté. Dieciséis años de encierro llegarían a su fin. Me estaba jugando la confianza de mis padres, pero Nancho me dijo algo tan contundente que no pude rebatir:

—El día que alguien necesite pedir permiso para ser feliz, ese día ese alguien dejará de ser importante para el universo y hasta para el mismo Dios.

Eché el cerrojo de mi puerta, salí por la ventana y cruzamos el solar de la casa. Me ayudó a trepar el muro que da contra la casa de doña Rosa Emilia y, haciendo malabares por el filo del muro, llegamos a la esquina. Nos descolgamos con las manos y luego nos soltamos. Caímos al suelo en medio de risas. Nuestras caras cercanas propiciaron un beso más. Luego Nancho sacó su bicicleta de detrás de unos matorrales y nos fuimos. Él pedaleando y yo sentada sobre la parrilla de los pedidos, sintiendo por primera vez, en toda mi vida, su cuerpo fuerte, al que me aferré con alegría, y la brisa fresca de la libertad en mi rostro.

Fuimos hasta el mirador. Desde allí divisamos las luces de la ciudad a lo lejos y me dijo que, si las podía contar todas, podría calcular el amor que me tenía. Luego me tomó por la cintura, me besó con ternura y me pidió, de rodillas, que nos casáramos. Todo iba tan rápido que ya no me parecía descabellado. Pero recordé que estaba en fuga y me angustié. Nancho me dijo que estaba hablando en serio, pero le pedí que lo pensáramos mejor y con más calma. En el fondo me moría por ser su esposa, pero sabía que, de momento, era imposible. Sin embargo, le dejé la luz de la esperanza encendida:

—Te juro que, si algún día me caso con alguien, ese alguien eres tú, mi amor.

Conforme con la promesa, me subió a su bicicleta y regresamos a casa a toda velocidad. Por todo el camino gritamos y reímos, nos dimos besos que pusieron en peligro la estabilidad de la bici y hasta tuvimos tiempo para cantar a coro las pocas canciones que nos sabíamos en común.

Cuando llegamos a casa, sentí unos fuertes golpes contra la puerta. Mis padres estaban tratando de abrirla a la fuerza. Seguramente me habían llamado varias veces, pero como no les contesté, tal vez pensaron que me estaba sucediendo algo malo. No había cerrado la ventana que da al patio cuando ya papá estaba abriendo la puerta con una barra de hierro. Me tiré al suelo, instintivamente, y se sorprendió al verme allí, casi debajo de la cama.

—¿Qué haces ahí, hija? Te hemos llamado mucho. ¿Por qué no nos contestabas?

—No quería, papá. ¿O también me van a obligar a hablar cuando ustedes quieran?

Papá salió de la habitación apenado. Mamá me miró con sospecha, pero también se retiró. Nancho corrió hasta la tapia, la trepó y se despidió con la mano, mientras caminaba haciendo equilibrio, con la luna tras de sí.

Mamá quedó con esa espina clavada. Sabía que algo escondía yo, pero no sabía ni imaginaba qué cosa. Un día, mientras leía un poema de los que me hacía a diario, casi nos sorprende dándonos un beso. Cuando ella gritó «¿Por qué tanta demora, Catalina?», él ya iba por la esquina pedaleando con elegancia, de pie sobre los pedales y mandándome más besos desde la distancia. Antes de subirse a una acera y caer estrepitosamente, me gritó que me amaba.

Mamá salió un tanto disgustada. Le dije que estaba mirando al pobre mensajero, que se acababa de caer. Me dijo que fuéramos a ayudarlo y así lo hicimos. Lo ayudamos a levantarse y mamá le preguntó que si se sentía bien. El descarado le respondió, con la sonrisa más pícara que he visto en mi vida y sin dejar de mirar mis labios recién besados, que sí, que se sentía muy pero muy bien.

—Mejor que nunca, doña Hilda. En la vida me había sentido tan bien.

En esas pasó por nuestro lado la ridícula caravana de todoterrenos blindados en los que Yésica y Daniela llegan al barrio cuando vienen a visitar a doña Imelda. Se detuvieron un momento, supongo que a mirarnos, porque sus cristales polarizados no permiten ver dentro, y luego se fueron. Pararon frente a la casa de doña Imelda y solo recuerdo que Daniela bajó de su todoterreno echando candela por los ojos y mirándonos con un odio que nunca sentí de nadie. Al momento tomó el teléfono y realizó el pedido que siempre hacía de costumbre. Cuando don Jaime le dijo que Nancho no estaba, que le tocaba enviar el pedido con alguien diferente, montó en cólera y le dijo que, si él no iba personalmente, cancelaban la cuenta que tenían en la tienda. Pensando en los muchos miles que podía perder de hacerse cierta la amenaza de Daniela, don Jaime fue hasta mi casa, donde estábamos haciéndole una cura a Hernán Darío, y le entregó el paquete con el pedido.

—Vaya, mijo, entregue usted mismo ese pedido o nos quedamos sin trabajo los dos.

—Le duele una rodilla —le dije al señor, buscando proteger a mi amor.

—Puede dolerle el alma, señorita, pero Hernán Darío se va ya mismo a entregar este pedido.

—Cuando toca, toca —dijo mamá dándole la razón a don Jaime.

Nancho se levantó fingiendo dolor y se fue a entregar el paquete a casa de Daniela. Cuando le estaba entregando el pedido, la niña dejó caer adrede la bolsa de plástico y le obligó a recogerla mientras le regaba un vaso con agua sobre su cabeza. Estaba resentida por haberlo visto con nosotras. Hernán Darío empezó a odiarla. Otra vez le entregó una jugosa propina, equivalente al doble del valor del pedido, y le pidió que se comprara un desodorante porque olía a chimpancé. Aunque lo del mal olor pudo haber sido cierto por los miles de pedalazos bajo el sol con los que Nancho se gana la vida, él la odió aún más.

Fueron tantos los encuentros humillantes con la hija de Yésica que Hernán Darío esperó a la próxima visita de Daniela al barrio, que por lo regular hacía con su madre cada mes, o a veces cada quince días, y se puso a esperar a que el teléfono sonara. Cuando por fin entró la llamada a la tienda de don Jaime y al otro lado de la línea habló doña Imelda pidiendo dos libras de carne molida, un aguacate y mil pesos de cilantro, Nancho se armó de valor y salió a entregar el pedido con el deseo de reivindicar su dignidad. Primero pasó por mi casa y me recargó el amor. Dos besos largos, que Daniela observó desde su ventana, fueron suficientes para encender sus pasiones oscuras. Cuando Daniela le abrió la puerta con esa sonrisa malvada que heredó de su madre, el chico la saludó con cariño y respeto, le entregó el pedido y se quedó esperando el pago. Como Daniela lo dejó con el brazo extendido, Hernán Darío, muy digno él, dejó caer el paquete al suelo y empezó a pedalear de regreso a la tienda, sin importarle los gritos de Daniela, que corrió detrás de él envuelta en una bola de fuego combustionada con su ira.

Cuando Daniela pasó por nuestra casa escupió en mi puerta y vociferó con odio una cantidad de palabras tan verdes como las hojas del totumo que da sombra a una parte de la acera. Desde el interior de la casa negra, mamá observó la escena y sintió más pesar que rabia por la actitud de la niña. Suspiró profundo y sentenció con ironía la única grosería que le he escuchado en mi vida:

—Igualitica a la mamá. Pero si le ha de ir así de bien como a ella, que siga así de grosera y malparida.

A la tienda llegó la muy descarada echando candela. Sus escoltas la alcanzaron deshidratándose de calor bajo sus vestimentas inapropiadas, pues, para darse importancia, Yésica los obliga a usar traje y corbata así la temperatura llegue a los 32 grados centígrados, como aquella tarde.

—¿Dónde está el mensajero? —preguntó mientras lo buscaba con la mirada.

—Lo mandé para su casa, señorita. Se sintió mal —respondió el tendero con decencia, aunque estaba mintiendo porque la verdad es que Hernán Darío acababa de renunciar.

—A mí no me importa —vociferó en voz alta la muy maleducada, sin permitirle hablar más, y luego lo puso contra las cuerdas—: Quiero que él mismo me entregue los pedidos o empezamos a comprar en otra parte.

Acto seguido tiró las compras por el suelo y salió a paso apurado y rabioso, advirtiendo que, si el mensajero no estaba en su casa antes de diez minutos, obligaba a la mamá a cambiar de tienda. Don Jaime entró en pánico y no era para menos. Doña Imelda, abuela de Daniela, tenía una cuenta abierta y sin límite que todos los meses su hija acudía a cancelar con puntualidad. Y gracias a esa jugosa entrada fija, se comprometió con el banco a pagar las cuotas de un préstamo que le sirvió para construir la cuarta planta del supermercado. Y estaba secándose el sudor mientras llamaba angustiosamente por teléfono a su empleado cuando la niña regresó con otra advertencia que selló con gritos pavorosos:

—Tampoco quiero que le vuelva a fiar a doña Hilda, a su maridito, ni a la solapada de su hija Catalina. ¿Le quedó claro?

El viejo asintió obediente. Estaba aterrado porque, en sus casi setenta años de vida, jamás ninguna niña de esa edad lo había reconvenido de manera tan fuerte. Daniela volvió a marcharse con el mismo ímpetu mientras don Jaime convencía a su mensajero de regresar en su auxilio:

—Hernán Darío, mijo. Véngase para acá inmediatamente a llevar un pedido.

—Lo siento, don Jaime, pero estoy cansado de que esa idiota me trate como le da la gana —le respondió Nancho aún furioso por las constantes humillaciones que le hacía Daniela.

Pero el viejo lo chantajeó con el pago hasta que lo hizo ceder.

—Está bien, voy a volver, pero ni piense que voy a pedir disculpas. Es ella la que me tiene que ofrecer disculpas a mí.

11

CATALINA

La infamia

En dos minutos, después de que el tendero le advirtiera que si no se aparecía por el negocio le dejaba de pagar su liquidación y su última mensualidad, Hernán Darío regresó a la tienda. Solo imaginar su casa sin comida y a su madre sufriendo por sus medicamentos le quebró la voluntad. Tres minutos más tarde, salió a entregar el pedido.

Cuando pasó por mi casa lo vi más decidido que nunca. Le pedí que viniera a mi puerta, en parte por marcar territorio frente a Daniela y en parte por disipar un presentimiento horrible que me invadió de repente.

—Ten cuidado, mi amor —le dije desde la raya amarilla, y él se me acercó a robarme un beso.

—Es peligrosa —me dijo como presagiando algo, y lo abracé.

—Ella es peligrosa, pero tú eres inteligente —le dije. Dándome un último beso, le advertí que no volviera a esa casa, pero en las vidas de la gente como nosotros no manda uno, sino las circunstancias.

Segundos más tarde estaba llamando a la puerta de doña Imelda. Me quedé parada sobre la raya, acompañándolo con la mirada.

Daniela salió a recibir el pedido en la puerta de la casa de su abuela con una sonrisa de suficiencia que me hizo temer una tormenta. Desde mi cárcel observé toda la escena de humillación.

Fue todo un interrogatorio. Fingiendo estar tranquila, la sabandija le preguntó todo lo que quiso, de la manera que quiso:

—¿Por qué me dejaste la compra en el suelo?

—Porque usted no me lo cogió y me duele el brazo desde la caída.

—¿Y por qué te caíste esa vez?

—Por andar mirando algo muy lindo.

—¿Y puedo saber qué es ese algo lindo que estabas mirando?

—No vine a darle explicaciones de mi vida, sino a entregar un pedido. ¿Me lo puede recoger, por favor?

—¿Por qué eres tan grosero?

—Disculpe, pero creo que la grosera es usted.

Entonces la niña montó en cólera.

—¿Y quién eres tú para venirme a hablar de esa manera?

—Soy un ser humano, como todos, que merece respeto.

—Usted es un simple pobretón que no merece respeto alguno. ¿Es que no se da cuenta con quién está hablando, imbécil?

—Sí. Sí me doy cuenta. Hace rato me di cuenta —le dijo, decidido a reivindicar su dignidad de una vez por todas y para siempre con esta sentencia—: Estoy hablando con el peor ser humano que conozco.

Daniela no resistió tanta verdad y le pegó una cachetada. Desde la distancia, la sentí arder en mi cara.

Hernán Darío no lo podía creer, y por la sorpresa que le causaba recibir una bofetada de parte de una cliente, su actitud fue de risa y no de rabia.

—¿Por qué me pegó? —le preguntó Hernán, y la malcriada le volvió a pegar dos veces más, advirtiéndole que ella en ese barrio hacía lo que le diera la gana.

Mi corazón latía a mil. Sentí un impulso incontrolable de lanzarme contra ella y dejarla sin pelo. Pero la raya amarilla estaba ahí y dieciséis años de advertencia hicieron mella sobre mi voluntad.

Hernán Darío intentó irse de esa casa del demonio, pero Daniela no se iba a quedar con la humillación de haber escuchado, de labios del hombre al que quería, el peor insulto que había recibido en su vida. Por eso le pidió que se acercara.

—¿Para qué? —le preguntó Nancho pensando que la muy diabla estaba planeando algo.

—¿Le tienes miedo a una niña de dieciséis años? —preguntó sonriendo.

—No le tengo miedo sino a Dios —le respondió él acercándose, y esa confianza lo mató.

Cuando estaba cerca de ella, Daniela empezó a lanzar alaridos para que sus escoltas acudieran. Armando y Chelo llegaron en un segundo. Daniela les dijo que Nancho la estaba manoseando y les ordenó que lo golpearan.

—El descarado me agarró las nalgas —gritaba fingiendo llanto, mientras al par de holgazanes se unía Pipe Cortadas con una patada en el estómago de Hernán Darío que le sacó el aire y lo hizo arrodillarse.

En cuanto el mastodonte se enzarzó a puñetazos y le pegó con la cacha de su pistola en la cabeza, los dieciséis años de advertencias se me borraron del disco duro.

Crucé la raya.

Sentí que mi vida era pasado. Pensé que la vida estaba por encima de las leyes y la vida de Hernán Darío estaba en peligro. A mi indignación le nacieron alas y atravesé la calle con decisión.

—Suéltenlo, cobardes —les grité mientras corría hacia la tragedia que tantas veces me auguró mamá—. Se aprovechan porque son tres —les dije al llegar.

—No es su problema, zarrapastrosa inmunda —me gritó Daniela, y me olvidé de mí.

Me lancé sobre ella y la tiré al suelo con una fuerza que nunca pensé tener. Mientras rodábamos por el suelo haciéndonos el mayor daño posible, en medio de volteretas sobre el pavimento, vi venir a mis papás a la carrera. Cuando llegaron a separarnos, ya Yésica estaba con su séquito de escoltas ordenando golpearlos.

El agarrón fue descomunal. A papá lo golpearon entre cuatro escoltas y barrieron la calle con el pobre. Mamá casi ahorca a Yésica, no por este incidente, sino por veinte años de odio reprimido, y la Diabla le respondió haciéndola poner bocabajo con llaves infames que la hicieron gritar de dolor. Luego, Yésica le dijo algo en secreto a Mugroso, su jefe de matones, y este salió corriendo hacia nuestra casa junto con dos de sus secuaces. No sé qué buscaban allí, pero tardaron varios minutos. Al rato salieron con caras largas.

Hasta que llegó la Policía. Con tan solo una llamada a su esposo, Yésica hizo llegar a la casa de su madre a todo un contingente de coches patrulla y agentes. El comandante del grupo, un hombre de mirada corrupta y a todas luces cómplice o súbdito de la Diabla, preguntó a gritos por lo que estaba pasando.

—Ellos entraron a mi casa a robar, coronel —aseguró la Diabla, y ni mis padres ni yo pudimos contradecirla porque nos callaron a golpes. Al momento, Yésica le pidió a los policías que entraran a mi casa en busca de lo robado.

—No hemos robado a nadie —gritaba papá.

—Es una maldita mentirosa —gritaba mamá.

—Están locas ambas —gritaba Nancho.

Pero de nada valieron las disculpas. Al momento llegaron los policías con un reloj, unas joyas y un dinero que, supuestamente, encontraron bajo mi colchón. Luego, para completar la infamia, sacaron un arma de debajo de las ropas de Nancho y en uno de sus bolsillos pusieron varias bolsas de cocaína. Con las pruebas grabadas por agentes corruptos, el comandante ordenó el traslado de mis padres a distintas cárceles y a Nancho y a mí nos enviaron a dos correccionales. Él intentó luchar para que no me llevaran, pero solo consiguió que los policías lo golpearan más.

En coches patrulla diferentes fuimos sacados de ese lugar. La casa quedó abierta. Ni siquiera nos dieron tiempo de cerrarla. A medida que el vehículo en el que yo iba avanzaba, en la distancia y cada vez más pequeñas, se veía a las diablas. Con sus sonrisas malvadas, con su triunfo en las manos.

Empezar a descifrar la vida

Aquí empezó el drama. Aquí empezó a repetirse la historia. Sin saber en qué momento, dieciséis años de cuidados se fueron al carajo. Ahora yo estaba enfrentada a una situación para la que ni remotamente me habían preparado en mi casa. Ahora estaba en una habitación sucia, oscura, miedosa, repleta de literas ocupadas por niñas de todas las calañas, llorando, mostrando debilidad, asustada, lista para convertirme en víctima.

En el lugar donde estaba recluida, mamá perdió la cordura. Nunca dejó de gritar para que le devolvieran a su hija. Hasta ese momento no fue consciente del error. Supo que yo no estaba preparada para lo que venía gracias a su ignorante decisión de criarme dentro de una burbuja ficticia. Papá fue llevado a una cárcel nacional, al lado de los peores delincuentes. La orden de Yésica fue concreta:

—Háganles pasar un buen susto, y jódanles la vida todo lo que puedan, a ver si por fin se van del barrio. Mínimo me los dejan encerrados un año para que aprendan a respetar esos hijueputas.

DANIELA

Aunque está angustiada porque no encontró en la casa de doña Hilda un documento que anda buscando con desespero, mamá es una dura. Si hay una mujer en esta vida que cumple sus amenazas es ella. Por eso es mi héroe, aunque se lo dije así a un profesor y me dijo que no era «héroe», sino «heroína». Pero le seguiré llamando héroe porque heroína es lo que vende mi mamá. El caso es que por fin se decidió a joder a los Marín. A Catalina la mandó al correccional de niñas, a Hernán Darío a un correccional de varones, aunque el imbécil más parece una prostituta, y a los papás de la zarrapastrosa esa a un calabozo que tiene la Policía en el peor suburbio y al que llegan los gañanes más asquerosos del bajo mundo. A veces, cuando descubren que no tienen familiares, los hacen desaparecer.

En el correccional, por órdenes y plata de mamá, Catalina empezó a aprender lo que en casa no le enseñaron. La idea era darle una lección que nunca olvidara para que dejara de ser tan soberbia. Allí, gracias a las maldades pagadas de Mariana, la pendeja empezó un viaje doloroso hacia lo desconocido, comenzó a descubrir una lección que no le habían enseñado los ignorantes papás que tiene. Entró en un universo inédito, a un mundo sin antecedentes en su mente. A partir de entonces, todo para esa paleta será del color de su casa. La orden es que la hagan mierda en una semana. Serán siete días como los que necesitó Dios para crear el universo, pero a la inversa. Solo necesitamos destruir el universo de la bella Catalina. Veremos qué tan hermosa queda.

12

CATALINA

Las siete plagas, génesis de una nueva vida

Sin haber cometido delito alguno, he sido recluida en un correccional para niñas delincuentes. Yo, que en la vida he matado una hormiga ni he robado un centavo, ahora estoy compartiendo con ladronas, estafadoras y hasta matonas de todas las calañas. La directora, que es una mujer de unos cuarenta y cinco años, expresión adusta y cuerpo boteriano, me recibe con gritos y amenazas y les pide a las guardianas que me traten como merezco porque «vengo recomendada».

Y recomendada me llevan al lugar de reclusión. Puedo decir que mi primer paso dentro de la habitación donde me tocó dormir partió mi vida en dos. De repente siento mil ojos observándome. En medio del silencio escucho voces y risas contenidas. Y, a partir de entonces, todo es como en el Génesis de la Biblia, que para todos lados carga mi mamá.

El primer día, la vida dijo hágase la lujuria y la lujuria fue hecha. Junto a la cama donde me tocó dormir, dos niñas se besan mientras mueven con ansiedad sus manos bajo las sábanas. Me cubro el rostro con mi manta y lloro de tristeza, lloro de rabia, lloro de impotencia. Es la primera noche que paso alejada de mis padres. Lloro de miedo al saberme al otro lado de la raya amarilla. Lloro de rabia por haber violado la advertencia que durante años me hiciera mamá. Lloro de pena al descubrir que sus palabras eran ciertas. Lloro de terror cuando Mariana, la más antigua del reformatorio, me pide bajo amenazas que le abra un hueco en mi cama.

—Muévase para allá, amiga, si no quiere que le raye esa carita tan rechimba que tiene.

—Por favor, déjeme en paz. Yo a usted no le he hecho nada.

—Cómo que no, miren a esta... Acaba de enamorarme, le parece poco...

—Por favor. Le suplico que me deje en paz —le digo, y lloro de miedo.

—Eso, así me gusta. Siga llorando, mamacita, porque su miedo me alimenta, me causa vértigo, le pone adrenalina al asunto.

Entonces me empieza a tocar. Le pido que no lo haga.

—No, por favor. No, por favor. No me haga nada, por favor...

—Siga diciendo «No, por favor». «No, por favor». Esa es la frase que más me excita, mamacita. Cuando mis noviecitas la pronuncian me excito más.

Me quedo callada. No sé qué decir, pero no quiero que me toque. Es asqueroso. Entonces dejo de llorar y me dedico a orar mientras repito como una lora las palabras mágicas que alborotan aún más a Marianita: «No, por favor». «No, por favor». «No, por favor». Mientras ofrezco a Jesús mi sufrimiento, mientras pregunto a Dios sobre el porqué de mi desgracia, mis genitales sienten, por primera vez en la vida, manos distintas a las de mamá. Trato de reaccionar para evitarlo, pero en segundos siento mis brazos y mis piernas aprisionadas por otras cuatro compañeras de Mariana.

La tristeza

En el segundo día, la vida dijo hágase la tristeza y la tristeza se hizo verdad ante mis ojos. Desde el amanecer soy objeto de burlas. Me dicen que soy la «mujercita» de la dura. Me siento sucia, me siento inmunda. Las lágrimas aquí son inútiles, no sirven para nada. Mientras desayuno, mientras almuerzo, mientras me siento en la asquerosa taza del baño o mientras camino por el patio sin aceptar amistades, pienso y pienso, y pienso en mis papás y en Nancho. Quiero conocer su suerte, saber que están vivos, saber que volveré a verlos algún día, pero la misión de mis compañeras no parece ser otra que la de hacerme la vida imposible. Trato de hacerme su amiga, pero me rechazan.

Con las guardianas la situación no es diferente. Las veces que intento preguntar por mi situación jurídica, me contestan que, hasta que no venga mi abogado, no podré saber nada. Les digo que no tengo abogado y me responden que es problema mío. Pido que llamen a mis papás y se ríen, me dicen que ellos no podrán venir porque corre el rumor de que están muertos. Les grito que mis padres están vivos porque yo vi cuando se los llevaron presos, a lo que las guardianas me responden:

—Es para que vaya sabiendo que uno a estos lugares entra con los pies en el suelo, pero nunca sabe si saldrá con los pies en una bandeja de la Fiscalía.

La sola posibilidad de que a mis papás les haya sucedido algo malo me acaba de romper la poca resistencia que me queda. Lloro por la injusticia. Lloro de nuevo por no haber hecho caso. Lloro por no poder devolver el tiempo hasta el instante en que Daniela se enzarzó a bofetadas con Nancho para amarrarme los pies a la reja de la puerta y jamás haber dado un paso hacia la calle. Me lamento por haber atravesado la odiosa línea amarilla.

La rabia

En el tercer día, la vida dijo hágase la rabia y la rabia fue hecha. Después de otra noche tenebrosa, eterna, torcida, ilegal, escandalosa, veo llegar, por fin, el amanecer. Me han manoseado de nuevo entre varias compañeras, otras me han reventado la boca a golpes por no dejarme. Me han quitado la ropa, me la han escondido, la han escupido, la rompieron, se sonaron los mocos con ella, me mojaron la cama con orines, me boicotearon el sueño, en fin, me matonearon hasta el amanecer.

La mañana llega de la mano con un sol mezquino que se niega a salir. Sin importar mi dolor, mi falta de sueño, mi desespero, las guardianas me empujan a las duchas heladas, donde tengo que exhibir con pudor mi cuerpo desnudo ante la mirada y la envidia de decenas de jovencitas. Las escucho decir cosas como:

—Para qué, pero la idiota tiene un cuerpo lindo.

—Está más buena que volverlo a decir.

—Quién fuera Mariana para comérmela a pedacitos.

—Toca encargarse de ella porque no se aguanta verla tan perfecta. Hay que rayarle esa carita y las piernas.

Aprovecho el agua sobre mi rostro para seguir llorando sin que las guardianas me reprendan. He descubierto que mostrar debilidad en un lugar donde no hay espacio para los débiles es mal negocio. Entonces me propongo arrojar mis últimas lágrimas, renacer en mi dolor y hacerme fuerte. Cuando las duchas se cierran ya soy otra persona. Y así, convirtiendo mi miedo en silencio y mi silencio en rabia, empiezo a ganar respeto. Mirando mal a todas las niñas, paso mi tercer día en este desagradable lugar donde no tiene cabida la inocencia.

El haber tratado de imponer respeto les parece una afrenta.

—Qué, mi amor... ¿Muy bravita? —me pregunta Mariana desafiante, y yo le contesto sin miedo alguno:

—Brava, no. Digna. —Y les advierto que no estoy dispuesta a dejarme tocar por nadie. Pase lo que pase.

—No me haga reír, mamacita —exclama riendo a carcajadas mientras ordena a las demás que me prueben.

—Amigas, vengan, probamos a esta a ver si es tan dura como dice.

Enseguida me atacan entre varias. Yo golpeo a la primera que me intenta atrapar y huyo con habilidad. Tras varios minutos de angustiosa carrera, llego hasta el cuarto de lavado. Allí me escondo entre montones de sábanas sucias. Ellas entran muertas de risa y empiezan a buscarme. Al no verme, intentan retirarse, pero Mariana es sabuesa. Se queda mirando el bulto de sábanas y nota el sutil movimiento de mi respiración. Les hace señas a las demás y entre todas me destapan de un solo movimiento.

—No me hagan daño, por favor —les suplico, pero Mariana me toma por el cabello y me lleva hasta la puerta de la lavadora.

Me intenta meter, pero me opongo con toda mi fuerza hasta que llegan sus amigas a respaldarla. Entre todas me meten a dar vueltas en una lavadora industrial, hasta casi ahogarme. Siento que el agua con detergente entra en mis pulmones hasta hacerme perder el sentido. Cuando las agresoras me ven agonizando a través del cristal de la puerta, me sacan, me tiran desnuda sobre una pila de sábanas y toallas sucias y luego llaman a las guardianas. De urgencias me llevan a la enfermería, pero no reacciono. Casi en coma, la directora ordena mi traslado a un hospital de la ciudad.

Al cabo de muchos procedimientos de desintoxicación y rehidratación, los médicos me logran salvar la vida. El doctor Ernesto Rico dirige los tratamientos. Lo noto muy indignado, tratando de hacerme preguntas, pero una de las guardianas se lo impide. Ella está ahí para cuidar de que yo no escape, ni hable, ni insinúe nada. Eso me da pie para buscar el momento. Me abro paso con miradas. El doctor sabe que le quiero decir algo. Lo interpreta con una lágrima que rueda por mi tristeza cuando le dice a la enfermera que ya me pueden dar de alta. Que ya puedo regresar a mi infierno. Entonces, muy sabio él, le pide a la guardiana que se retire.

—Tengo órdenes de permanecer a su lado todo el tiempo.

—No me importan sus órdenes, mi señora —le dice con autoridad, y concluye su orden de manera contundente—: Usted podrá mandar en su cárcel, pero aquí, en esta clínica y en este consultorio y en esta paciente mando yo.

Sin más remedio y con una mirada fulgurante, la guardiana se retira, pero apenas lo suficiente para escuchar tras la puerta cualquier cosa que pensemos hablar. El médico cierra la puerta y me encara en voz baja pero mostrando preocupación.

—¿Quién te hizo esto? El informe dice que caíste en un fregadero.

—Eso es mentira. Entre varias reclusas me metieron a una lavadora. Tiene que creerme, doctor.

—¿Por qué estás presa?

—Es una historia larga —le digo llorando, no para que me crea, sino porque me es difícil evitarlo. Limpio mis lágrimas, trato de calmarme y continúo—: Una señora muy mala nos inculpó a mis papás y a mí de un robo. Lo hizo por maldad, pero le juro que ni mis papás ni yo en la vida hemos robado algo, se lo juro por lo más sagrado, que es Dios. Me quieren matar.

—¿Quién la quiere matar?

—Las compañeras de celda. A lo mejor esta misma mujer les pagó para que me hicieran daño…

—¿De qué mujer hablas? —me pregunta, pero enseguida suenan golpes en la puerta.

Es la guardiana tratando de entrar con malos modales. Los únicos que debe tener.

—¿Qué está pasando allá dentro? —grita desde el pasillo.

El doctor no responde y me pide que me calme. Yo me aferro a él y le pido que no me deje regresar.

—Por favor, doctor. Se lo suplico. No me deje regresar.

—Pero cómo te ayudo, por Dios, me puedo meter en un problema.

—Me van a matar, se lo juro. Usted estudió para salvar vidas, por favor… Salve la mía.

De nuevo la guardiana golpea bruscamente, obligando al médico a abrir la puerta y a fijar su autoridad.

—Mire, señora, ya le dije que usted entra cuando yo diga. Así que tranquilícese y déjeme trabajar. Necesito practicarle a la paciente un último examen y con su acoso va a ser imposible.

La guardiana no responde, pero se asoma a ver cómo estoy, o simplemente a ver si estoy. Yo la observo de reojo y se tranquiliza. Mirando mal al doctor, da un paso atrás y la puerta del consultorio se cierra muy cerca de sus narices. Culpa de ella por quererlas meter en todo. Entonces el médico se me acerca y me dice que la única posibilidad es el baño.

—Si puedes escapar por el baño, yo diré que me pediste permiso para entrar y que aquí me quedé esperando.

—Gracias, gracias, gracias —le digo tres veces y le beso la mano en señal de agradecimiento.

Él me sonríe cálidamente y exclama mientras suspira:

—Me vas a meter en un problema, pero te creo.

Luego corro al baño y me encierro. La ventanita por la que tendría que escapar es pequeña. Tengo que subir a la taza para alcanzarla. Desde el consultorio, escucho un consejo del médico que me saca una sonrisa en medio de mi nerviosismo:

—Tienes que meter primero la cabeza —me dice con susurros inaudibles para la guardiana.

Le hago caso y meto la cabeza, pero mi cuerpo no cabe en el pequeño agujero.

—¿Cómo vas? —me dice con su boca pegada a la puerta.

Le respondo que muy mal y al momento entra al baño.

—Con permiso, pero veo que necesitas ayuda.

—Sí, gracias. Esto está muy difícil —le digo, y el buen hombre empieza a empujarme.

Bregamos de varias maneras hasta que los golpes de la guardiana se vuelven a escuchar en la puerta. Y estoy a punto de salir cuando por el pasillo por el que voy a escapar aparecen dos guardianas más. Vienen a por mí. Entonces me entra la angustia y me veo obligada a renunciar a la fuga. La guardiana vuelve a golpear y decido bajarme. Ya en el suelo, le doy las gracias al doctor y le pido que no me deje sola.

—Te prometo que estaré al tanto. Vete tranquila, no estás sola.

—Por favor. No tengo a nadie en el mundo, mis papás están presos. ¿Usted los podría visitar?

—¿Dónde están?

—No lo sé, pero nos llevaron en coches patrulla de la Policía. Si averigua en la comisaría, ellos le tienen que decir adónde los llevaron, por favor.

—Lo haré, no te preocupes. Lo haré.

—Quiero saber cómo están y que sepan que estoy bien. No les cuente nada de lo que me están haciendo, por favor.

El médico asiente con su mirada angustiada y me abraza.

—Fuerza, pequeña. Fuerza. Estás con Dios. Aférrate a él —me dice con sinceridad en su corazón.

Lloro. Me lleno de sentimiento al saber que también hay gente buena y me declaro lista para afrontar lo que venga. La guardiana entra y se tranquiliza al ver al doctor escribir sus recetas. Sabe que es el punto final de la consulta.

El buen hombre me despide guiñándome el ojo y con una mirada en la que puedo leer con toda claridad, en la letra más legible, esta frase:

—Confía en mí.

Al llegar al correccional, mis enemigas me saludan con burlas, el grupo de las solidarias me aplaude. Siento que se está gestando dentro del lugar una guerra que estallará más pronto que tarde.

En el cuarto día, la vida dijo hágase la envidia y la envidia fue hecha. El grupo de adolescentes dominante del correccional, con Mariana al mando, están enfadadas porque no les permití más su jueguito sexual de todas las noches. No les ha caído en gracia mi desafío a su autoridad. Mis miradas retadoras, mi actitud antisocial, mi aislamiento, lo que ellas llaman «creerme de mejor familia», pero, ante todo, mi belleza las agrede.

—No soportan su belleza, niña, les ofende —me dice la menos arbitraria de todas las guardianas, y me explica—: No aceptan que aquí, donde convive tanto guiñapo humano, pueda existir una sola mujercita sin cicatrices de puñaladas en su cuerpo, sin quemaduras en sus manos, sin juanetes en sus dedos, sin siquiera las rosetas que dejan las vacunas en los brazos de los niños. Ni las rodillas raspadas, ni los músculos gemelos quemados con los tubos de escape de motocicletas, ni golpes con columpios en la esquina de las cejas, ni el cabello quemado, ni la piel tatuada, ni las manos con callosidades, ni sus genitales tocados por sus padrastros.

—No tengo la culpa de ser así —le digo pidiéndole que me ayude.

—No puedo y no me pregunte por qué. Solo le digo que se cuide porque la envidia es peor que un incendio. Hay alguien grande detrás de esto. No es a las reclusas a las que les molesta que usted sea tan perfecta.

—¿Entonces a quién?

—A alguien muy poderoso, ya le dije. Obviamente no puedo decirle quién o me harán lo mismo que a usted. Esa ofensa de ser bonita tiene un precio. Esa afrenta se paga con dolor. Esté pendiente y defiéndase como una leona porque el trago más amargo para usted está por llegar.

El odio

En el quinto día, la vida dijo hágase el odio y el odio fue hecho. Más de quince reclusas se unen para culparme de un robo. Todas atestiguan en mi contra. Las guardianas me castigan rudamente y me meten en un calabozo estrecho, a pan y agua, sin ver el sol ni poderme estirar durante veinticuatro horas. Cuando salgo, enceguecida por el sol sobre mi cara, con los músculos entumecidos y el corazón arrugado, las mismas tipas que me acusaron injustamente me están esperando para continuar el vejamen. Aprovechando mi debilidad y ante las miradas compasivas pero impotentes de algunas reclusas solidarias, me tienden a la fuerza sobre el prado, me impregnan el cabello de cola para zapatos y me pasan un trapo con cera caliente sobre las cejas. Luego me las arrancan de sendos tirones que me hacen doler hasta la última fibra. Después me trasquilan el cabello con saña. Finalmente, como si no les bastara, me intentan violar con zanahorias, bananas, pepinos y cuanta verdura o fruta de aspecto fálico encuentran en la cocina del penal. Todo bajo la mirada cómplice de las guardianas. Afortunadamente, no pueden lograr sus propósitos de violarme porque un sector de las reclusas, las que me han observado con lástima todo el tiempo, deciden unirse para defenderme. Saben que a cualquiera de ellas les puede pasar, si es que ya no les ha pasado, y se lanzan a luchar contra la barbarie y los abusos de Mariana y sus amigas. La revuelta deja varias heridas, pero una nueva jefa en el patio. Se llama Marisol. Alta, fornida, pelo corto teñido de amarillo y negro, machorra, curtida, al finalizar la pelea, con un pie sobre la cara de Mariana, les deja claro a todas sus amigas que, en adelante, en el correccional las cosas van a cambiar:

—Vuelven a tocar a Catalina o a cualquiera de mis amigas y se mueren, perras —grita la nueva jefa, rastrillando la cara de Mariana contra el suelo, cual colilla de cigarro, y luego pone sobre mi cuerpo una toalla.

—Tranquila, amiga. Resista, porque de ahora en adelante los abusos se van a acabar.

—Gracias. Gracias —le digo admirándola y con ganas de abrazarla.

Cuando desperté ya era otra. Me bauticé en mis pensamientos neutros con el nombre de «La que no está». La niña había muerto. La inocencia había muerto. Mi amor estaba refundido entre recuerdos, mis deseos de vivir se habían enredado entre las ramas de un árbol gigante dejando una carta que decía: no vale la pena.

Me miré en el espejo durante horas. Era otra. Llegué a dudar de mí misma. Sentí desprecio y compasión por mi cabeza casi calva, por mis cejas borradas, por mis mejillas cortadas, mis senos rayados con navajas, y ya no tuve ganas de llorar. Tampoco volví a preguntarle a Dios sobre el porqué de mi tragedia. Tampoco volví a sentir miedo. El apoyo de Marisol fue definitivo. Ni siquiera sentí deseos de volver a ser tan bella como hasta antes de traspasar la raya del dolor. Invoqué al diablo para proponerle un pacto, pero el diablo no se me apareció. Durante horas me observé y me escudriñé frente al espejo. Estuve mucho tiempo cocinando el veneno que, en adelante, recorrería mis venas. El veneno que, en adelante, usaría contra las que me hicieron esto.

En el sexto día, la vida dijo hágase la verdad y la verdad se hizo verdad ante mis ojos. Comprendí cómo funciona el mundo. Y el mundo no es de colores vivos como mamá me lo ha pintado. Ella excluyó el negro. El negro de ciertos corazones, el negro de ciertas almas, el negro de una noche tenebrosa. Entendí, por fin, por qué los trabajadores de la alcaldía pintaron mi casa de negro. El mundo no es como mamá me lo ha contado. Por error, por miedo, por ignorancia o por lo que sea, ella solo me narró una parte. Mamá se sesgó por temor. A la usanza de los grandes inquisidores y los grandes dictadores y los grandes censores de las religiones y de la historia, quemó las páginas que contenían la verdad en su dimensión superlativa. Luego, la verdad que me vendió fue solo una verdad a medias. Su verdad, la verdad que ella manipuló, aunque de buena fe, para que yo no me contaminara, no me envenenara, no saliera de mi burbuja a prueba de imágenes sórdidas y sonidos estruendosos.

Mi atribulada madre escondió las páginas donde el libro de la vida habla de la condición humana, de la maldad, de la lujuria, de la venganza, del odio, de lo rastreros que somos cuando sentimos envidia, de lo mucho que nos embriaga el poder y de las barbaridades que estamos dispuestos a cometer por conseguirlo y sentir nuestro pie calzado sobre el pescuezo del más débil.

Por eso caí tan fácil. Porque en su ignorancia y en su miedo, doña Hilda no calculó que hacía tanto daño la libertad que le firmó a Catalina la Grande como la restricción total a la que me sometió a mí, a su Catalina la Pequeña. Tampoco calculó que un proyecto tan de papel como el suyo se rompería con la primera llovizna. Y se rompió, y lo peor, se deshizo.

Ahora, la niña, aunque lo ha perdido todo, sabe que la mintieron y esa es su única ganancia. Ya sabe que detrás de esa raya amarilla hay un ser humano por explorar, una verdad por completar, un universo por conocer. Y tal vez sea este el precio que deba pagar mamá por su pecado de ingenuidad. Porque lo suyo no fue maldad. Lo suyo fue miedo. El miedo que dan las malas experiencias. Lo sabré superar.

La venganza

En el séptimo día, la vida dijo hágase la venganza y la venganza empezó a rodar a la hora del desayuno y no terminaría hasta ver la sangre y las lágrimas y la angustia de las personas que me trajeron hasta aquí.

Como saben que hoy me marcho a casa, según lo que ha dicho la directora durante la formación de la mañana, las súbditas de Mariana me están organizando una despedida inolvidable. Para asegurarse la victoria, las guardianas enviaron a Marisol al calabozo. Sin ella, las muchachas que la siguen no son capaces de enfrentar a Mariana y a su grupo.

Con el camino despejado, me empiezan a empujar a todas horas, contra todo, en medio de risas macabras. A veces contra el suelo, a veces contra las paredes, a veces contra el alambrado que separa el patio del muro exterior.

Como estoy resignada y me quiero ir, no me dejo provocar. Me dejo llevar por la inercia de la infamia. A veces con los ojos cerrados pensando en mis padres, o en Hernán Darío, a veces con los ojos muy abiertos memorizando los rostros de mis verdugos. Al final, las súbditas de Mariana hacen una fila y empiezan a cagar en un balde. Nadie sabe sus propósitos. Las amigas de Marisol me aconsejan que me esconda. Pero de nada valdrá, estoy sola contra el mundo. Al final consiguen recolectar un baldado de mierda, de cagadas aguantadas por todas premeditadamente para la ocasión, y me lo lanzan sobre la cabeza. Todo bajo las complacientes miradas de las guardianas.

—Espero que le haya quedado claro quién manda aquí, niñita hijueputa —me dice Mariana en la ducha mientras me limpio con asco la mierda suya y la de sus amigas.

Luego me intenta agredir, pero mi cobardía se había acabado la noche anterior. La tomo del cabello con toda la fuerza que recogí de mis recuerdos recientes, la arrastro por todas las duchas, la estrello contra un muro y la emprendo a patadas. La llevo a rastras hasta el sifón donde aún quedan residuos fecales y se los hago comer. Cuando las amigas tratan de ayudarla, aparece la pandilla de Marisol, envalentonada por mi actitud, y lo impide. Solo necesitaban una líder y la vieron en mí. Cuando veo a Mariana al borde de la muerte me subo encima de ella y le respondo su pregunta:

—Me queda claro que aquí, desde ahora, mando yo. Y agradezca que ya me voy o me encargaría de hacerle la vida a cuadritos, degenerada inmunda.

Para rematar mi faena, antes de ponerme a temblar de susto por lo que había hecho, tomo su cabello en mis manos y, con la navaja de una de mis compañeras, se lo corto. Con el cabello de Mariana en alto prometo que nunca más nadie me volverá a joder la vida:

—¡¡¡Nunca más!!!

13

OCTAVIO

La salvación viene por correo

Siete días bastaron para acabar el proyecto conservador y temeroso de doña Hilda. Siete días fueron suficientes para que los sueños de cristal de Catalina la Pequeña se rompieran en tantos pedazos como pedazos tiene el rompecabezas de la vida. La jovencita jamás volverá a ser la misma. Sabe que la mintieron y saldrá a luchar contra unos demonios que acaban de entrar en su vida a enlodarlo todo. Su alma ya no es portadora de inocencia. Sabe que la ultrajaron y no descansará hasta beber sangre caliente, con una pajita clavada en el corazón de sus victimarios. Sus venas son autopistas por donde viaja veneno mortal a velocidades espeluznantes, a temperaturas miedosas. Su piel ya no conserva la tersura de antes, en su corazón ya se inoculó el gen depredador del rencor.

Desde que a Catalina le anunciaron que esa tarde volvería a su casa, empezó a cavilar su venganza, la manera fría de hacerles pagar a las Diablas esta magna injusticia. Todavía está por descubrir el estado lamentable en que encontrará a sus padres, víctimas como ella de vejámenes, torturas psicológicas y un sinnúmero de aberraciones. Apenas los vea quedará llena de motivos para nunca, en adelante, considerar el paso a seguir. La ruta está marcada. Catalina invocará las almas de sus hermanos muertos y les pedirá que la impregnen de su ignorancia y su atrevimiento, para no tener que pensar mucho a la hora de actuar contra sus enemigas.

Cuando Yésica me contó lo que hizo con Catalina y con sus padres, sinceramente la regañé. No me cupo en la cabeza tanta maldad. Me sentí terriblemente mal por no haberles podido negociar la casa y de ese modo evitarles este sufrimiento. Recordé en segundos las cosas perversas que había hecho en esta vida y me consolé al pensar que no soy el más malo. Hay peores que yo y eso me libera un poco la conciencia. Los políticos nunca matamos a nadie, mandamos matar. Los políticos jamás robamos el erario, entregamos contratos para que otros roben y nos manden la comisión. Sin embargo, acepté el encargo de ir a recoger a Catalina la Pequeña y a su madre hasta sus sitios de reclusión. De un lado, para convencerlas de mi amistad sincera, y del otro, y este fue el mandado de la Diabla, para que las indujera a ir por el dinero que «supuestamente» les dejó Catalina la Grande en un hoyo y así poder echarlos para siempre de la ciudad. Y aquí viene lo peor:

—Si no aceptan vender la casa, no le demos más largas a este asunto, Octavio. Necesito que las lleves a esta dirección —me dijo entregándome un papel con las coordenadas de un almacén a las afueras de la ciudad.

—¿Para qué quieres que las lleve a ese lugar? —le pregunté haciéndome el desentendido.

—Me voy a curar en salud. Hay que hacerlas desaparecer.

—No puedes hacer eso —le dije con angustia, temiendo terminar involucrado en un crimen.

—Sí puedo —me dijo, y agregó—: Tranquilo, que no habrá testigos, no hay dolientes. Albeiro morirá esta misma tarde en la cárcel. Ya dejamos planeado todo el atentado.

Con esa soga al cuello me fui a recogerlas. Mi misión era salvarles la vida y para ello tenía que convencerlas de vender su casa. Era la única forma de calmar a Yésica. La Diabla sabía que Hilda y su hija saldrían furiosas a tratar de vengarse y no descartaba que lo hicieran reclamando la herencia de Marcial.

Primero recogí a Catalina. Obviamente se extrañó al verme y rehusó subir a mi cuatro por cuatro, pero su estado era tan lamentable que le quebré la desconfianza con un abrazo sincero. Lloró en mi pecho y sus lágrimas penetraron en mi alma porque desde ese instante la amo. Lloré con ella. Me conmovió tanto que maldije a la Diabla en silencio.

—¿Por qué vino usted? ¿Sabe de mis papás? —me preguntó cuando pudo entrar en confianza.

—En este momento vamos a recoger a tu mamá —le dije, y por el camino me preguntó por su padre—. Cuando hayamos recogido a tu mamá les cuento a las dos lo que está pasando para no tener que repetir el cuento.

—Pero ¿está vivo? —preguntó abriendo sus ojazos divinos y puros como la miel.

—Está vivo —le respondí, y se quedó tranquila.

Recostó su frente contra el ventanal derecho del todoterreno y lloró de tristeza por todo el camino.

Al cabo de veinte minutos o menos llegamos a la cárcel de mujeres. Doña Hilda nos estaba esperando en la puerta con su humanidad hecha guiñapos y su alma hecha mierda. Catalina se bajó del carro y corrió a abrazarla. Fue hermoso verlas apretarse con tanta alegría y profundo pesar a la vez. Catalina le dijo que yo tenía noticias de papá y se subieron al vehículo con la esperanza de escuchar algo bueno.

—Sigue preso —les dije.

Ambas se llenaron de angustia pidiendo explicaciones que yo no podía darles. Las consolé asegurándoles que, gracias a su valentía, ellas estaban libres. Pero no entendieron del todo mi gesto, por lo que debí usar una analogía:

—Así como Jesús dio la vida por la humanidad, Albeiro dio su libertad por sus mujeres adoradas. Se declaró culpable. Se echó la culpa para que ustedes quedaran libres.

—Pero cómo pudo hacer eso. Albeiro no robó nada —exclamó doña Hilda.

—Así es el amor, mi señora —opiné, tratando de consolarla, pero se llenó de rabia.

—¡Qué pendejo!

—Créame que el mundo necesita de muchos pendejos de esos que se sacrifiquen por el prójimo —opiné, y Catalina se me quedó mirando desconcertada.

—Debió ser el mismo maldito abogado que trató de convencerme de que me declarara culpable —apuntó doña Hilda, y agregó—: Se le notaba que estaba trabajando para Yésica.

—Perdón, ¿qué Yésica? —les pregunté sondeando la posibilidad de que conocieran mi conexión con ella.

—A la que le dicen la Diabla. La que nos hizo todo esto —suspiró Hilda.

—Sí, la conozco, porque fue amiga de Catalina, pero hace mucho que no la veo.

Las dos se quedaron calladas sin dejarse leer las intenciones. Entonces continué el tema como si nada:

—A lo mejor sí es el mismo abogado —le dije a doña Hilda, y se llenó de más ira de la que ya traía.

Por su parte, Catalina permanecía callada masticando su furia, planeando su estrategia. Su mirada estaba fija, perdida. Su gesto de gata furiosa la hacía parecer más hermosa. A pesar de las heridas, a pesar del ensañamiento.

—¿Cuándo cree que Albeiro pueda salir de la cárcel? —preguntó doña Hilda mientras avanzábamos hacia el almacén donde les esperaba la muerte.

—Si ya confesó, supongo que seis o siete años.

Madre e hija se abrazaron y lloraron inundadas de impotencia. No podían creer que esto les siguiera pasando. Entonces Catalina se llenó de ansiedad y me pidió que la llevara a la clínica.

—¿Estás enferma? —le interrogué, pero enseguida me dijo que no.

—Quiero visitar a una persona. Lléveme, por favor.

Es imposible negarle un favor a ese angelito. Los pide con una dulzura que solo atiné a aconsejarle:

—Deberías arreglarte primero. Yo te espero y te llevo luego al hospital.

—¿Acaso cree que a partir de hoy a mí me puede interesar algo cómo me veo, señor?

Por el bien de ellas, esto es, por ganar tiempo antes de llegar al almacén de la Diabla, accedí a llevarla. Llegamos al hospital y se bajó del carro sin escuchar a su madre, quien le advertía, con la paranoia normal que se engendra en estos casos, que tuviera cuidado. En un arranque de indignación, la atribulada niña regresó a mi carro y le dijo por la ventana:

—Usted nunca me vuelva a decir qué tengo que hacer y qué no tengo que hacer, mamá.

Luego se marchó, como buscando a alguien. Doña Hilda se quedó callada, apenada, consciente de haber perdido para siempre la autoridad sobre su niña.

A los pocos minutos, Catalina regresó al vehículo estupefacta, como si hubiera recibido una noticia terrible.

—Está muerto —fue todo lo que atinó a decir, y se aferró a su madre, quien la llenó de preguntas que Catalina respondió de la misma manera—: Está muerto, está muerto.

Cree que no lo sé y por eso se guarda los comentarios para cuando lleguen a casa, si es que llegan, pero en realidad sé de qué muerto está hablando Catalina. Se llama Ernesto Rico, el médico que la atendió cuando fue llevada de urgencias al hospital. Yésica lo mandó matar por meter las narices donde no tenía que meterlas. Por haberse puesto a averiguar por los papás de Catalina en la comisaría de Policía tan pronto se despidió de la muchacha, la tarde en que trató de ayudarla a escapar.

El comandante de Policía de la ciudad, el coronel Tapias, cómplice fiel de Los Morones, la organización delictiva de la Diabla, no esperó a que el doctor Rico saliera de la oficina de denuncias cuando ya estaba llamando a su jefa para ponerla al tanto de la novedad. Le contó que el médico que había atendido a Catalina la Pequeña estaba tratando de investigar el paradero de sus padres y que eso era peligroso. Usando su poder, Yésica llamó a su esposo y le pidió que destituyera al galeno. Cuando el pobre llegó a trabajar, a la mañana siguiente, el mismo director del hospital le comunicó que estaba despedido, sin justa causa, y que por ello recibiría una indemnización.

El médico tonto se indignó y se fue en busca de un amigo suyo desde el colegio, que ahora es uno de los periodistas más importantes de la ciudad, se llama Alberto Cerón, y le expuso su caso. Le contó que detrás de todo, del intento de matar a Catalina y de su despido, había una persona muy poderosa e importante y lo incitó a investigar para llegar a ella. El periodista le dijo que creía saber quién era esa mano negra y le prometió investigar. Esa misma noche, el ingenuo médico fue tiroteado entrando a su casa.

Mientras Catalina le hacía el duelo al desconocido, intenté todo para salvarles la vida.

—¿Aún están interesadas en leer la carta que les dejó Catalina? —les pregunté desprevenidamente.

—No. Y no creo que nos interese leerla —dijo Hilda—. Ya con lo que nos sucedió está bien. No queremos más amarguras.

—Deberían leerla. Trato de recordar las palabras de Catalina al escribirla y me parece que dijo algo como «por lo menos dejo organizada a mi familia». No recuerdo bien las palabras exactas, pero la escribió con mucha alegría. Por eso pienso que en esa carta hay algo importante para ustedes.

—Don Octavio, gracias por recogernos, ha tenido usted un gran detalle con nosotras, pero, por favor, llévenos a casa. Estamos muertas. Necesitamos estar solas para reflexionar sobre todo esto. Necesitamos hablar con Albeiro. Saber cómo está y si lo que firmó se puede echar para atrás. Son muchas cosas.

—Bueno, no les insisto más. Conste que hice lo posible.

Luego de un largo silencio, Catalina habló:

—A mí sí me gustaría leer esa carta.

—No puedes hacerlo, hija. No te la dejaron a ti.

—Puede que en esa carta haya algo grande, mamá. Si dijo eso que dijo antes de escribirla, no tenemos por qué negarnos la posibilidad de leerla.

—No le preste atención, don Octavio. Mejor deme esa carta. Cuando Albeiro salga, la leemos en familia.

—Albeiro no saldrá pronto y ustedes dos necesitan organizarse. Necesitan saber qué harán con sus vidas, y mi consejo es que al barrio donde viven no vuelvan. El que les hizo esto es alguien poderoso.

—Poderosa —aclaró Hilda.

—Es lo mismo, doña Hilda. ¿Qué les cuesta empezar una nueva vida en otra parte?

—Nos cuesta mucho, don Octavio. Nos cuesta mucho.

—Ya les dije que estoy dispuesto a pagarles una suma muy buena por la casa. Mi propuesta sigue en pie. ¿Por qué no se dejan ayudar?

—Porque hay ayudas que salen caras, don Octavio. Ahórrese todas las palabras. La casa no está en venta. La carta no se lee hasta que salga Albeiro. Punto.

No tuve más alternativa que llevarlas a la muerte. Ellas se la buscaron por tercas. Por el camino puse un mensaje de texto a la Diabla: «Voy en camino».

Mientras llegaba al almacén, observé tantas veces como pude a Catalina por el espejo retrovisor. Me costaba creer que esa obra de arte en pocos minutos estaría deshaciéndose dentro de un barril con ácido. Pero tenía la conciencia tranquila porque hice hasta lo imposible por evitarles la muerte. Sentí deseos de llorar al ver sus ojitos enlagunados, su cabello ajado, su carita sucia y con rasguños. Sabía que la vida era injusta y he aportado mi grano de arena para que así sea, pero nunca imaginé que lo fuera tanto.

En pocos minutos llegamos al almacén. Uno de los secuaces de Yésica, alias Mugroso, abrió la puerta. Cuando Hilda y Catalina lo vieron se asustaron mucho.

—¿Qué lugar es este, don Octavio? —preguntó doña Hilda entre extrañada y preocupada.

Desde luego le mentí:

—Tengo que entregar un recado y salgo muy rápido. No me demoro.

Dejé el todoterreno fuera y entré con premura al lugar donde Mugroso y sus secuaces ya tenían preparados los dos barriles repletos de ácido para deshacer en ellas a Catalina y a su madre. Tuve que comerme todas las palabras para que no se me notara el desacuerdo con la medida si no quería correr la misma suerte.

—Hágalas pasar, doctor —me ordenó Mugroso, y agregó sonriente—: Tienen que venir a tomarse la sopita.

Yo le sonreí con hipocresía mientras sus hombres celebraban el chiste y caminé hasta la puerta de salida con ganas de no volver. Aunque lo pensé, sabía que huir de allí con las Marín Santana me costaría la vida. Cuando al cerrar la puerta vi de nuevo los dos barriles con ácido, las ganas de salvar a las dos mujeres se me pasaron, pero juro que las tuve. Entonces caminé hasta el carro y subí pensando en cómo entrar muy rápido sin darles tiempo a protestar. Una vez allí dentro ya no tenían nada que hacer.

—Queremos llegar a casa, don Octavio, ¿nos lleva, por favor?

Asentí con la cabeza y empecé a mover el carro hacia la puerta.

—¿Qué hace? —reclamó Hilda.

Y ya estaba empezando a meter el cuatro por cuatro cuando sonó mi teléfono. Frené, bajé del carro y contesté. Era la Diabla quitándome dos penas de encima:

—No las entregue.

—¿Qué pasó? —le pregunté lleno de gozo.

—Acaba de llegarme un nuevo anónimo con otra copia del acta de matrimonio.

—¡Dios mío…! —exclamé lleno de felicidad, tratando de que no se me notara.

—No son ellos los del anónimo: llevan varios días encerrados y la carta fue enviada hace dos días.

—Las dejo y voy para que busquemos otros sospechosos.

—Primero recoge a Albeiro y lo lleva a su casa.

—¿Acaso no confesó?

—Un periodista está revolviendo el caso y vamos a terminar encochinados por ese insignificante huevón. Preferí retirar la denuncia. Váyase para la cárcel de varones, que ya ordené que lo dejen salir. Yo me encargo del periodista.

—Ya mismo —le dije con algo de gozo por dentro, y me subí al todoterreno con la gran noticia.

—¿Qué pasa, don Octavio?, ¿por qué no nos cuenta qué está pasando?

—Acabo de recibir una gran noticia para ustedes.

—No creo que la vida nos tenga noticias buenas a nosotras —vociferó sin ganas la señora, pero en pocos segundos su rostro se transformó en alegría. Una dicha que celebró persignándose tres veces.

—Su esposo ha quedado libre, doña Hilda. Vamos a por él.

Mientras las dos se abrazaban, giré el cuatro por cuatro y me encaminé hacia la cárcel de varones. Allá recogimos al pendejo de Albeiro. Nunca vi saludo de tres tan efusivo. Se abrazaron, lloraron, renovaron su deseo de amarse eternamente y hasta tuvieron tiempo de arrodillarse y agradecer a Dios lo sucedido. Extraña religión. Cada vez que la vida golpea a uno de ellos, se arrodillan a agradecer a Dios el latigazo. Basan su fe en el sufrimiento.

Después del reencuentro, los llevé hasta la casa negra. La encontramos saqueada, destruida, desmantelada y llena de grafitis ofensivos y obscenos. Recuerdo uno que decía: «Ahí tienen, para que aprendan, perras hijueputas». Catalina y Albeiro no quisieron que doña Hilda viera su vivienda en ese estado y la convencieron para quedarse en casa de Vanessa, la madre de Adriana, una compañera de clase de Catalina, quien enseguida, y mostrando voluntad, se hizo cargo de la señora. La niña tiene su gracia, pero no está tan buena como otra que estaba al lado que se presentó como Valentina. Ironías de la vida, las dos jóvenes a quienes doña Hilda prohibió rotundamente juntarse con su hija, ahora la estaban cuidando.

El final de la raya

Las dos chicas nos dijeron que la dejáramos confiados en que ellas la iban a cuidar bien. Doña Hilda no las trataba hacía años por temor a que contaminaran su proyecto de niña impecable, impoluta. Albeiro se la encargó y nos fuimos a mirar la casa. Mejor dicho, lo que quedaba de la casa: el solar, el árbol del antejardín, aunque en buena parte chamuscado, y las paredes. Nada más. Catalina la recorrió anonadada. Por todos los rincones había mierda, el olor a orines era insoportable. La habían tomado como cagadero. Un perro saltó al vernos y logró asustarnos. El animal se escabulló por entre la maleza del patio, que ya estaba llegando al metro de altura. A Catalina la estupefacción le alcanzó para llorar de rabia, sobre todo cuando llegó a su habitación y no encontró ni las tablas de su camita. Los amigos de lo ajeno se habían llevado todo. Hasta la taza del baño y las tejas.

Paradójicamente, lo único que quedaba intacto en toda la casa era la raya amarilla. Ahí estaba, silenciosa pero inquisidora como siempre. Tantas capas de pintura encima durante tantos años la hacían casi indestructible. Catalina se quedó mirándola durante varios minutos, tal vez recordando cosas, tal vez culpándola de su desgracia, lo cierto es que, de pronto, en un ataque de locura, fue al patio a por un par de ladrillos y la emprendió contra su muro de Berlín. Empezó a machacarla con una rabia descomunal. Albeiro no quiso intervenir por puro miedo. Yo menos. Al cabo de cinco minutos, la raya era historia. Sus pedazos amarillos estaban demolidos y esparcidos por toda la entrada mientras Catalina miraba la sangre que salía de sus manos. A medida que los martillazos aumentaban, sus amigos se fueron agrupando en el parque para observarla limpiar su camino de taras y la aplaudieron en silencio. Derribando esa barrera psicológica, Catalina sembró en ellos una semilla de revolución.

Al final, al verla destruida, sonrió y se tumbó en el suelo a mirar para el cielo mientras recuperaba la respiración.

—¿Quién habrá acabado con su casa? —le pregunté a Albeiro mientras Catalina jadeaba en el suelo.

—El que tiene plata marranea —exclamó. Luego lanzó una mirada de infinito desprecio hacia la casa de doña Imelda, en la que cualquier analfabeto podía leer, en letras de molde: «Esto no se queda así».

14

CATALINA

El amor ya no está…

El político mirón estuvo con nosotros hasta que Ximena y Vanessa nos acogieron en sus casas. Hubo mucha solidaridad de los vecinos, aunque todos mostraban el terror cuando un carro se acercaba. Temían que fueran informantes o trabajadores de la Diabla. Tan pronto como en la distancia aparecía una luz, se alejaban de nosotros de manera automática y se agrupaban en parejas fingiendo estar conversando de otros asuntos.

Esta vez el político no me cayó tan mal. En sus ojos se notaba alguna ínfima partícula de solidaridad sincera. Sin embargo, papá le pidió que nos dejara a solas y le agradeció el detalle de ayudarnos en este duro trance. El señor le dejó algún dinero para gastos pequeños que papá no pudo rechazar por razones obvias, y también nos dejó la carta. Le recordó a papá leerla «por su bien» y se fue mirándome con pena ajena. Al igual que yo, papá estaba con el pelo trasquilado y en su cara y en su cuerpo se notaban los estragos de la malevolencia de la Diabla. No lloró. No lloramos. Ya se nos habían secado las lágrimas y por eso tuvimos que expresar nuestra indignación con miradas de fuego. Nos observamos un rato largo sin hacernos preguntas ante la evidencia de las respuestas. Finalmente, me abrazó y nuestras miradas se perdieron hacia oriente y occidente sin la brisa de los parpadeos.

—¿Qué hacemos con mamá? —le pregunté.

—Está muerta en vida, tengo que reconstruir un poco la casa para volverla habitable —me respondió, y las lágrimas volvieron a aparecer—. Casi la hacen desaparecer.

—Mientras haya recuerdos no la podrán hacer desaparecer jamás —le dije, y él sonrió.

—Hay que hablar, mamita. Tenemos que saber lo que sigue.

—Papá, ¿usted cree que yo no sé lo que sigue?

—¿Qué? —me preguntó asustado por el tono de mi pregunta y lo abierto de mis ojos.

—¡Venganza! —le contesté—. Solo venganza.

Se quedó callado, tal vez llenándose de rabia contra el mundo para encontrar mi tono.

Pero ya no pudo hablar más. Se echó a llorar como un niño sobre mi pecho y me pidió que lo pensara bien.

A papá le daba miedo preguntarme sobre lo que me había sucedido dentro del correccional durante los quinientos días y las mil noches que duró el curso que me puso al día con el mundo. Aunque no era difícil suponerlo. Supe que tiempo después le dijo a mamá: «Se llevaron un angelito y nos devolvieron un guiñapo humano».

Yo tampoco me atrevía a preguntarle por lo que habían padecido él y mamá. Papá y yo sabíamos que no eran daños menores. Durante toda la noche reiteró una pregunta en la que yo ya no reparaba. «¿Por qué, Señor? ¿Por qué a nosotros?».

Mientras papá se fue a dormir con mamá en casa de Adriana, yo me quedé en casa de Valentina. Me sentí libre de saludarlas, por primera vez, en un lugar distinto al colegio. Ambas me prestaron ropa y le consiguieron ropas de sus madres a mi mamá. A papá lo vestimos con una camisa y un pantalón que nos prestó don Jaime a escondidas. A media noche, cuando papá y mamá se durmieron, salí a la propia libertad. Las dos me abrazaron, me llevaron al parque que nunca pisé sin mis padres al lado y, sin poderse contener, ambas lloraron en mi pecho de pesar. Se les sentía la vergüenza ajena, el dolor de verme tan destruida, pero me dijeron algo que no voy a despreciar:

—¡Cuentas con nosotras para lo que quieras hacer!

Sin embargo, la persona que más deseaba ver allí parada junto a mi puerta no estaba parada junto a mi puerta. Hernán Darío no estaba. Nancho no estaba. El único amor de mi vida no estaba. Mi novio por el que crucé la raya y me metí en problemas no estaba. Mi alma se terminó de vaciar. Había conservado una pizca de esperanza de verlo para recibir su solidaridad, pero él no estaba. Pregunté por él y ninguna me dio razón.

—A él también se lo llevaron el mismo día —contó Valentina.

—La mamá anda como loca de un lado a otro buscando plata para un abogado —dijo Adriana.

Me preocupé muchísimo y las tres quedamos en ir al día siguiente a preguntar por él en la comisaría. Sin embargo, recordé la suerte del médico que me ayudó y les pedí que se mantuvieran al margen. No quería verlas muertas. A pesar del poco contacto que siempre tuvimos, las tres nos aprendimos a querer desde pequeñas a base de miradas.

Al día siguiente, mis amigas escaparon del colegio para acompañarme a buscar a Hernán Darío. Fuimos a su casa y doña Paula nos dijo que tampoco sabía nada. Nos contó su drama para conseguir un abogado que al final renunció a defenderlo por amenazas contra su vida. Entonces nos fuimos todas al correccional y allí nos dieron la noticia más extraña:

—El joven quedó libre hace dos días.

—No puede ser —exclamó doña Paula—. Si hubiera salido, ya habría ido a visitarme.

Al rato, el guardián regresó con el acta de salida en sus manos. Estaba firmada por Nancho.

—¿Esta es la firma de su hijo? —preguntó el guardia con impertinencia.

Doña Paula se quedó mirándola con detenimiento y al final aceptó que era la firma de Hernán Darío. Nuestros corazones entristecieron, aunque pensaran distinto. El de ella cree que está muerto y el mío piensa que se fue del barrio por miedo a volver a vivir una experiencia igual. Me llené de un dolor agudo, bajo las costillas, con el que tuve que aprender a vivir. Soñaba con su ayuda para lo que viene.

El ave Fénix

Las madres de Adriana y Valentina cuidaron a mis papás durante toda la tormenta. Los rodearon y atendieron en sus casas como si su presencia, ausente por tantos años, fuera el gran acontecimiento de sus vidas. Ximena y Vanessa se unieron para turnarse el desayuno la una y el almuerzo la otra. Lo cierto es que nos hicieron sentir la solidaridad humana en su máxima expresión. A papá le prestaron plata para ir a comprar tejas y no faltaron manos a la hora de ponerlas. De todas las casas fueron saliendo señores que en silencio se ofrecían a ayudar. En pocos días la casa renació de sus cenizas. Ese gesto elevó el ánimo de papá, pero no el de mamá. La pobre seguía como una zombi, con la mirada clavada en la nada, sin reacción alguna, muerta en vida. El robo de su máquina de coser le dolió tanto como el desmantelamiento del resto de la casa. Era su herramienta de trabajo y, conociéndola, sé que está angustiada por no saber cómo ni con qué enfrentar el futuro.

Una noche, cuando ya la casa había recuperado su forma y los suelos estaban libres de mierda y de malos olores, y el patio podado y las paredes lavadas por decenas de manos que aparecieron de todas partes, papá y yo fuimos a darle la buena noticia a mamá:

—Ya podemos volver a casa.

No quiso hablar. Yo me acerqué con los arrestos que me quedaban y me senté a su lado derecho. Papá se sentó en el izquierdo. Cada uno la tomó de una mano y nos recostamos a su lado para animarla. Al cabo de un buen tiempo, me habló, pero sin mirarme. No sé si por vergüenza o por temor, pero me hizo una advertencia que no esperaba:

—No quiero que nos cuentes lo que te hicieron.

Papá reaccionó con irritación y me pidió que no le hiciera caso a mamá.

—Claro que nos tiene que contar. Esto lo llevamos hasta las últimas consecuencias, Hilda —dijo mientras golpeaba la pared con decisión.

—Para luchar contra un poderoso se necesita dinero —alegó mamá— y eso es precisamente lo que no tenemos. Y pensándolo bien, si lo tuviéramos, no estoy tan segura de que la venganza sea el camino. Primero hay que vivir…, comer, pagar servicios…

Papá bajó la cabeza con resignación, recordando que por la ausencia injustificada de una semana el almacén de artículos deportivos donde trabajaba le podía cortar el contrato de estampados de camisetas, gorras y maletines. Y no se equivocó. Lo echaron. De modo que nos quedamos en la nada. Sin dinero, sin enseres, sin muebles, sin servicios porque aparecieron cortados, sin crédito en la tienda de don Jaime porque el viejo cedió a los chantajes de Daniela. Nos tocó empezar una nueva vida en las circunstancias más precarias. Se llevaron todo, hasta nuestra fe. Los primeros días vivimos de la solidaridad de los vecinos. Muchas ayudas nos llegaban por el patio, a escondidas, porque la gente temía las represalias de la Diabla. Solo una semana después nos restablecieron los servicios básicos, pero más nunca nos volvieron a reconectar el servicio telefónico. Sobrevivimos con un móvil de tercera mano que Vanessa le prestó a mamá con opción de compra. Al final, cuando sospechó que jamás tendríamos cómo pagarle, le condonó la deuda:

—Mentiras, doña Hilda. Cójalo para usted, no me debe nada.

Hernán Darío tampoco volvió. Confirmé que la cobardía lo había invadido o que, tal vez, y con toda razón, no estaba dispuesto a que Daniela ordenara encarcelarlo de nuevo. Lo cierto es que se esfumó. Le mandé mensajes que nunca contestó, hice varios pedidos que nunca trajo, pues renunció al trabajo de mensajero. Su madre seguía esperándolo y encomendándolo a todos los santos habidos y por haber, pero ninguno le hizo el milagro de hacerlo regresar. Nadie volvió a saber nada de él, salvo la sospecha de que el camión de envíos que cada semana, puntualmente los lunes, llega a casa de doña Paula con la compra es enviado por él, si está vivo, o por su ángel de la guarda, si está muerto. Nancho se fue dejando un vacío gigante en mi estómago. Se fue cuando más lo necesitaba. En medio de todo, lo comprendí.

Un mes después regresé al colegio. Ninguna de las noches anteriores dejé de pensar en Nancho y menos en Daniela y en su madre. Fui blanco de todas las miradas, todos los comentarios y todas las críticas. Un profesor me preguntó con tono de condena:

—Imagino que sus papás hicieron algo muy grave para que los castigaran de esa forma, Catalina.

Aunque aún no había organizado mis ideas, le respondí con indignación básica que ni la puta merecía una violación, ni el ladrón un robo, ni el asesino un disparo en la cabeza, y que me sentía muy desilusionada al saber que mi «profesor» era tan solo un justificador de violencia. Desde ese día me odió, pero también me respetó.

Mis compañeros más solidarios y comprensivos me rodearon, me dieron calor y cariño para enfrentar mi nueva vida. Cuando les conté por lo que había pasado, fue inevitable verlos llorar. Fue la primera vez que me sentí bien en el colegio, en todos mis años.

Cuando papá vino a por mí, le dije que esa sería la última vez que me recogía en su vida. Se quedó callado, no tenía argumentos para llevarme la contraria. Entonces lo tomé de la mano, como si yo lo llevara a él, y caminamos hasta la puerta donde antes quedaba la línea amarilla.

—Usted se queda aquí, papá —le ordené—, voy a hablar con mis amigas.

Papá acababa de descubrir que la ecuación había cambiado. Ya no era autoridad más miedo igual a niña obediente. Ahora sería verdad más heridas igual a niña con ganas de venganza.

En la esquina de la casa me esperaron como haciendo vigilia Valentina y Adriana.

Desde la puerta, siempre asombrado por mi actitud rebelde, papá me observó hablar con las dos, aunque ya sin la prevención de antes. Haber convivido con ellas y con sus madres les había hecho cambiar sus prejuicios. A pesar de que supimos que Vanessa y Ximena trabajaban en un prostíbulo, también descubrimos que quieren lo mejor para sus hijas y que están entregando su felicidad entera para que ellas no sean infelices. Las aman y se lo demuestran tratando de hacer de ellas niñas decentes, como en verdad lo son.

—Las llamé para decirles que acepto el ofrecimiento que me hicieron cuando llegué del correccional.

—¿Cuál de todos? —preguntó Valentina.

—El de apoyarme en lo que a mí se me ocurriera hacer para recuperar mi dignidad.

Sobre esta última pregunta solo tuve que pronunciar una palabra y esa palabra lo encerró todo: «Venganza». No tuve que decirles más.

Cuando entré a casa, papá y mamá me miraron con censura. Me dijeron que, aunque ellos eran conscientes de haberse equivocado en mi educación, en la casa debían seguir existiendo ciertas reglas. No podían creer que hubiera llegado a las dos de la mañana sin su permiso o el de mamá. Entonces les dije, antes de que me reprendieran, algo que el profesor de filosofía nos enseñó una mañana cuando el rector del colegio nos prohibió entrar a los baños porque estaban estropeados. «El problema de que no funcionen es de ellos, muchachos. Vamos a usar los baños, las reglas injustas no se acatan». Cuando reproduje estas palabras, papá puso una mirada de miedo que no olvidaré. Una mirada que se convirtió en mi libertad.

A la siguiente noche, volví a salir de casa. Quería ir al parque a reunirme con mis nuevas amigas. Siempre, durante años, las vi reír y correr por entre los árboles y jugar a la gallinita ciega, a la botellita, a la golosa, a la lleva, a la pilingrina, al soldado libertador, al hula hula, al yaz, a las manos, al beso robado, en fin, a ser felices. Y siempre las miré con envidia, aunque de la buena. Era el momento de romper toda prohibición. Entonces me despedí de mis papás y me encaminé hacia la puerta. Sobre mi espalda sentí cuatro ojos clavándose con ardor y un grito que me taladró los oídos:

—¡Catalina!

Entonces me detuve, volví la cabeza lentamente y, con una corta frase notifiqué a mi mamá la nueva situación:

—No te atrevas a detenerme, mamá.

Se quedó callada, yo seguí mi camino y salí a la libertad. Es bella, pega suave en la cara. El aire estaba fresco, lo sentí rozarme las mejillas como en aquel sueño. Sonreí al viento, como saludando a la noche. Mi cabello, ya menos trasquilado, se bamboleaba feliz mientras a mis pasos le nacían alas. En segundos estuve allí, con mis amigos reales. Ya no eran imaginarios. Todos se quedaron estupefactos. Dejaron sus juegos a un lado y empezaron a acercarse con curiosidad de gatos. No podían creer lo que sus ojos estaban viendo. La hija de doña Hilda mezclada con ellos. Me acogieron con solidaridad e inocencia. En sus sonrisas y en sus abrazos descubrí que no eran malos, entendí que no eran monstruos, como me habían hecho creer. Supe que eran seres normales, con sueños, con ilusiones como las mías. No estaban contaminados, como me habían contado mis papás. Sabían lo necesario sobre la maldad, pero no para practicarla, sino para evitarla. Sus padres no los criaron en burbujas de cristal, no les mintieron, no les dijeron que en la esquina estaba Alicia en el país de las maravillas con su conejo suertudo. A ellos les dijeron que en las esquinas podía aparecer una anciana dulce con una manzana sin veneno, pero también un pandillero enviciando a las drogas; un niño jugando al aro, pero también un violador; una familia feliz, pero también un par de locos disparando balas perdidas a los ventanales. Desde esa noche, quise empezar a recuperar el tiempo perdido, pero noté con terrible nostalgia que ya era tarde. No encajaba entre los más pequeños, y los de mi edad se estaban despidiendo de su niñez con juegos más calmados como el ajedrez o el dominó. Mi edad no daba para juegos de niños, sencillamente porque ya no era una niña. Mi niñez había caducado. Ahora en mi mente solo había cabida para la venganza. La manera de matarlas daba vueltas en mi cabeza día y noche.

Entonces dediqué las noches, junto con Valentina y Adriana, a planear la forma de hacerles pagar a Daniela y a Yésica toda su maldad. A ellas se les ocurrieron varias cosas que me dejaron absorta. Pincharle las llantas de la monovolumen cuando la estacionara frente a la casa de doña Imelda, lanzarle orines desde la terraza de una casa, pintar un grafiti agraviándola, lanzar panfletos por debajo de su puerta con un apodo que le pusimos, o mandar los perros de la cuadra a que se cagaran en el antejardín de la casa de la abuela de Daniela.

A medida que su creatividad aumentaba, mi silencio también. Hasta que Valentina preguntó:

—¿Por qué no participas de la lluvia de ideas si eres la más interesada, Catalina?

—Es verdad, amiga, no has propuesto una sola idea —apoyó Adriana en tono de queja.

—Mi silencio se debe a que sus ideas no representan mi sentir. La verdad, sus inocentes propuestas no llenan mis expectativas.

Ambas se quedaron calladas. Un tanto apenadas. Descubrí que ellas, mis amistades prohibidas, eran más inocentes que yo. Y todo porque mis pensamientos no estaban puestos en hacer una travesura menor a Yésica y a Daniela. En mi corazón se incubó una sed peor. Una necesidad superior a mi moral. Las quería ver muertas.

El precio de la venganza

Cuando Valentina y Adriana me escucharon decirlo se quedaron estupefactas. Me miraron durante largos minutos sin decir nada. No podían creer que esa niña que las veía jugar desde la ventana y cuyos padres no dejaban salir a la calle para que no fuera a perder la inocencia tuviera una mente más retorcida que ellas.

—Son muy poderosas —dijo Valentina entre risas de incredulidad.

—Para matarlas necesitas mucha plata, amiga —recalcó Adriana.

—¿De cuánto estamos hablando? —les pregunté.

—Dependiendo de la importancia del personaje y lo protegido que esté, un sicario puede cobrar entre diez y cien millones de pesos —opinó Valentina.

—¿Usted de dónde va a sacar toda esa plata, Catalina? Ya olvídese de eso, amiga —me pidió Adriana en tono sentido, en tono de amiga sincera.

Les dije que las venganzas no tenían fecha de vencimiento y que ya mismo me ponía a buscar un trabajo para ahorrar esa suma.

—Nadie le da trabajo a una chica que no sabe hacer nada, Catalina, bájese de esa nube —dijo cualquiera de las dos mientras la otra concluía haciendo cuentas en su calculadora:

—Trabajando veinte años, con el sueldo mínimo y ahorrando la mitad de su salario, ganaría el dinero para pagar un sicario.

—Veinte años es mucho premio para ese par de alimañas. Tengo que hacerlo antes.

—Entonces solo le quedan dos caminos, Catalina, se lo digo crudamente: o prostituirse, o sea, volverse prepago para que Martina le consiga un narco embilletado, o irse de mula, hermana. Viajar a España o a México con el estómago repleto de cocaína No hay de otra si lo que necesita es plata fácil y rápida.

—Pensar que he rechazado a Martina mil veces —les dije creyendo que, de todas, esa era la salida más viable.

—Ella es la que controla el cotarro aquí en el Galán. Es la que les consigue muchachitas a los sicarios —contó Adriana, y agregó escupiendo al suelo—: ¡Qué asco!

No tenía conciencia sobre los riesgos de ese trabajo, si es que a ese oficio tan indigno y tan asqueroso se le podía llamar trabajo, pero mis deseos de venganza estaban por encima de toda consideración.

Sin embargo, antes de tomar esa penosa decisión de dañar mi vida para sanar mi corazón, porque es un hecho que cualquiera de las dos cosas haré, decidí ir a la casa de Hernán Darío. Seguía sin explicarme su ausencia y, en el fondo, aunque estaba enojada con él, vivía recordándolo con amor, me hacían falta sus miradas, sus besos, sus palabras hermosas, sus serenatas con grabadora. Valentina me condujo hasta su manzana. Adriana golpeó en su puerta. Las luces estaban apagadas y las cortinas cerradas. Tuve ganas de llamar a doña Paula a gritos, pero las muchachas me advirtieron que no era buena idea. Entonces nos fuimos a hablar con don Jaime, pero nos fue peor. Ese señor solo piensa en los tres millones que le factura a doña Imelda y con ese dinero paga su silencio. Solo nos dijo, con algo de angustia y con la condición de que me fuera rápido, que no lo esperara, que el muchacho no iba a volver.

—Nancho no vuelve por acá, señorita. Hágase a esa idea —puntualizó.

Luego me sacó a empellones.

15

HERNÁN DARÍO

Todo por ella

Yo era un niño. Un niño que solo pensaba en patear un balón, llevar una vida sana por medio del ejercicio, estudiar, trabajar con mi bicicleta para sacar de pobre a mi vieja y casarme con la niña más linda del barrio, Catalina. Una reinita lo más de bonita que sus papás tenían encerrada desde chiquita, como las princesas de los juegos, pero no en la torre de un castillo hermoso, sino en la casita más fea del barrio.

Esa era mi vida hasta el día en que Catalina cruzó la raya amarilla y las Diablas clavaron una pica en mi corazón. Pero ya no soy un niño. Mi inocencia se ha quebrado en un millón de pedazos. Ahora soy un malo. De esos que mi mamá detesta, de esos que aprendí a respetar y a temer. Un malo de los que la Policía mata antes de los treinta.

—¿Que si yo me lo busqué? ¡No! Yo no me lo busqué. Ni siquiera lo anhelé, ni lo pensé, ni lo quería hacer. Entonces, ¿qué pasó?

Lo voy a responder con una grosería porque filósofo no soy: la vida es una «tetrahijueputa». Y no me digan que no.

O ¿cómo es posible que un día me levanto ilusionado con ver a mi niña y con trabajar en mi bicicleta para ayudar a mi mamá con los gastos de la casa y termino metido en una cárcel rodeado de gañanes de todas las calañas sin haber hecho nada, sin haber matado una mosca, sin haber dicho una grosería ni haber robado un grano de arroz?

El día de la riña, apenas los coches patrulla de Policía se llevaron a Catalina y a sus papás, intenté perseguirlos, pero Daniela me atravesó su pie y caí de nariz sobre el pavimento. Luego me tomó por el cuello, me golpeó contra la carretera y me juró que me iba a hacer pagar todas mis cagadas. No me defendí por miedo a correr la misma suerte que los Marín y de esa cobardía se aprovechó para ultrajarme hasta que se le acabaron las fuerzas. Entonces, el comandante se inventó que en mis ropas había un arma y también varias dosis de cocaína. Obviamente no era cierto. Odio las armas y las drogas como todo buen inocente. Porque así es este país. Cuanto más mala es la gente, mejor le va.

Pues me subieron a otro coche patrulla con rumbo al correccional de menores. Por poquito me salvé de ir a la de mayores, pues cumplía los dieciocho en seis meses. Solo recuerdo que los ladrones del barrio entraban a la casa de Catalina y sacaban cada cosa hasta dejarla desvalijada.

A mi lugar de reclusión llegué con un brazo partido y la cara rota. Por órdenes de Yésica y su belleza de hija, no recibí primeros auxilios ni recibí atención hospitalaria.

Un guardián caritativo tuvo que ir a buscar a un masajista para que me encajara los huesos del brazo. El anciano lo hizo sin anestesia, sin dudarlo y con una fuerza descomunal para su edad. Fue el dolor físico más terrible que experimenté en mis dieciocho años de vida. Dolió tanto que me desmayé.

Cuando desperté, estaba de regreso en la celda donde mis compañeros se encargarían de hacerme la vida más desagradable los siguientes días. No voy a relatar por lo que pasé. No viene al caso. Solo diré que fueron mis peores días. De un lado, pensando qué sería de mi Catalina del alma; del otro, recibiendo las visitas angustiantes de mamá; y, de otro más, recibiendo chantajes de las Diablas para que me fuera a trabajar con ellas.

—Si aceptas conducir el todoterreno de la niña, retiro las denuncias, Hernán —me dijo durante una visita doña Yésica, seguramente azuzada por Daniela.

—Con ustedes no trabajaría ni loco —les dije, y las dejé sentadas en la celda de visitas mientras llamaba a los guardias para que me sacaran de la presencia de ese par de seres malignos.

Luego me mandaron un abogado para que me asustara y por último, y esto fue lo que me dañó la moral y me bajó a los infiernos la voluntad, me mandaron fotografías de mi Catalina en penosas condiciones. Su estado era lamentable. Parecía una muerta. Acabada, hecha mierda. Una de las fotos, no sé si habrá sido un montaje porque me cuesta creer aún que algo así pueda suceder, me la mostraba a ella dando vueltas dentro de una lavadora. Viendo esa fotografía dije no más: ¿Qué tengo que hacer?

—Sencillo, me dijo la Diabla. Si quieres que Catalina vuelva a su casa, vas a trabajar para nosotras.

—Lo que quieran, pero déjenla en paz.

—Hay condiciones —explicó Daniela con su vocecita de niña malcriada insoportable.

—Ya les dije que hago lo que me digan, pero, por favor, déjenla en paz.

—Perfecto, Hernán, pero para asegurarnos de que no nos está mintiendo ni está pensando en hacernos alguna jugada, quiero que vea esto.

Enseguida me mostraron fotografías de mamá saliendo de la casa, fotografías de mamá tomando un taxi, fotos de mamá entrando en la tienda, en fin. La prueba de que sabrían ubicar a mi pobre madre en cualquier momento.

—Usted la caga y su mamá se muere.

Acorralado y derrotado, solo atiné a asentir con la cabeza.

—Tampoco puede volver a ver a Catalina porque no solo se muere su mamá. También se muere Catalina y se muere usted. Esto le tiene que quedar muy claro —explicó doña Yésica y, de nuevo y sin más remedio, a todo tuve que decir que sí.

Entonces, como a los seis días de estar en la correccional, me llegó la orden de libertad con una dirección y un billete para costearme un taxi.

En la dirección que le entregué al chofer encontramos un almacén sin letreros en la fachada. Oprimí un timbre bajo el cual había un aviso que advertía de la presencia de perros bravos en el lugar y al segundo me abrió uno de los mismos hombres que me dislocó el brazo durante la refriega en la casa de doña Imelda. Me hizo sentar y me ofreció algo de beber. Le pedí que me regalara un vaso con agua. Al momento me lo alcanzó, y no lo había terminado de beber en su totalidad cuando apareció doña Yésica. Llevaba puesto un chándal que le hacía resaltar sus curvas y unas gafas de sol tan grandes que le cubrían casi la mitad del rostro. Me dijo que no tenía mucho tiempo que perder en personas insignificantes, pero se limitó a refrescarme nuestro trato.

—Ya sabe, si no quiere que Catalina salga muerta del correccional, tiene que trabajar para mí.

Eso fue todo lo que me dijo. Y yo, que estaba dispuesto a aceptar el trabajo para sacar del problema a la niña por la que estaba sufriendo, no tuve tiempo de decirle que sí cuando sus escoltas ya me estaban tirando a la cara una ropa militar para que me la probara.

—¿Qué es esto? —pregunté asustado.

—Su nuevo uniforme, hijueputa —me gritó uno que apodaban Mugroso.

—No soy un soldado —le traté de explicar, pero recibí un culatazo de fusil en la espalda y caí de bruces. Luego me levantaron, me ayudaron a ponérmelo a la fuerza, me colgaron un arma de largo alcance en el hombro y me tomaron fotografías.

—Bienvenido al proyecto paramilitar del Eje Cafetero, so gran malparido —me gritó el jefe de los escoltas, y me preguntó si tenía algo que refunfuñar.

Le dije que nada, que todo estaba perfecto. Entonces me pidió que me quitara el uniforme porque teníamos que trabajar mucho antes del primer trabajo. Me llené de pánico. Sé a qué se refería y yo jamás imaginé venir a este mundo a matar gente.

Fueron días terribles de zozobra y tristeza los que pasé mientras me entrenaban en las lides militares. La imaginaba día y noche. Me mortificaba pensar que ella estaría pensando que fui un cobarde, que la abandoné cuando más me necesitaba.

Un día me vi sentado frente a doña Yésica mirando la foto de Catalina mientras salía del correccional. Mi reinita estaba de pie, luchando por no caer, descalza, con su ropa harapienta, su cabello mutilado burdamente y su cara cortada. Lucía desconcertada y triste y le alcancé a leer en los ojos en otra de las fotos, que era un primer plano de su cara abrazando a un señor que fue a recogerla, un deseo inmenso de morir. Lloré de impotencia.

—Ya cumplí, Hernán Darío. Ahora usted tiene que cumplir conmigo.

—Estoy listo, doña Yésica —le dije entregado a la suerte.

—Su primer puesto aquí será de sicario, en una banda que se llama Los Morones. ¿Entendido?

Me pasé horas vomitando todo lo que había comido en la vida. Ella me dio plazo hasta la noche para que decidiera. Tuve pocas horas para digerirlo y sopesarlo. ¿Qué pasará si acepto? ¿Qué pasará si no acepto?

En el primer caso me mataría yo, en el segundo mataría a Catalina. Y miles de preguntas me embargaban: ¿a quiénes tendría que matar, cómo serían sus caras, qué tragedias causarían mis asesinatos, cómo matar a un ser humano si jamás había matado a un insecto siquiera? Pero luego me asaltaban las dudas e imaginaba a Catalina muerta. Muerta por mi culpa. Su cuerpecito de diosa y su carita de ángel metidos dentro de un ataúd. Sus padres llorándola. Todo me parecía infame. El tiempo se me terminó y doña Yésica vino en persona a recibir mi respuesta. Estaba acompañada por su hija Daniela, la niña que más odiaba mi corazón en esos momentos.

La pendeja no dejó de observarme con una sonrisa malvada todo el tiempo. Sus ojos me repetían en cada mirada que ella me lo había advertido.

—¿Qué pensó, joven? —me dijo mirando el reloj para meterme presión.

—No quiero que le sigan haciendo daño a Catalina, por favor.

—Eso depende de usted. Si trabaja para nosotros, Catalina vive, si no trabaja para mí, Catalina muere, y de paso usted y su mamá y todo el que venga a reclamarlo. Porque de aquí usted no sale vivo si me da un «no».

Al día siguiente me llevaron a una de las muchas fincas que tiene la patrona a modo de polígono de tiro. El instructor, un moreno alto y fornido, me dijo que disparar no tenía ciencia, que hasta un tarado podía hacerlo, pero que dar en el blanco sí era un arte que él me iba a enseñar. Unos minutos después, tras unas cortas explicaciones, disparé un arma por primera vez. Estuve tan lejos del blanco que al instante recibí una patada en la espalda. El instructor me dijo que no me hiciera el estúpido, porque estúpido me podía quedar. Entonces nos abrazó al fusil y a mí con sus largos brazos, puso su mejilla izquierda sobre mi mejilla derecha y me explicó la manera como debía hacer coincidir la mira con el alza y el objetivo. Me dijo que contuviera la respiración y disparara con el dedo tranquilo, sin apretarlo. Así lo hice y mi segundo disparo pegó dentro del polígono. A unos veinte centímetros del blanco.

—No estuvo mal —exclamó el instructor.

Durante cuatro días me siguieron instruyendo hasta lograr la aprobación de Franklin, como se llamaba el instructor. Se trataba de acertar en el blanco durante tres disparos seguidos. Muchas veces mis disparos perforaron el centro del polígono, pero al siguiente disparo el tiro se me desviaba. Lo intenté y lo intenté hasta que tres disparos consecutivos dieron en el blanco. Incluso un cuarto que Franklin me propuso sin compromiso.

—Estás listo para ajustar cuentas —me dijo sonriendo, y me pegó una palmada en la espalda.

Luego me entregó la foto de un hombre y su dirección. Me dijo que acertar tres veces en el blanco era solo la mitad de la certificación. Que el otro cincuenta por ciento se ganaba poniendo en práctica lo aprendido. Al día siguiente tuve que matar a ese hombre.

La noche anterior me fue difícil conciliar el sueño. Pensaba en el ser que dejaría de respirar para siempre cuando le disparara. Pensé en Catalina y en su desconsuelo cuando supiera que me había convertido en un matón. Pensé en mamá y en sus consejos diarios con la intención de que yo no me descarriara. Pero, sobre todo, recordé el primer beso con Catalina y los 7.500 pesos que le cobré mientras saboreaba sus labios. Lloré, dancé sobre la cama al son de mis remordimientos y sentí deseos de morir. También quise escapar, y de hecho tuve la intención clara de hacerlo, pero cuando alcancé la cerca de la finca recordé las amenazas contra Catalina y me volví. La suerte estaba echada. La mía y la del paciente que debía mandar al mundo de los muertos.

Franklin me llevó hasta la esquina de su casa en una moto y nos sentamos en una tienda a comer salchichón con pan y gaseosa hasta que saliera la víctima. Se llamaba Antonio Jaramillo, tenía dos esposas y tres hijos.

—Tranquilo —me repetía el instructor cada poco, al verme sacudir la pierna derecha, y concluía su explicación en medio de risas diciéndome que llegaría el día en el que matar se iba a convertir para mí en una actividad tan normal como comer o ir al baño. Y se fue al baño.

Miré la moto con las llaves puestas y tuve deseos de escapar nuevamente de mi destino. Llegué a subirme a la moto y le pegué la primera patada. Afortunada o desafortunadamente, la motocicleta no encendió, pues la aparición de Franklin coincidió con la salida del hombre que tenía en la foto. Aproveché la coincidencia para que el instructor no sospechara de mis intenciones de evadirme y le conté lo que él ya estaba viendo. Entonces me dijo que me fuera hacia atrás y que alistara el «fierro». Empezamos a seguir al hombre a prudente distancia. Apenas giró en la esquina, aceleramos a fondo y frenamos en seco para dar la vuelta. Cuando asomamos por la otra manzana, el hombre sospechó que el tiempo se le había acabado y echó a correr con un susto evidente en sus ojos. Franklin aceleró.

—Dele, dele —me gritó el instructor, y los segundos que siguieron no están claros en mi mente.

El hombre intentó trepar una tapia, pero fui más rápido. Saqué el arma y la disparé varias veces. No sé dónde le pegué. Solo sé que el hombre cayó al suelo y que Franklin se bajó a rematarlo. Le dije que corriéramos porque no tardaría la Policía y sonrió con total frescura diciéndome que la Policía en la ciudad era nuestra.

—Nada se mueve en esta ciudad sin la voluntad de la patrona, hermano.

Volvimos a la moto caminando y arrancamos.

Llegamos a la finca en cuestión de minutos. Franklin me empujó a la piscina con ropa y todo. Me dejé hundir sin fuerzas, consciente de que mi vida había girado lo suficiente para no volver a ser la misma. Le pedí que me permitiera salir. Necesitaba visitar a Catalina, saber cómo estaba, decirle que no la había olvidado y que la seguía amando. Pero Franklin me dijo que la decisión de un permiso estaba en manos de la jefa. Entonces se comunicó con Yésica y le contó mis intenciones. La respuesta fue rotunda.

—No sale hasta que nos dé la gana, y cuando nos dé la gana puede ir a todas partes menos al barrio. Y ay de que vea a Catalina... Lo dejamos sin mamá.

Como pude me las ingenié para que un furgón del correo llegue a casa de mamá todos los lunes y le deje la compra. No puedo poner el nombre del remitente. No le puedo dar pistas sobre mi existencia. Me estará odiando, aunque ninguna madre odia a su hijo, pero es por el bien de ella. A Catalina no le he podido enviar un solo mensaje. Me gustaría coordinar una fuga colectiva para salvarla a ella y a mamá, pero en el corto plazo no será posible. Debo ganarme primero la confianza de estas personas, que por naturaleza son desconfiadas.

Y esa es mi historia hasta hoy. En un segundo mis sueños se rompieron y ahora soy el ser más desdichado de la humanidad.

16

CATALINA

Un pasado doloroso

Putearme o traficar. En esas dos posibilidades crueles, estúpidas, irracionales, estuve pensando todas las siguientes noches. Entregar mi cuerpo por dinero es una responsabilidad personal que no perjudica a nadie distinto a mí. Traficar es una decisión que perjudica a otros. Es la droga que envenenará a jóvenes que luego saldrán a matar y a robar por conseguir la plata para una dosis. Por eso, con toda responsabilidad, me inclinaré por la primera. Me volveré una prepago para poder cumplir mi sueño de ver a las Diablas en el lodo y que Dios me perdone y se apiade de mí.

Hasta he considerado la oferta de Gato Gordo de darme lo que le pida por probar mi dulzura. Tendría que hacerlo con los ojos y los labios apretados, pero, si ese es el precio que tengo que pagar por vengar lo que nos hicieron a mis papás y a mí, lo haré. Por peores cosas pasé en ese correccional.

Es tan triste lo que estoy dispuesta a hacer para que paguen su canallada que me he mantenido ensimismada los últimos días. Estoy esperando a que el cabello recupere su largura y me terminen de crecer las cejas para venderme al mejor postor. Las cicatrices ya están casi borradas. Me mantengo en una especie de huelga de silencio. Solo hablo para responder con monosílabos las preguntas que me hacen mis papás.

Hasta que un día tengo que abrir la boca, y de qué manera. La casa estalla en alaridos, pues en una de las tantas tertulias que sostuvimos con Adriana y Valentina, y a la que por primera vez se sumó Martina, me enteré de algo que mis papás nunca me contaron. Entre charla y charla llegamos al tema de mi hermana Catalina y las mamás de ellas tres. Eran prepagos. Prostitutas de la mafia. Eso no fue lo fatal. No recuerdo si ya lo sabía o lo sospechaba.

Adriana contó, con esa tristeza que embarga a quien sabe una verdad que no le han contado, que desde hacía muchos años, todos los que ellas recuerdan, sus madres trabajaban en una fábrica de camisas, pero que se les hacía raro que siempre les tocaba el turno de la noche y que sus descansos solo se daban los lunes. Hasta que Valentina estalló en llanto y contó su verdad:

—No disfracemos las cosas, Adriana, usted y yo sabemos que nuestras mamás son putas, amiga. Si queremos ayudar a Catalina tenemos que contarnos las desgracias como son.

—Sospechamos que son putas, Valen. A ninguna de las dos nos consta que mi mamá y la suya se acuesten con hombres por plata —sentenció Adriana dejando a Vanessa y a Ximena una ventana de esperanza abierta.

Entonces Valentina tuvo que exteriorizar todas sus dudas con una andanada de preguntas que Adriana no pudo refutar:

—¿Y por qué siempre entran a las ocho de la noche? ¿Y por qué siempre salen a las cinco o seis de la mañana? ¿Y por qué siempre llegan con tufo? ¿Y por qué siempre se van tan maquilladas? ¿Y por qué los lunes se despiertan a mediodía con depresión y ganas de matarse? ¿Y por qué en la fábrica nunca celebran la Navidad y nos reparten regalos como a todos los niños que tienen papás trabajando en empresas?

El silencio y el llanto de Adriana dejaron claro que sus madres trabajaban en un prostíbulo. Mis papás me lo dijeron al salir de sus casas tras regresar de las cárceles. Entonces Martina las abrazó y les dio consuelo con una queja justa:

—Al menos ustedes saben que sus mamás son putas y están en un puteadero, amigas. Y malo o bueno las ven todos los días. Yo nunca sé dónde está la mía y me toca consolarme con verla cada vez que le dé la gana de venir.

—Y mi hermana está muerta. Al menos las mamás de las tres están vivas —les dije como una forma ingenua de consolarlas, pero mis palabras no causaron mayor efecto.

Para no mortificarlas más con su cruda realidad, salté al tema de los hombres. Les pregunté que si sabían algo de sus padres y se quedaron pensativas. Valentina contó que doña Ximena le había dicho que la única de las cinco que había tenido un noviecito estable, aunque con miles de cuernos en su frente, había sido Catalina. Me causó risa lo de los cuernos, pero me ganó la curiosidad por saber quién había sido ese santo Job capaz de soportar a una mujer tan defectuosa y nada virtuosa como mi hermana. Hubo silencio, hubo duda, hubo cruce de miradas entre Valentina y Adriana, pero al final Martina, la más imprudente de las tres y a quien mis amigas llamaron para que me contara cómo funcionaba el negocio de las prepago en el que me pienso meter, soltó una verdad que trastocó aún más mi idea del mundo:

—¿En serio no sabes quién fue el novio de tu hermana?

—En serio, no —le dije—. ¿Por qué habría de saberlo?

Entonces se miraron como tomando la decisión de contarlo o callarlo. Hasta que Martina pronunció su nombre en medio de una exhalación:

—Albeiro, amiga. El novio tonto de su hermana fue su papá.

Un deseo de acabar con el mundo se apoderó de mí. Me parecía inaudito que el barrio entero supiera que mamá se había liado con el novio de mi hermana. Sentí mucha vergüenza.

—¡Qué desgraciado! Y mamá, ¡qué descarada! —exclamé con ira, y me dispuse a reclamarles, pero no me dejaron ir.

—Usted se calma primero, amiga. No es bueno que vaya con esa rabia a hacer reclamos.

Pero la noche fue más larga. La misma Martina, a la que se le notaba un deseo inmenso de aplastar mi moral para impulsarme al abismo con mayor facilidad, me contó algo que tiró mi autoestima por los suelos. Me dijo que mis papás no me esperaban a mí. Que ellos estaban tan ilusionados con un niño que, para el baby shower que organizaron en el sexto mes de embarazo de mamá, habían pedido que todos los regalos tuvieran el color azul. Además, me contó que, en la primera Navidad que mamá pasó preñada, recibieron solo juguetes masculinos, como pelotas, carritos de bomberos y de Policía, soldaditos de plástico y hasta unas zapatillas con tacos en miniatura para jugar al fútbol.

—Ellos no querían una niña, amiga. Ellos querían un niño y eso los frustró bastante. Y si no me quiere creer, vamos y le preguntamos a mi abuela. —Y, para acabarme de rematar, expulsó la frase más venenosa de todas—: Usted es una niña no deseada.

Volví a casa un segundo después. Al verme caminar con decisión y a paso largo, casi a saltos, mis amigas entendieron el error que había cometido Martina al rebelarme esas cosas. Aunque no le llamaría un error, yo diría: una imprudencia saludable.

Entonces rompí la huelga de silencio con golpes sobre el pecho de papá. Le dije de todo. Se lo dije con malos modales. Se lo dije de mala manera.

—¿Por qué me ocultaron la verdad tanto tiempo? ¿Por qué no me habían dicho que mamá le había quitado el novio a mi hermana? ¿Por qué no me habían contado que papá y yo éramos padre e hija y cuñados a la vez? ¿Ah? Ustedes son unos falsos, unos mentirosos.

—Hija, cálmate, por favor —suplicaba papá.

—Nada de cálmate. ¿Es verdad que se desilusionaron y que papá no me quería ni ver?

Hubo silencio. Yo lo rompí con otra andanada de preguntas.

—Yo jamás les voy a perdonar el haberme despreciado al nacer.

—Eso no es verdad —dijo mamá.

—Sí es verdad, porque no me lo dijeron en tono de chisme, mamá. Hay testigos de lo que estoy diciendo.

Hubo miradas y un nuevo silencio. Les pregunté por qué no me habían ahorcado con el cordón umbilical cuando se dieron cuenta de que no era el niño que anhelaban. Que si fue por ser niña por lo que quisieron vengarse del mundo prohibiéndome la vida, matando mi libertad con esa puta raya amarilla.

—Nosotros pensábamos contarte todo, hija —intervino mamá—, sobre todo la relación de tu papá con tu hermana, porque lo de estar esperando un niño fue algo normal. La ecografía nos dijo que era un niño y por eso nos sorprendió que fueras una niña.

—¿Qué les costaba contarme las cosas? ¿Tuve que enterarme por bocas ajenas?

—Nosotros pensábamos contarte, pero considerábamos que el momento no había llegado —se disculpó papá.

—¿Y qué estaban esperando? ¿Que cumpliera los cuarenta años para que la niña no perdiera su inocencia?

—Solo queríamos que adquirieras un poco más de madurez, pero ese día que cruzaste la raya se estropearon todos los planes, se fastidió todo el proceso.

—Qué manera más mezquina de ver las cosas, señor y señora.

—Cálmate, hija —pidió mamá.

—Estoy calmada —les dije en evidente contradicción para entrar a la etapa en la que uno hiere al que lo ha ofendido para sentirse bien.

—¿Quién tomó la iniciativa? —pregunté.

—¿De qué? ¿Iniciativa de qué? —preguntó papá, que de los dos era el menos hábil mentalmente.

—No te hagas el bobo, papá. Estoy preguntando si fue mamá o fuiste tú el que tomó la iniciativa de ponerle los cuernos a mi hermana.

—¡Hija, por Dios! Estás llegando muy lejos con ese interrogatorio.

—Quiero saberlo todo —les grité.

—¡Pero nos estás haciendo sentir vergüenza! —alegó mamá.

—¿Y qué crees que es lo que estoy sintiendo yo en estos momentos, ah?

Después de un silencio en el que los tres nos sentimos mal, vinieron las respuestas.

—Tu papá no tiene la culpa de lo que sucedió. Yo, por tener quince años más, por ser la más adulta de la relación, asumo la culpa por las debilidades del pasado.

—Eso no es cierto, mi amor. Es verdad que eres mayor, pero yo ya no era un niño. Era mayor de edad y era responsable de mis decisiones. Di la verdad. Dile a nuestra hija que Catalina me abandonó, que se fue con uno y con otro y con otro y con otro hombre hasta que me cansé de sus engaños. Dile a Catalina que su hermana me despreció una y mil veces y que en ese trance, en ese momento, cansado de desplantes y de infidelidades, me empecé a enamorar de ti. Sí. De la mamá de mi novia. Un amor prohibido. ¿Y qué carajos podía hacer si Hilda me trataba bien, Hilda me comprendía, Hilda me amaba con sinceridad, Hilda me cuidaba, Hilda me prestó su pecho para llorar muchas noches, ah? ¿Qué podía hacer si me enamoré de este ser maravilloso sin darme cuenta, de repente, sin que mi maldito corazón me pidiera permiso, ah?

Papá lloró recordando el pasado. Mamá lo abrazó y yo me calmé definitivamente. Las cosas estaban más claras en mi cabeza que antes. Les pedí disculpas por haberlos ofendido, pero me dijeron que, aprovechando que las cosas estaban más calmadas, me iban a contar el resto.

—Yo quiero que nos perdones, hija. A mí por haber caído en la tentación de acostarme con el novio de mi hija, a tu papá por haberse liado con su suegra. Sabemos que no es normal, no tiene excusa, y con esa vergüenza hemos cargado siempre. Sabemos que la gente nos señala: sabemos que somos la comidilla de todas las reuniones en el barrio, pero ya no nos importa. Fuimos víctimas de un complot del universo. Creemos que Dios está detrás de todo esto y por eso nos aceptamos y nos hemos amado como ninguna pareja que nos critica.

—Es verdad, mi amor. La mayoría de los que se burlan de nuestra relación se han separado. Somos la pareja más estable. Nunca tu mamá me ha faltado, ni yo a ella. El nuestro es un amor puro y de este amor puro naciste tú, Catalina —me aseguró papá con un brillo en los ojos difícil de ver en alguien que miente.

—¿Cómo pasó? —les pregunté más por curiosidad que por fastidiarlos.

—Fue una tarde calurosa y calmada —explicó papá con una sonrisita en sus labios—. Como todos los días, venía a preguntar si Catalina había venido o había llamado. Tu mamá estaba saliendo de la ducha.

—Amor, sin detalles, por favor —exclamó mamá muerta de pena.

—En fin, el destino se confabuló para que Hilda y yo juntáramos miradas, para que juntáramos necesidades, para que sucediera lo inevitable, lo que sucedió —me explicó con pena.

Yo los absolví con una mirada, pero sentí que me seguían debiendo muchas respuestas.

Con respecto a la desilusión por mi sexo, me dijeron que no me iban a negar que estaban esperando un varón, porque eso decía la ecografía, y que al enterarse de que yo era una niña, obviamente se asustaron, pero que pronto asumieron la nueva realidad y se prometieron cuidarme y defenderme para que yo nunca tuviera que pasar por cosas iguales o peores que las que pasó mi hermana. Para que las cosas difíciles de la vida no me las terminaran contando otras personas con otros intereses.

Entonces indagué mil cosas con desorden y rabia, pero a todo respondieron sin ambages. Le pregunté a mamá que si la cama que compartió con papá hasta el día del saqueo fue la misma en la que ella consolaba a mi hermana Catalina por las mañanas y me respondió que nunca tuvieron plata para cambiarla. Le pregunté que si la maldita idea de ponerme el mismo nombre de mi hermana obedecía a un cargo de conciencia y me respondió que sí, pero que también a un homenaje que le querían hacer, por lo que ella había significado en la vida de ambos. Incluso confesó que si yo hubiera sido niño me hubieran bautizado con el nombre de mi hermano Bayron.

Le pregunté que si sus extremos cuidados hacia mí obedecían al miedo de que yo me convirtiera en una puta como mi hermana y me respondió con un rotundo y total sí. Lo repitió varias veces.

El descubrimiento de las mentiras de mis papás y la desconfianza que se acababan de ganar me empoderaron a tal punto que me fui a recoger mis cosas con la firme intención de marcharme de casa. Cuando ya estaba a punto de salir con una maleta de plástico a medio llenar con las pocas prendas y zapatos que mis amigas me habían regalado, hasta mi cuarto llegaron papá y mamá.

Estaba ofendida, estaba dolida, tenía los sentimientos arrugados, me sentía demasiado vulnerable por culpa de los dos, me sentía vacía. Por eso no les permití que me detuvieran. Entre otras cosas, porque en el fondo tenía la esperanza de irme a buscar a Hernán Darío antes de irme a putear con Martina. En estos momentos de angustia y de zozobra lo necesitaba más que nunca. Tenía que encontrarlo para que me dijera por qué se había alejado, por qué me había dejado enamorada con los besos que me daba por las tardes, montado sobre su bicicleta, con la bolsa de la compra entre sus manos.

Pero papá se atravesó en la puerta y me dijo que si quería alcanzar la calle tenía que esperar a que cumpliera los dieciocho años, o debía matarlo y pasar por encima de su cadáver y del de mi madre porque él no iba a permitir que su niña, la bebé consentida de la casa, su princesa rosadita, como me decía todas las mañanas, se fuera a aventurar por unas calles que no conocía, por una ciudad de la que ignoraba todo, toreando una maldad que apenas había acariciado en los siete días que permanecí encerrada en el correccional.

—Tienen en sus manos la oportunidad de deshacerse de esa «mujer» que tanto aborrecieron —les dije con rabia.

Mis palabras les dolieron mucho, pero las ignoraron. Papá me dijo que yo era muy inocente aún para afrontar un mundo tramposo, y me quitó la maleta de las manos. Entonces me dediqué a contarles, una a una, las cosas que me hicieron en el correccional para que se dieran cuenta de que ya no era tan inocente como ellos seguían creyendo.

Cada relato fue como una puñalada en sus corazones. Se restregaban la cara para cerciorarse de no estar soñando. Lloraron como niños cuando les conté de mi casi ahogamiento en una lavadora industrial. Papá les pegó varios puñetazos a las paredes cuando les relaté con detalles el momento en el que me quisieron violar. Mamá me mandó callar cuando le dije que Mariana había abusado de mí.

—Déjala terminar, Hilda. Necesitamos saber toda la verdad.

Les narré todo con detalles. Les conté del médico que asesinaron por mi culpa. El asombro les recorrió sus rostros mientras palidecían. También les narré el momento cuando Mariana y sus compinches depositaron sobre mi cabeza las cagadas inmundas de quince reclusas. Las palizas que me dieron y las veces que fui al calabozo injustamente.

¡Vomitaron!

Luego me arroparon con sus cuerpos mojados por el sudor de la rabia y me pidieron perdón. Fue la primera vez que pensaron en sacarme del barrio para siempre.

—Si tuviera plata, les juro que nos íbamos de aquí ya mismo —expresó papá llorando y dolido por mi calvario vivido.

Quise salir sin maleta, pero papá se opuso con furia. Me abrazó, me desarmó con palabras de cariño y me suplicó de rodillas que no me fuera. Mamá se unió a sus súplicas y me ofreció más libertad, me ofreció más verdad y, por más verdad, cedí. Entonces les dije que nos dejáramos de secretos y que me terminaran de contar todo. Y todo me contaron.

Ahora conozco los detalles de la manera en que Yésica engañó a mi hermana para quedarse con la fortuna de su esposo, y con su esposo, un narcotraficante llamado Marcial Barrera. La Diabla hizo que Catalina la Grande se acostara con otro mafioso que se llamaba el Titi y luego le mostró las pruebas a don Marcial. Él la echó, muy dolido, y se fue de luna de miel con la Diabla a España mientras su escolta le notificaba a Cata que su patrón había tenido que huir por el acoso de las autoridades. Era mentira. A los pocos días, mi hermanita se los encontró en un restaurante muy amorosos. Me dicen mis papás que ese día, llena de dolor por la traición de la que creía su mejor amiga, ella empezó a planear su muerte.

También aproveché mi ventaja para pedirles que me contaran acerca de la carta que les había traído Octavio hacía poco, y me confesaron que no la habían abierto ni lo pensaban hacer para no reabrir una herida que ya estaba sanando. Que por eso, por puro miedo al pasado, han optado por archivarla y no abrirla jamás.

Hay un problema. A mí sí me interesa leer esa carta.

17

YÉSICA

Los anónimos

Nada de esto hubiera sucedido si a mis manos no llega un sobre de manila con un remitente falso que contenía el acta de matrimonio de Marcial con Catalina. Alguien quiere recordarme que el dinero que heredé del viejito no me pertenece. Me importa un culo que Marcial no se haya divorciado legalmente de Catalina. Ese no es mi problema. Tuvimos una hija y eso es lo que cuenta. La fortuna que él me dejó la he multiplicado con negocios que él jamás hizo. Hoy en día, a mi lado, Marcial se vería como un narcotraficante menor.

Sin embargo, me hicieron preocuparme y por mi tranquilidad soy capaz de incendiar el mundo si me toca.

En un principio pensé que la bruja de doña Hilda, la «comeniños», como le dicen en el barrio, era la que estaba detrás de esos correos y por eso me decidí a hacerlos desaparecer. En estas cosas voy para adelante. Si vacilo, pierdo. Pero la hijueputa tiene tanta suerte que el día que la iba a meter a ella y a su hijita estúpida en dos barriles de ácido, a mi casa llegó otro sobre igual con otra copia del acta matrimonial de Marcial con la sucia esa.

Entonces, si no es la «comeniños», ¿quién está detrás de los anónimos?

Octavio ya me juró que no es él, y le creo porque si alguien sabe de lo que soy capaz cuando tengo rabia es él. Octavio sabe que a mí no se me puede mentir. Entonces las posibilidades se reducen solo a tres personas: Pelambre, el escolta de Marcial. Solo él, de los que están vivos, sabe de esa boda. Y no me voy a poner a buscarlo porque los matones se saben esconder. Si me está mandando esas actas es porque quiere plata y, valga la pena decirlo, la está consiguiendo bien porque hasta el folio del acta original arrancó del libro de la notaría. Si quiere plata, en algún momento me lo dirá. Las otras dos personas son Marcial, que está purgando un par de cadenas perpetuas en los Estados Unidos, lo que hace improbable que sea el autor de los anónimos, y la tercera, Catalina. Catalina la Grande. De un tiempo para acá, he venido intuyendo que no está muerta. Es algo remoto, pero yo nunca vi su cadáver. Aun así, la sola posibilidad de que esté viva me llena de incertidumbre.

Ese entuerto lo arreglo en cualquier momento porque tengo otros cuatro por resolver, tanto o más importantes. El primero: el del periodista Alberto Cerón, del periódico *La Mañana*. Él sabe que maté al médico que intentó ayudar a Catalina, pero no tiene pruebas. Las está buscando y me da miedo que las encuentre. Los periodistas buenos se cuelan por todas partes. Son peores que el agua, peores que el dinero. Tendré que matarlo, pero voy a esperar el mejor momento. El tipo es muy querido por la prensa local y su muerte podría desatar una ola de indignación que ponga en peligro mi imperio. Hay muertos que valen más vivos.

De otro lado, me preocupa que Gato Gordo, mi socio mexicano, haya colocado sin mi ayuda un cargamento de cocaína en España. Es la primera vez que hace un negocio sin comprarme la materia prima a mí. Él cree que no lo sé, pero en este negocio se sabe todo. Los mexicanos son así. Nunca saben decir no y son traicioneros. No va a durar mucho en este mundo. No tiene el perfil de seriedad de los que llegan a viejos, como Vito Corleone.

Los otros dos problemitas son menores, pero me hacen ruido cuando intento dormir. Uno es el de los cincuenta mil dólares que enterré con Octavio, que aunque no me hacen falta, me jode que alguien los encuentre y los robe, y el otro, el de los Marín Santana, nuevamente. Ya reconstruyeron su casucha y eso me hace pensar que no se quieren ir. Yo los dejé salir de sus cárceles porque el periodista estaba a punto de desatar una denuncia nacional que enfocaría los reflectores de la Fiscalía de la capital sobre mí, pero los sigo teniendo en la mira. Tocará matarlos en algún momento. Le daré a Octavio un ultimátum. O los echa en tanto tiempo o les vuelo la casa con sus culos adentro.

Y lo que más rabia me da es que la putita de Catalina, después de todo lo que encargué que le hicieran, está retoñando. Está volviendo a ponerse bonita. Yo diría, para mi rabia y la de mi hija, que más linda que antes. Le sienta bien el pelo corto a la hijueputa. Ahora sonríe, no se le nota el miedo y el despiste de antes. Es como si, en vez de perder con lo que le pasó, hubiera ganado. Si sigue sonriendo, me busco a un loco que le eche una botellada de ácido en la jeta y la deje como un monstruo. A mí que no me busque, niñita hijueputa, porque pa'mala… yo.

18

CATALINA

El reencuentro con las Diablas

Con toda la información que obtuve, esperé con ansiedad la próxima visita de las Diablas a doña Imelda. Quería verlas cara a cara. Quería que me miraran a los ojos para que, cuando las tuviera enfrente, algún día, ojalá no muy lejano, llorando de miedo, pidiendo perdón, estupefactas por mi belleza y por mi maldad, no tuvieran forma de negar nada.

Y ese día llegó. Mes y medio después, la caravana de cuatro furgonetas, la de Yésica, la de su hija y las de los escoltas, irrumpieron en el barrio con la misma parafernalia ridícula de siempre. Un par de motorizados delante del convoy abriendo paso y los curiosos observando el vergonzoso espectáculo desde sus ventanas.

Cuando escuchamos las sirenas que encienden los escoltas para abrirse paso, mis papás y yo nos asomamos a las ventanas. Al verlos pasar por mi casa sentí un frío helado, mezclado con un vacío en mis vísceras. El frío de la revancha. Corrí a la cocina y me camuflé entre las ropas el cuchillo más grande y más afilado que encontré. Pensé que otra oportunidad igual de tenerlas tan cerca no iba a suceder en mucho tiempo.

Tuve que esforzarme mucho para no repetir la imprudencia que nos costó a mis papás y a mí la libertad y los vejámenes a los que fuimos sometidos, pero no niego que llegué a pensar cosas terribles.

Quise pasar la raya, que además ya no existía, correr tras las furgonetas con el cuchillo de la cocina camuflado entre mis ropas y clavárselo en la nuca a Yésica apenas bajara. Me aterré de mí misma. Jamás mi mente incubó un solo pensamiento maligno. Ahora ellos predominaban. No pasaba un día o una noche en la que no imaginara a Daniela llorando de dolor por algún atentado de mi parte. No pasaba un segundo sin imaginar a Yésica tiroteada por sicarios cobrando deudas del pasado. Tengo que admitir mi maldad de pensamiento, pero me defendía recordando que, en tiempos anteriores a la aberrante humillación, mi mente y mi corazón eran puros.

Antes de que los todoterreno se detuvieran, después del ritual de costumbre, dar dos vueltas por el parque y luego entrar en el garaje de la vivienda, salí de mi casa, sin quitar la mirada de la caravana, crucé la calle, abrazando fuerte el cuchillo, y me senté en el banco que da a la fachada de la casa de doña Imelda a esperar la oportunidad.

Cuando Yésica y Daniela se bajaron de los carros, me hice notar con un canto triste. Quería que se acercaran. Necesitaba llamar su atención. Quería que me miraran, y lo hicieron. Yo les sonreí sin dejar de cantar:

—Hora de dormir, hora de dormir, los ángeles llaman, los ángeles llaman, ya quieren venir a cuidarte a ti. Hora de soñar, hora de soñar, un ángel te cuida, un ángel te cuida, hay que descansar hasta desmayar.

Daniela me miró con odio, expulsando una sonrisita socarrona de infalibilidad, y me gritó con burla:

—Tan ridícula, madure, perra.

Yo le devolví el agravio con una sonrisa coqueta. Daniela se ofendió tanto que sus labios temblaron. Tal vez quería verme llorar y ese es un gusto que jamás le voy a dar. Ahora me ve cantando, símbolo de renacimiento. No le bastó con hacerme trasquilar y rayar por las navajas de la infamia. Quiere verme postrada y lamentando lo sucedido. Entonces les volví a sonreír, subiendo una octava el tono de mi canto infantil. Alcancé con mi falsete natural la voz de una sirena y logré enfurecerlas más.

Como siempre hace, la mal educada escupió mientras me miraba con esos ojos de criatura diabólica maldecida. Yo le respondí con una mirada fija, desafiante, una sonrisita falsa y burlona y un tono más alto en mi interpretación. Entonces se me acercó, cubriéndose las orejas con sus manos, y me dijo al oído, como si supiera que a esa hora mil ojos nos observaban tras los ventanales:

—No le busque patas al gato.

Le respondí no parando de cantar. Ignorándola por completo. De más rabia se llenó. La noté con ganas de golpearme, pero los mil ojos que se asomaban desde todas las ventanas la detuvieron.

Recordé el episodio en las duchas del correccional que me volvió valiente y no le demostré miedo. El miedo es un estado mental. Si lo dejas salir, estás muerta antes de empezar a pelear. Yo no lo dejé salir. Desde el cuarto día en el correccional, lo tengo encadenado a mi vena más gruesa. Dejé la mente a un lado y apreté el cuchillo entre mis ropas y, cuando me decidí a clavárselo en el pecho, providencialmente para las dos, apareció Yésica con sus escoltas pidiéndole a gritos que entrara.

—Tire para adentro, mamita, ¡¿que se va a rebajar a hablar con esa ralea?!

—Ralea no, mamá. Esto es un insecto —dijo, y luego su madre se me acercó, con movimientos de roedor, y me encaró con una suficiencia que rayaba en la deidad.

—Usted es una insignificante, acepte su derrota, su inferioridad y su maldita pobreza. Resígnese a ser infeliz el resto de su vida porque, mientras yo viva, eso será usted... Una infeliz. Ah, y no vuelva a intentar ni un mal pensamiento contra mí o contra mi hija si no quiere correr la misma suerte de su hermana. Si no quiere correr la misma suerte del medicucho ese que la intentó ayudar... —Me guiñó el ojo y se fue, dejando sus palabras mágicas en el rincón donde se esconde la motivación.

Mi sed se acrecentó cuando me confirmó su autoría en la muerte del médico. Mi anhelo de venganza se fortaleció, mi álbum de maldades se enriqueció con otro par de imágenes macabras.

Cuando cerraron la puerta, llegué a escuchar a Daniela gritando que me odiaba. Al momento intenté regresar a mi casa, más segura que nunca de mi objetivo, pero entendiendo que un cuchillo no es el arma que me dará el triunfo. Lo iba a dejar en el lugar donde lo encontré, pero un hombre apareció de la nada, como si estuviera escondido en los matorrales que forman las enredaderas veraniegas del parque, y me llamó por mi nombre. Sentí mucho miedo.

—¿Es usted Catalina Marín Santana?

—Sí —le dije con precaución sin permitir que se me acercara mucho, pero lo encaré—: ¿Qué quiere?

—No tenga miedo y disculpe por abordarla así, pero es que no tengo otra manera de hacerlo. Soy Alberto Cerón, periodista del diario *La Mañana*.

—¿Qué quiere?

—Soy amigo del doctor Rico, el hombre que la atendió en el hospital y que al día siguiente fue asesinado.

—Dios mío. Fue terrible. ¿Por qué debo confiar en usted?

—Bueno, le puedo decir lo que él me dijo. Me dijo que la había encontrado casi muerta por ahogamiento con detergente en sus pulmones, que la había intentado ayudar a escapar por la ventana de su baño, en fin... Que usted le había pedido buscar a sus papás... ¿Suficiente?

—Sí, suficiente, pero... —Miré a la casa de la Diabla temiendo por la vida del periodista, y se lo dije—: Si lo ven por aquí, creo que va a correr la misma suerte de su amigo el médico.

—Lo sé. ¿Por qué cree que me escondí cuando vi venir la caravana de alias la Diabla?

—Entonces ya sabe que es ella la que está detrás de todo esto.

—Sí, pero probarlo será demasiado difícil. Tengo que recopilar pruebas con bastante cuidado, con mucha paciencia, con demasiada privacidad..., usted me entiende.

—Lo va a matar sin compasión alguna, créamelo.

—Lo sé. Lo sé.

—Me acaba de confesar la muerte del médico.

—¿En serio?

—¿Y qué necesidad tengo de mentirle?

—¿Cómo se lo dijo?

—Me dijo que dejara de provocar a su hija porque podía correr la misma suerte de mi hermana, la misma suerte del médico que me intentó ayudar.

—Dios mío, no haber tenido una grabadora. La tendríamos con un pie en la cárcel.

—¿Cree usted que algún día pasará eso? —le pregunté con una remota ilusión.

—Si no logramos interesar a la prensa nacional en el caso, no. Mientras su poder siga siendo local, es casi indestructible. Maneja a los políticos de la región, a los fiscales, a la Policía y al Ejército del departamento. El procurador local es suyo. Tiene en sus manos a todos los poderes. Ella es el poder tras la sombra. Tan pronto la acusemos, la van a absolver y van a acabar con el que la denuncie. En este caso, yo.

—¿Y qué espera para dejar este caso, entonces?

—Ernesto era casi mi hermano. Nos conocíamos desde el colegio. Voy a esclarecer su muerte así sea lo último que haga en la vida.

—Qué lindo detalle, pero también piense en su familia.

—Si tuviera familia, créame que no estaría por aquí.

—¿Qué quiere de mí?

—Muchas cosas. Usted ha sido víctima de la Diabla, quiero su testimonio.

—Todo lo que yo le diga será desmentido por ella.

—No importa. Son testimonios, hay que dejarlos. Algún día alguien se va a interesar.

—Tiene razón.

—¿Me regala una entrevista por aquí en algún lugar donde no nos vea nadie?

Nos fuimos a las afueras del colegio, que a esa hora ya estaba vacío, y nos sentamos en una acera con la grabadora en el bolsillo de su camisa a hablar como cualquier par de amigos. Me preguntó de todo y le conté de todo. El origen de la enemistad con la familia de Yésica, lo que me hicieron en el correccional, el montaje que nos prepararon para hacernos pasar por ladrones, en fin. También le hablé de mi novio desaparecido. Le conté las circunstancias de su desaparición y se quedó aterrado pensando en lo peor. Fue un buen ejercicio de memoria, pero, sobre todo, lo que más me motivó fue el saber que no estoy sola. Quedamos en seguir hablando a escondidas. Le dije que se cuidara y que, si se trataba de acabar con el imperio maligno de la Diabla, contara conmigo infinitamente.

Cuando regresé a casa, me encontré con Adriana y Valentina. Les pedí que me acompañaran a sentarnos en el banco del frente de doña Imelda a esperar la salida de las Diablas. La valentía del periodista Cerón me había recargado las venas.

Como a las ocho de la noche salieron y me encontraron en el mismo lugar, con la misma ropa, con el mismo odio, con la misma sonrisa, cantando la misma canción de cuna en octavas celestiales. Mi actitud provocó que Daniela se acercara desafiante y me dijera, con las facultades que le otorgan el poder y el dinero:

—Como que a esta niñita hijueputa no le bastó con las vacaciones que mi mamá le regaló en el correccional.

Seguí cantando y ella siguió hablando.

—La puedo hacer encerrar otra temporada desde este instante mismo si me da la gana.

Seguí cantando.

—Me deja de provocar, piroba, si no quiere pasar otra semanita en la cama de Mariana.

Al escuchar ese nombre, una nube cubrió mi mente. Daniela me acababa de confesar que conocía a Mariana. Así que no fue circunstancial su abuso, su persecución constante, su matoneo, su asedio. Todo fue premeditado. Fue contratado. La rabia siguió creciendo, las acciones de mis empresas, venganza y dignidad, subieron como el dólar en un país en guerra. Yo no le respondí, pero me volví a reír en su cara, ahora con el coro de las risas chillonas de Valentina y Adriana. Se llenó de más ira y les respondió:

—Y ustedes no se metan, niñitas estúpidas, porque el problema no es con ustedes. Así que dejen sola a esta perra o sus caritas van a sufrir un terrible accidente. ¿Entendieron?

Ni Adriana ni Valentina abrieron la boca. Estaban paralizadas por el miedo.

Entonces se terminó de enfurecer. Subió a su monovolumen, la enfiló de forma tal que sus luces nos alumbraran de lleno en la cara, encendió las cortas, hizo el cambio a largas y nos puso el chorro de luces en los ojos.

Tuvo que haberme visto sonreír con los ojos muy abiertos y sin parpadear porque aceleró la monovolumen, con todo el deseo de embestirnos, pero la detuvo a medio metro de nosotras. Las ruedas chillaron y en el pavimento quedó la marca de los cauchos. Quiere matarnos, pero está claro que su madre ya le ha dado clases de justicia privada. Entonces sacó la cabeza por la ventanilla, se echó el pelo hacia atrás con un movimiento provocante, y me gritó a sabiendas de que me partiría el corazón:

—Me voy a ver con Hernán Darío. ¿Quiere que le diga algo?

Este round me lo ganó. Me dejó destrozada por completo. Mis amigas me dijeron que no la creyera, que lo dijo por molestarme porque no es seguro que ella sepa de él. Yo, en cambio, pensé que algo de cierto había en sus palabras.

Las preguntas vuelan y se agolpan en mi mente.

—¿Lo tendrá encerrado? ¿Lo habrá obligado a estar con ella? ¿Por eso nadie da razón de Nancho?

19

CATALINA

Recorriendo los pasos de Catalina la Grande

Haberme enterado de que los abusos de Mariana dentro del correccional habían sido ordenados por Yésica. Haber escuchado el nombre de Hernán Darío con esa seguridad y esa familiaridad con las que lo pronunció Daniela. Recibir una nueva humillación y nuevas amenazas de parte de la Diabla rebosó la copa de mi paciencia. De algún modo debía acelerar mi venganza. Como fuera, tenía que conseguir el dinero para mandar matar a las Diablas. Mi odio no daba tregua.

Entonces busqué a Martina a la salida del colegio, donde siempre solía esperarme, pero no la encontré. Valentina y Adriana me dijeron que estaba de juerga en la finca de un ricachón. Una de esas fiestas que duran la semana completa y en la que confluye la farándula local con algún que otro artista internacional. Les conté que Martina me había hablado de un hombre que compraba mi virginidad y que, después de pensarlo muy bien, estaba dispuesta a hacerlo.

—Estás loca —me dijeron aterradas y casi a coro.

—A lo mejor sí y lo que menos me interesa ahora es que se me pase la locura —les advertí.

—Te van a matar, Catalina. ¿No sabes con quién te estás enfrentando? Mi mamá dice que esa vieja es mala, que es capaz de todo y de más —aseguró Adriana con angustia.

Valentina se pegó al coro:

—A esa vieja no le importa llevarse por delante al que sea, Catalina. Ya deje eso así y dedíquese a vivir, hermana.

—A lo mejor tienen razón en todo lo que dicen, pero en vez de bajarme la moral, necesito que me ayuden, que me den ánimo, que me ayuden a planear las cosas.

—Haga cualquier cosa menos putearse, Catalina —aconsejó Valentina.

—No me imagino debajo de un hombre y menos de uno que no conozca y menos de un narcotraficante y menos de un asesino de esos que se acuestan con una cada día. Qué asco —dijo Adriana dramatizando su real asco.

Entonces se deshicieron en argumentos para que desechara la idea. Me contaron que la primera vez de una mujer era un acto hermoso y sublime que no podía realizarse sin por lo menos una tonelada de amor y un millón de mariposas revoloteando dentro del vientre. Que entregarle la virginidad a un hombre solo podía asemejarse a la Primera Comunión ante Dios y que por ningún motivo la fuera a vender porque, si había algo que no se podía vender en la vida, ese algo era el himen, el gran trofeo que solo merecen los campeones. Que buscara a ese campeón, que lo premiara y lo idolatrara y se lo entregara a él.

Qué inocentes, pensé. Y mamá creyendo que ellas eran los monstruos. Les dije que yo no sentía amor por nadie, que ya no creía en campeones porque el campeón por el que había apostado se había marchado sin ni siquiera tener la decencia de despedirse o pegarme una patada en el culo. Y que perder la virginidad no significaba la rotura de una telita elástica conformada por tejidos resistentes al deseo, sino el enterarse de que el amor es una mentira.

Entonces me dijeron que, si esa era mi decisión y no pensaba cambiarla, hablarían con Martina para que al menos me consiguiera un hombre considerado. Me dijeron que ella era la precisa «para esa vuelta» porque ya era de conocimiento público que la hija de Paola se estaba convirtiendo en la proxeneta más famosa del barrio.

—Tenemos que pedirle que te consiga un cliente que pague por esa primera vez lo que realmente vale una primera vez —opinó Adriana.

—O muchísimo amor, o muchísimo dinero. A falta de lo primero, lo segundo —agregó Valentina.

Las prepago

A la semana, Martina apareció, pero se encerró a recuperarse de las trasnochadas consecutivas. Sin embargo, mis amigas hablaron con ella.

—Martina nos manda a decirte que tratará de venderte el virgo lo más caro que pueda si la mitad de la plata es para ella.

—De parte de Martina, que se deje crecer el pelo porque parece un niño. Que se deje crecer las cejas porque parece un huevo tibio, o se las pinte. Que sonría porque parece un ticket de aparcamiento.

—Martina dice que se unte sulfato de plata en las cortadas, pero que, como eso es tan caro, la abuelita dice que mejor se aplique concha de nácar en ayunas en los rayones, a ver si, al menos, se le borran un poquito, aunque para las fotos se las puede quitar con Photoshop.

Fueron muchos los recados que me mandó Martina antes de encontrarnos y con ellos pude deducir que estaba a punto de conocer su lado malo. Una mala de los mismos quilates de las Diablas. Aun así, acepté encontrarme con ella en la plazoleta de comidas del centro comercial Victoria Plaza. Hasta allí llegamos mis dos amigas y yo, tímidas, miedosas, expectantes. Dos señoras, en distintos lugares, me increparon acerca de una gorra que usé para camuflar mi poco pelo. Una de ellas comentó que si tenía cáncer, la otra que si mi corte obedecía a «alguna moda de esas modernas». Otras personas comentaban en voz baja cosas como «La pobre está en chunga», y hasta escuché a un tipo decirle a otro: «Lástima, esa niña tan linda y con ese culote... Qué desperdicio».

Desde la distancia me la señalaron, aunque no hubiera hecho falta. No podía creer semejante transformación. La Martina del barrio era chica, sencilla, callada, normal. Incluso vestía el uniforme del colegio. Esta era otra muy distinta. Lucía elegante, muy operada y muy sonriente. La más feliz por fuera, la más triste por dentro. Vestía a la moda, con unos jeans que Valentina cotizó a simple vista entre los más caros del mercado. Lucía una blusa blanca, transparente y vaporosa, igualmente de marca fina, y unas botas de tacón de aguja con brillantes en la plataforma. Un bolso más caro que la ropa de todos los que a esa hora comíamos allí, y un reloj de veinte dólares, réplica triple A de una marca que ella creía un original de ocho mil.

Al vernos, nos sonrió con hipocresía, no le sale una risa sincera nunca, y nos hizo sentar con algo de amabilidad.

—¿Qué quieren tomar, niñas? —preguntó, y añadió—: Pueden pedir lo que quieran porque estoy embilletada.

Cuando le dijimos que tres gaseosas, nos dijo que eso daba celulitis y que mejor tomáramos agua. Le dijimos que estaba bien y metió una mano al bolso, sacó un billete a tientas y se lo entregó a Adriana para que fuera a comprarlas. Luego me preguntó por lo que había pasado y le dije que no quería hablar de eso.

—Catalina, tú también tienes dieciséis, ¿verdad?

—Sí. Casi todas tenemos la misma edad. Nos llevamos meses.

Suspiró tranquila explicando:

—Menos de catorce lleva cárcel.

Luego me preguntó que si era verdad que al fin quería vender mi virginidad y le respondí con un «sí» rápido y seguro. Sonrió con tristeza, como recordando alguna coincidencia con su pasado, y me dijo que los manes que estaban dispuestos a pagar por un virgo por lo regular eran viejos verdes y pervertidos. Le pregunté que si muy viejos y asintió bebiendo un sorbo largo de agua.

—¿Cuánto de viejos?

—A usted no le debería importar el tamaño de los años, sino el de la chequera, Catalina.

—Entonces, ¿cuánto pagan?

—Le puedo conseguir mil o dos mil dólares con extranjeros, un millón de pesos con los paletos de por acá o cinco millones con un narco, pero con algunos trucos que le voy a dar podemos vender ese virgo tres o cuatro veces, como si fuera un cero kilómetros. Después, cuando ya nadie le crea que es virgen, le consigo clientes chéveres, «los aquellos», pero le toca ponerse silicona, amiga, porque con esas teticas de hombre no se la lleva ninguno de los ricachones que conozco. A ellos les gustan así —explicó agarrándoselas con las dos manos abiertas, como lo hacía su madre a su misma edad, y no le causó gracia que yo no me riera como sí lo hicieron Adriana y Valentina.

—Alégrese, amiga, las cicatrices no están tan feas, con maquillaje pasan.

—No tengo nada de qué alegrarme, Martina. Si hago esto, créame que no es por gusto. Más bien retomemos el tema —le dije dejando claro por qué estaba allí en ese momento, y agregué—: Yo me iría con un narco porque necesito mucha plata, pero jamás me operaría. Nunca me pondré prótesis, eso me parece asqueroso.

—Y ellos jamás se la llevarían así.

—Entonces el asunto no va por ahí, Martina, porque yo no voy a cometer los mismos errores de mi hermana.

Soltó la carcajada y apuntó:

—¿Y qué crees que estás haciendo ahora, pendeja? ¿Dice que no va a recorrer los mismos pasos de su hermana y está pidiéndome que le venda el virgo? Ja ja ja ja ja ja ja.

Me hizo sentir muy mal. Mis amigas no le siguieron el juego, pero con sus miradas me dijeron que Martina tenía razón.

—Mamacita, usted se quiere putear, ¿verdad?

—Pero no por la plata —le dije.

—Ah, bueno, entonces espere, llamo a todo el mundo y le digo que lo estás dando gratis —exclamó haciendo que marcaba un número desde su móvil.

—Es que no me entiendes. Sí es por la plata, pero no es plata que me haga falta para comprar cosas ni nada por el estilo. Ah, mejor dicho, yo me entiendo, y dígame si me va a ayudar sin tanto interrogatorio porque ya me cansé de todo esto —le dije subiendo el tono de voz.

A nadie le gusta que lo confronten de esa manera y la verdad es que Martina me estaba arrinconando porque acababa de decir algo muy cierto: estoy empezando a recorrer los pasos de mi hermana. La motivación puede ser diferente, pero en la práctica es lo mismo. Puta por amor, puta por dinero, puta por gusto o puta por venganza es lo mismo. Puta y punto.

Martina, al verme de mal genio, dejó los chistes y fue al grano:

—¿Conoces a Gato Gordo? —me preguntó.

—Me ha mandado mensajes con usted, pero nunca le he visto la cara. La furgoneta con la que ustedes van al colegio tiene los cristales oscuros.

—Bueno, ese es el cliente más fácil porque siempre ha chorreado la baba por usted, pero le voy a decir una cosa, Catalina, para dejar las cosas claras si es que quiere que le hable en serio: ese man está ganado y no quiere sino reinas. Ya me pidió una y voy a viajar a Bogotá a conseguírsela. También quiere una presentadora de noticias, pero la tipa no quiso aceptar. Se hizo la digna y me colgó el teléfono. El man está furioso porque no le ha podido llegar al precio.

—Bueno, pero si quiere reinas no creo que me quiera a mí —le dije con mi autoestima aún baja, pero Martina se encargó de subírmela de nuevo.

—Mamacita, le voy a decir una cosa. Yo he estado en fiestas con reinas y con actrices y con presentadoras y con modelos. Si usted se arregla un poquito, ninguna de esas tipas le llega a los tobillos a usted, Catalina. Lejos, pero lejos... Usted es más linda que todas ellas. Se lo juro.

Adriana y Valentina corroboraron el comentario moviendo sus cabezas de arriba abajo y yo sonreí por fin. ¿A quién no le gusta que lo halaguen?

—Entonces, ¿qué hago, Martina? Hable con ese tal Gato Gordo.

—Amiga, eso está hecho. A ese man le podemos sacar lo que quieras. Hoy en día es el más rico de los ricos. Con decirte que se quiere independizar de Yésica y la vieja está furiosa. Dice que, si el man se abre, le declara la guerra.

—Muy interesante que le monte guerra a la Diabla porque, en ese caso, no le pediría plata, sino un favor...

—¿Cómo que no le sacarías plata? Hay que sacarle toda la plata que podamos.

—Pues hable con él a ver qué dice. Usted cóbrele como quiera, yo miro qué le saco.

—¿Y cuál es el favor? —me pregunta.

—Matar a Yésica y a Daniela —le digo sin ambages.

Martina hace un gesto de estupefacción. Adriana y Valentina me censuran con la mirada porque consideran que me excedí contándole mis deseos. Saben que ella es amiga de Yésica y no descartan que corra a contárselo.

—En el fondo es lo que quiero —les digo para que no se preocupen, mientras Martina se levanta a hacer una llamada, y añado—: Que sepan que su ínfima enemiga es capaz de ponerlas nerviosas.

Al ratico vuelve con una noticia, al parecer buena, porque su sonrisa no dice otra cosa:

—Lo tienes, Catalina. Gato Gordo dice que te da lo que le pidas por ese virgo.

Sonrío con tristeza porque sé que me llegó la hora. Ese señor es el indicado para cumplir mi sueño de acabar con las Diablas. Y si está en guerra con ellas, mejor. Sin embargo, Martina termina de contar el cuento y el plan se me desmorona.

—Pero Gato Gordo me dijo que te pusieras teticas, amiga. Él te conoce, sabe que eres la más linda de toda la ciudad, pero me dijo así, de frente y sin vainas, que le da pereza una mujer con las teticas pequeñas, hermana. Te quiere, pero con las tetas gigantes.

Enseguida le digo que no. No tengo que pensarlo mucho. Vienen a mi mente las imágenes de mi hermana, de todas las mujeres que a diario veo con ese bulto falso en el pecho y, sobre todo, la cara de decepción de mis papás cuando me vean, y nada tengo que pensar.

—No, Martina, dígale que gracias, pero yo no me opero.

—¿Cómo? ¡Qué pendejada, amiga! ¿Va a dejar ir esa platica por esa tontería?

—Es que…

—Usted verá, bobita. No sabe lo que se pierde —me dice, y luego lanza una indirecta que me reafirma en mi negativa a operarme—: Hum, quieren llegar al paraíso, pero no pagan el precio.

—De verdad, yo se lo agradezco, pero prefiero que me siga buscando un cliente que no me exija tetas grandes, Martina.

—Bueno. Voy a ver qué hago. ¡Qué pendeja es usted, Catalina!

A su teléfono de última generación y carcasa dorada con brillantes entra una llamada. Responde con monosílabos sin dejar de mirar y cuelga. Entonces se le nota la prisa por terminar la reunión y escribe su teléfono en una servilleta. Me la entrega y me dice que la llame cuando esté lista. Luego se levanta para despedirse, pero yo le digo que no necesito pensar nada. Que ya estoy lista.

—Perfecto —exclama satisfecha—. Anóteme su número, me manda unas fotos bien calienticas por WhatsApp y, cuando yo le tenga el cliente listo, la llamo.

—Ella nunca ha tenido teléfono y menos WhatsApp, Martina —dijeron mis amigas casi a coro, muertas de la risa.

—Y así de pobre y todo y tan remilgada —opina con burla—. Entonces hágase unas fotos en traje de baño o en ropa interior con el móvil de Adriana o en el de Valentina y me las manda a través de ellas.

Luego se va disgustada, casi sin despedirse.

Un hombre viejo que está en una mesa del lado, y que a lo mejor escuchó toda la conversación, se levanta indignado y nos dice, con enojo y con tono reprendedor, que en sus épocas juveniles, las señoritas de nuestra edad aún pensaban en muñecas, príncipes azules y paseos con sus padres. Ninguna dice nada. Solo agachamos las miradas.

20

HILDA

El renacer

Catalina está rara. Poco nos habla y se pasa el día haciendo ejercicio. Estuvo a punto de dejar el colegio, pero Albeiro y yo le suplicamos que no lo hiciera. Que si nos quería castigar hiciera algo contra nosotros, pero no contra ella misma. Porque al final de las tragedias, el estudio sería lo único que no la iba a defraudar.

En medio de la inestabilidad que está viviendo, es inteligente y nos escucha. Sin embargo, actúa de manera extraña. Apenas llega del colegio se va con las hijas de Ximena y Vanessa a trotar. Llega dos horas más tarde a untarse concha de nácar en las heridas y a peinar su cabello con crema de aguacate. Luego se encierra a escribir y sale por la noche al parque a hablar con sus amigas hasta la medianoche. No dejan de mirar hacia la casa de doña Imelda.

Albeiro está intranquilo porque dice que la niña está tramando algo. Se le nota tan segura en lo que planea que hemos decidido observarla de cerca, sin llegar a fastidiarla. Nuestra legitimidad está tan devaluada que no tenemos cara para prohibirle nada. Todas las noches le pido que hablemos para explicarle mis razones sobre lo que sucedió, pero aún no se anima a escucharlas. Me dice que sobran. Sin embargo, insistiré, porque creo que es necesario que las conozca desde mi punto de vista y no solo desde el suyo.

En el fondo nos gusta lo que hace porque ha vuelto a recuperar su hermosura. No digo con esto que haya dejado de ser bella nunca, sino que ha recobrado su esplendor. El brillo que le quitaron en el correccional. Sus ojos han vuelto a vivir. Su cabello ha crecido a la altura del hombro y su sonrisa ha vuelto a insinuarse como un sol durante la lluvia.

Un día, no aguanto más las ganas de saber en lo que anda y la encaro. Aprovecho la hora de la comida para indagarla con cuidado y cariño.

—Catalina, ¿usted en qué anda, mamita?

—¿Yo? ¿Cómo así, mamá?

—Es que la hemos notado un poco extraña, mi amor.

—No, nada. Normal. Simplemente hago una cosa y otra para intentar olvidar lo que pasó, tratando de volver a vivir.

A mi Albeiro se le humedecen los ojos de dicha. Yo sonrío y la abrazo, pero ella no me corresponde. Siento que le fastidio y se lo pregunto:

—¿Le fastidia que la abrace, mamita?

—Jamás sentiría fastidio por la mujer que me dio la vida, mamá.

—Te di la vida, pero por poco te la quito, mi amor.

—No importa, mamá. Son accidentes.

—Entonces, ¿por qué no me permites explicarte lo que sucedió, mi amor? Creo que merezco esa oportunidad.

Entonces asiente con paciencia y se acomoda como demostrando estar lista para una larga charla. En realidad, no es muy larga. Solo me limito a contarle el porqué de la raya amarilla. Para que me entienda me remonto al año 2002, cuando Catalina la Grande se me apareció en la puerta de la sala, deshecha, llorando, sin esperanza en sus ojos, y me dijo que venía a despedirse para siempre. No la creí. Como nunca creí en nada que la afectara. Uno cree que los hijos son inmaculados, incapaces de mentir, incapaces de hacer daño, que están hechos a prueba de engaños y que nunca nos van a fallar.

Luego le hago un resumen de la manera rápida como sucedieron las cosas. Le relato la época dulce de mi Catalina con los sueños intactos, enamorada del estudio, enamorada de su familia, la buena hija, la buena hermana, la buena amiga. Luego le narro el momento doloroso cuando se rompió su inocencia sin que yo estuviera ahí para remendarla. Fue cuando conoció a la Diabla. Yésica suplió lo que le faltaba en la casa: diálogo. Ella llenó el vacío que mi máquina de coser dejó en la vida de mis hijos, porque yo me la pasaba pegada a ella para conseguir el sustento y creí que eso era suficiente. Les daba de comer, los vestía y los educaba, pero me olvidé de sus necesidades espirituales, de sus anhelos, de sus sueños, de sus expectativas.

Le refresqué el día en que Bayron me dijo que no quería ir al colegio porque el estudio no servía para nada y Catalina lo apoyó.

—Entre los dos trataron de convencerme de dejarlos abandonar las clases, pero yo no escuché las alarmas de esa conversación. La dejé pasar. La olvidé pronto, tal vez mientras cosía los botones de algún vestido. Y el resultado es el que usted ya conoce, hija. Mis dos hijos muertos, el hogar deshecho, la esperanza rota.

—Entiendo, mamá —me dijo limpiándome una lágrima antes de que terminara de rodar hacia la mesa, y aproveché su momento de comprensión para que me absolviera:

—Ese fue mi temor al verla nacer, mi amor. Que se repitieran los errores, que la vida de mi niña se volviera a malograr. Desde que supimos que eras una mujercita lo decidimos. No nos volverá a pasar lo mismo. Este ser que Dios nos ha mandado tiene que ser distinto, tiene que actuar diferente, tiene que pensar positivo. Esta nueva niña tiene que ser nuestro reto como padres. No la podemos dejarse perder, no la podemos dejarse contaminar. De algo nos tiene que servir lo vivido. Y volvimos a pecar. Nos fuimos al extremo contrario. El de la mentira, el de la vida ficticia en la que se triunfa a base de prohibiciones. El hombre que no roba porque tiene las manos amarradas. El lujurioso que no folla porque le han aplicado una inyección que lo inhibe sexualmente. El envidioso que no envidia porque lleva una venda que le cubre los ojos y los oídos. El asesino que no mata porque está esposado. De ese tamaño fue nuestro fracaso. Creer que prohibiendo y prohibiendo íbamos a lograr el resultado que esperábamos.

Así se lo dije: cuando Catalina la Pequeña nació nos embrutecimos. La tomamos en nuestros brazos y la superprotegimos. Le hicimos daño con amor. Le cortamos las alitas sin que aún le nacieran. La metimos en un frasco de experimento sin oxígeno. Y no había dado su primer paso cuando se me ocurrió la idea de la bendita raya amarilla. La verdad, no fue un invento mío. Solo lo copié de nuestro breve paso por la embajada americana el día que fuimos a que una señora amargada nos negara las visas. Con mirarnos le bastó. A su juicio, teníamos el perfil para quedarnos en los Estados Unidos como ilegales. La desgraciada adivinó.

Entonces pensé, si la gente respeta tanto esa raya amarilla, ¿por qué no pintar una en mi casa?

Y era tanta mi obsesión por ese muro imaginario que iba a impedir que las desgracias tocaran a nuestra niña que cada año la repintaba con un afán y una alegría que rayaban en la demencia. A lo mejor estuvimos enajenados todo este tiempo y no lo supimos. A lo mejor nos venció la ignorancia y la falta de educación.

Al final del relato, Catalina nos abrazó y nos dio un beso por querer lo mejor para ella. Luego se despachó contra lo que hicimos, reconociendo que nos pudo la ignorancia, pero considerando que eso no nos exoneraba de culpa. Nos dijo que ya era tarde. Que el mal estaba hecho y que dentro de su corazón estaba creciendo una semilla de odio que le daba fuerzas para seguir viviendo. Que no nos sorprendiéramos si en las próximas semanas ella no dormía en casa porque estaba dispuesta a todo con tal de hacerles pagar a Daniela y a su madre lo que les habían hecho. Que tuviéramos fe en ella porque no nos iba a defraudar, pero que le echaran paciencia porque su venganza iba a ser larga y sostenida. Que la apoyáramos con nuestro silencio y que, si aún creíamos en Dios, le oráramos para que todo saliera bien.

Nos quedamos muy preocupados. Albeiro, en medio de sus limitaciones para expresarse, le dijo a la niña que pensara bien las cosas porque el mal ya estaba hecho y con venganzas no lo iba a remediar.

—Te estás enfrentando a gente muy peligrosa, mamita —le dijo casi sabiendo que Catalina no le iba a hacer caso—. Esa Diabla es capaz de hacer cosas peores de las que ya nos ha hecho.

—La ventaja es que nosotros sabemos de lo que ella es capaz, papá. Pero ella no sabe de lo que somos capaces nosotros —le respondió con una seguridad que terminó por asustarnos.

Yo lo apoyé y agregué que a mí me parecía que el odio y la venganza no conducían a nada.

—¿Por qué no perdona, mi amor? Déjele las cosas a Dios.

Soltó una carcajada. Nos dijo que primero se moría antes que perdonar. Que no era cierto que el que perdonaba alcanzaba la paz, porque ella nunca tendría un solo segundo de tranquilidad mientras las Diablas siguieran tan campantes haciendo maldades.

—Yo respeto la opinión que tienen y sus consejos, papá, mamá, pero les voy a pedir algo que no está en discusión: no se pueden meter en nada de lo que yo haga. Y si lo están pensando hacer, hablen de una vez para ir sacando mis cuatro andrajos de esta casa.

Nos quedamos callados. En el fondo preferíamos tenerla a nuestro lado, aunque fuera haciendo cosas indebidas, que tenerla lejos haciendo quizás las mismas o peores cosas. Solo al final de la charla, Dios me iluminó para decirle un par de frases que le calaron en el corazón:

—Hija, piensa bien lo que haces, porque muchas veces hacemos cosas para vengarnos de otras personas sin darnos cuenta de que nos estamos vengando de nosotros mismos. Las cosas malas que hagas en favor de tu venganza te pueden hacer más daño a ti misma que a las personas que quieres destruir.

21

OCTAVIO

El universo mueve sus fichas

Acaba de llamarme Martina, una de mis proxenetas. La que mejores apaños consigue. Me ha dicho que me tiene un virgo de los que me matan. Según la jodida colegiala, que conoce mis gustos como nadie, la baby no está en zona jurídica, es decir, no lleva cárcel, y está tan nueva como un capullo de mariposa. Le he dicho que me mande fotos porque no confío en ella. La malparidita, a pesar de su corta edad, es toda una estafadora y me ha tratado de meter gato por liebre en más de cuatro ocasiones. Suele engañar a sus clientes vendiéndonos mujeres usadas como si fueran nuevas. Esperaré. He aprendido a tener paciencia con estas cosas. Las mujercitas sin usar siempre valdrá la pena cualquier espera, cualquier precio. Huelen a mañana campesina, a sudor sin ácido, a mugre seca y pura. Las amo. He dado y seguiré dando lo que tengo por ellas. Si no soy rico es porque el sexo me ha quitado más dinero que las malas inversiones. Todo lo que he robado en la política lo he gastado en vaginas y culos.

Por ahora me concentraré en hacer un lobby que me pidió la Diabla ante el ministro de Justicia. Ella quiere que el Gobierno piense en una ley de sometimiento para los miembros de las bandas criminales. Las famosas «bacrim» que se crearon en varias partes del país con miembros de los grupos paramilitares que se desmovilizaron a finales de la década pasada, y de los cuales Yésica tiene uno: Los Morones. Varios amigos suyos caídos en desgracia se lo han pedido y ella me ha ofrecido un buen dinero por el acercamiento. Pero ese favor es secundario. Ella no da «puntada sin dedal». Lo que en el fondo quiere es que un capo en ascenso, de alias Gato Gordo, que se le está saliendo de madre porque se ha vuelto muy ganador y poderoso, se entregue a las autoridades para que no amenace su imperio. La ley de sometimiento por la que me pide hacer lobby está diseñada para él. Ella sabe que el tipo se entregaría ya con tal de salir en cinco años o menos a disfrutar de la millonada que se ganó colocando una tonelada de cocaína en Europa.

Pero también sigue mortificada por el periodista del diario *La Mañana*. Ya me dijo que sigue escarbando con saña y que no lo puede matar todavía para que el mundo no se le vaya a venir encima a ella. Me pidió que lo visitara con el pretexto de otro proyecto a ver qué le podía sacar. Lo haré, pero no es fácil. El tipo es escurridizo, desconfiado. Yésica teme que llegue a los Marín Santana porque ellos le pueden contar cosas y por eso ha vuelto a acelerar su deseo de verlos lejos de la ciudad.

Me dice que está a punto de tomar decisiones radicales, porque su hija no los quiere ver más por la casa de su abuelita. Le estoy pidiendo que tenga paciencia. En cualquier momento abrirán la carta y correrán a por el tesoro escondido. Sin embargo, está ansiosa. Quiere deshacerse de ellos a toda costa y me ha advertido que, si no se van antes de un mes, los saca de circulación con sus métodos torcidos. No me dijo cuál, pero me imagino que los pobres aparecerán tiroteados en algún basurero.

La verdad, no me gustaría un final así para personas que no le hacen daño a nadie. Le pregunté que si no le bastaba con haberlos encarcelado una semana sin justa causa y me dijo con su cinismo mordaz que sí estaba arrepentida, pero de no haberlos dejado por lo menos un mes en esas pocilgas. Y recalcó, frunciendo los labios y medio cerrando los ojos como antagonista de novela mexicana:

—Me dan medio pretexto y los hago meter al agujero de nuevo hasta que me dé la gana. —Luego agregó con ese odio visceral que no mide consecuencias y que transpira por sus ojos gatos—: Y esta vez no saldrán vivos. Contrato a alguien para que los trocee y los saquen en el carro de la basura.

A mí no me gusta ir a la casa de la Diabla porque el veneno flota en el ambiente, pero me atrae la sola posibilidad de ver a mi Daniela. Se está poniendo más linda cada vez. Un día me habló y sentí como si la existencia misma cobrara sentido. No fue mucho lo que me dijo, pero me pidió ayuda con una tarea. Me preguntó que si yo sabía por qué en Colombia no había estaciones y le dije que con mucho gusto le respondía, pero que me permitiera un minuto para contestar un mensaje urgente. Mentiras, me metí a Google para extraer la respuesta y se la di con lujo de detalles. Le dije que Colombia estaba en la zona tórrida, un tanto al centro de la Tierra, y que el fenómeno de las estaciones solo se daba en los extremos del globo terráqueo, es decir, en la zona de confluencia cercana a los polos, de modo que cuando en el polo norte había verano, en el polo sur había invierno, y viceversa.

Me lo agradeció con media palabra y se fue. Le dije desde la distancia que cuando necesitara ensayos, tareas o explicaciones de historia me lo pidiera sin apuro.

—Tranquilo —me dijo sonriendo—, a mí no me da apuro nada.

Luego se esfumó por entre la maraña de pasillos de su inmensa casa. Al momento, entró la Diabla con su nuevo hombre de confianza.

—Quiero que vayas al banco con él, para que saquemos el dinero de los sobornos, que, como reza la regla, debe darse en efectivo para que no queden pruebas.

Es un muchacho muy joven, buen mozo, de cuerpo atlético y mirada triste pero fría, una mirada opaca. La opacidad de la muerte. Su rostro se me hace conocido, pero no quiero cometer equivocaciones. Se me parece mucho a alguien.

Por el camino le pregunto su nombre. Me dice que se llama Hernán Darío, pero que le puedo decir Nancho o Tres Bandas. Claro, es el mensajero de los pedidos, el enamorado de Catalina la Pequeña. Vaya sorpresa. Y yo que creía que el chaval se la ganaba con el sudor de su bici. Ojos vemos, corazones no sabemos. Sin embargo, le sigo el juego y hago como que no lo conozco.

—Oiga, pero usted está muy joven para andar en estos negocios.

—Cosas de la vida, señor —me interrumpe como si estuviera entrenado para no hablar.

Le pregunto sobre el privilegio de trabajar al lado de una mujer tan poderosa y se queda callado. Detrás de su mirada guarda algo que no quiere contar. Entonces me limito a preguntarle si tiene amiguitas de su edad para organizar una salida.

—Usted pone las amiguitas y yo pago la cuenta —le digo con seguridad, y me mira con vergüenza ajena, como si quisiera insultarme.

—A mí solo me gusta una mujer. Solo quiero a esa mujer y va a estar muy difícil que me fije en otra, señor.

Llegamos al banco, el gerente ya sabe a qué vamos. Nos hace pasar a su oficina y nos entrega dos maletas con el dinero. Nos dice que está bien contado, pero que si queremos verificarlo no hay problema. Pienso que esa sería una tarea muy larga y aburrida, contar dinero ajeno siempre será un trabajo denigrante, por lo que le expreso mi confianza y mi tranquilidad:

—Lo llevamos sin contar. No se preocupe.

Lo distribuimos en paquetes de cincuenta millones con destino a diez colegas del Congreso, entre ellos al ponente de la Ley de Sometimiento a las Bandas Criminales, y se los envío por correo certificado con una carta en la que les pido que agilicemos el trámite.

Por la noche, al llegar a casa, me encuentro con un correo de Martina. Lo abro con la garganta en la mano presintiendo de qué se trata y, efectivamente…, allí están las fotos prometidas. Claro que me las mandaron sin cabeza. Son, sin duda, las de una niña pura. Es un cuerpo nuevo, sin tatuajes, sin manchas, sin siquiera marcas de bronceo. «Esta niña jamás ha ido a una playa o a una piscina», pensé. Tiene piernas largas y un abdomen tan plano como mi tabla de picar cebolla. Sus caderas anchas me recuerdan a alguien. Son exageradamente provocativas. Sus senitos son muy pero muy chiquititos. Me encantan así. Eso sí, la foto del trasero es espectacular. Nunca vi un culo más redondo y abultado. Le hice jurar a Martina que no era operado. Me lo juró y me ofreció garantía. «Si ese trasero es operado le devuelvo el billete y se la come gratis», me aseguró.

No podía creerlo, en verdad es un culazo hermoso, redondo como el sol, sin la menor influencia de la gravedad aún, sin estrías, sin celulitis, como la piel de un durazno aún verde, sencillamente perfecto. Toda ella está perfecta. Falta el precio y no creo que sea barata. Especímenes así no se ven más que cada dos o tres años. No sé cómo será su cara, pero supongo que debe ser linda. Imposible que alguien con ese cuerpo pueda desentonar. Ya la amo sin conocerla. Si me logra sacar a Daniela de la cabeza soy capaz de pedirle que se case conmigo. Le he dicho a Martina que la quiero ya en mi cama, pero me ha pedido que me la coma en mi apartamento, porque la chica jamás ha entrado a un motel y no quiere hacerlo aún.

Una llamada de Yésica acaba con la fantasía. Me dice que tengo plazo hasta el fin de semana para persuadir a los papás de Catalina de irse lejos.

Al día siguiente, pasado el mediodía para no perderme el espectáculo de ver a Catalina en uniforme de colegio, me aparezco por la casa de los Marín Santana. Ya han borrado algunos grafitis y han empezado a rehacer sus vidas. Cuatro cajas de madera de las que contienen frutas en las plazas de mercado son sus sillas. El pelele de Albeiro ha organizado una mesa de comedor con una plancha de hojalata y cuatro ladrillos en cada una de sus esquinas. Un almanaque de ferretería, una estampita del Sagrado Corazón de Jesús y una hoja de aloe amarrada tras la puerta son su única decoración. La pobreza es absoluta, ningún experto de Harvard podría explicarnos cómo viven.

Doña Hilda me dice que su esposo está esperando a su hija en la esquina del parque, pero, para cuando intento salir a gritarle que he llegado, Albeiro aparece asustado en la sala gritando que Catalina ya viene.

—Es que no me puedo dejar ver porque se pone brava cuando la vigilamos —me explica con sonrisa nerviosa y respiración agitada mientras nos saludamos.

Al momento aparece Catalina. Brilla esa niña. Tiene luz propia y un carisma enorme. Al verla, entiendo el afán y la rabia de Yésica. La asquerosa ha vuelto a florecer. Se ha puesto de nuevo hermosa y eso amenaza la posibilidad que tiene Daniela de ser elegida como reina de la ciudad. En el fondo es eso lo que le preocupa a la Diabla. Su hija quiere ser reina y sabe que con Catalina por estos lares le será imposible, aún con todos los millones que le quiera meter encima.

Me ofrecen algo de beber y no lo acepto. Más por asco que por solidaridad. No sé en qué vaso roto o ahumado me van a servir y no quiero pasar el apuro de rechazarlo. Además, siento que cualquier cosa que me den a ellos les hará más falta. Albeiro me pregunta sobre la razón de mi visita. Entonces les cuento que pasaba por allí y decidí entrar a saludarlos. No creen mucho en esa casualidad y se demoran en darme el pretexto de preguntarles por la carta. Hasta que se me ocurre la forma. Les pregunto por el saqueo.

—Supongo que les robaron todo.

—Todo —exclama doña Hilda con un dejo de tristeza.

En ese momento entra Catalina y pasa de largo sin saludar.

—Mamita, no sea grosera, salude al señor —le grita su madre, y ella responde asomándose desde la puerta de su alcoba con un insípido «hola».

Luego entra y no vuelve a salir. Sin embargo, sé que nos está escuchando y por eso trato de alzar la voz un poco más.

—Afortunadamente, me devolvieron la carta antes de que sucediera lo que sucedió o también se la hubieran robado.

—Hubiéramos preferido que se la robaran.

—¿Tanto miedo le tienen al pasado?

—Yo sí —exclama Hilda sin ambages.

—La tenemos guardada —reconoce en voz baja Albeiro.

—¿La llegaron a leer? —les pregunto en voz alta para que Catalina escuche.

—No —dicen casi al tiempo, y de inmediato los imagino tres metros bajo tierra.

Yésica los va a matar de la peor forma. Y mientras yo pienso en cómo salvarlos, el bobote del Albeiro me repite, como un loro, que les da miedo leer el contenido.

—Es como revivir el pasado y así estamos bien, doctor —agrega la señora.

Entonces me pongo de pie, como quien está a punto de partir, y les digo que no sé qué contiene la carta, pero que Catalina me advirtió que era urgente que la miraran porque ahí dentro estaba la salvación de la familia.

—Nos lo ha dicho tanto que en realidad no sé cuál es su interés en que la leamos.

—No tengo interés alguno. Ni me va ni me viene que la lean. Solo que me mortifica no haberle hecho el favor a tiempo a Catalina y ya hasta estoy soñando con ella.

Todo se queda en silencio. Doña Hilda y Albeiro se miran. No saben qué hacer ni qué decir. Les digo que lo piensen y que no tengan miedo de enfrentarlo. Me despido y presiento que se quedarán discutiéndolo.

—Hasta luego, señorita —le grito a Catalina desde la puerta, y no obtengo respuesta.

Sus padres me sonríen apenados, pero no la obligan a tener buenos modales.

22

CATALINA

Sepultando el pasado

Hoy las muchachas recibieron una llamada de Martina a la hora del descanso. Les dijo que las fotos que le envié, en ropa interior, estaban causando furor y eso me hizo sentir rara. Estoy triunfando en lo que no quisiera, mostrando mis atributos físicos y no mis cualidades. Me las tomaron hace un par de días y ya están dando resultado. Nos fuimos a casa de Adriana, aprovechando que su madre duerme hasta pasado el mediodía, y las hicimos con la mejor pared del patio como fondo. Fue denigrante. Primero, andar en bragas delante de mis amigas, y luego frente a quién sabe cuántos desconocidos. Segundo, sonreír, aunque en este punto me hice valer.

—No tengo que reírme, habíamos quedado en que las fotos no me dejarían ver la cara.

—Sí, Catalina, pero abajo, en el cuerpo, se refleja lo que uno haga o piense arriba, amiga. El estado de ánimo.

Rara teoría, pero la tuve que aceptar. Luego hacer poses. Terrible todo, pero el norte de la causa me reconfortó.

—Quedaron bonitas —opinó Adriana mientras Valentina las embellecía con algún filtro del móvil para enviárselas luego a Martina por WhatsApp.

Y del celular de Martina a los clientes.

Estoy esperando a que me digan quién será el afortunado que beba de mi cuerpo el agua bendita de la castidad. Martina dijo que ya hay varios interesados, que las fotos son la sensación, pero insiste en que, si quiero ganar más plata, me tengo que operar las tetas para irme con Gato Gordo. Dice, a cada rato, que ese señor está loco por mí, casi obsesionado, que la llama tres veces al día a preguntar si ya me operé.

Pero eso ya está descartado. El señor se quedará con las ganas y su obsesión porque jamás me operaré. Según Valentina, un par de tetas talla 36 me aseguran un buen futuro y una buena paga. Yo me entusiasmo porque siento que cada vez estoy más cerca de conseguir el dinero para contratar al sicario que les borre la sonrisa a las Diablas, pero le digo que en mi cuerpo no entrarán jamás dos bolas de caucho. En eso estoy tan firme como en mi deseo de joder a Daniela y a su madre.

Mientras aparece la propuesta concreta, regreso a mi casa y la encuentro sola. Mis padres deben estar cerca porque la olla del almuerzo se encuentra a fuego lento. Entonces escucho un ruido y me asomo al patio. Veo a mi papá haciendo un hueco en la tierra con un pico. Mamá sostiene una pala en sus manos mientras mira hacia la cocina. Me escondo y los sigo observando. Papá termina de cavar y mamá clava la garlancha varias veces para extraer la tierra. Saca cuatro paladas y las lanza a un costado. Entonces papá toma una caja de galletas de hojalata y mete en ella la bendita carta que les dejó el político y que nunca han querido leer. Mamá saca la carta y la introduce dentro de las páginas centrales de una Biblia que guardan desde que tengo memoria, pero, en un ataque de curiosidad, tal vez, intenta abrir la carta. Papá se la arrebata de las manos con rabia. Siento que discuten, pero no escucho lo que dicen. La disputa se recrudece, mis papás están a punto de llegar a las manos. Me preocupo, pero no intervengo porque deseo saber qué harán con la carta. Yo sí estoy interesada en leerla. Me muero de curiosidad. Muero por saber cómo escribía mi hermana, qué cosas decía y cómo las decía. Además, el doctor morboso dice que Catalina escribió algo importante en ella.

De repente, la pelea termina y papá vuelve a introducir la carta y la Biblia dentro de la caja de galletas. Mamá la hunde con rabia y se apresura a cubrirla con la tierra que hay a un lado. Mamá la observa con un dejo de pesar. A leguas se nota que ella quería leerla, pero papá no lo permitió. Por eso no colabora mucho en el entierro de la caja. Papá le quita la pala y aplana la fosa con golpes sobre la tierra removida. Luego se para varias veces sobre el morrillo hasta aplanarlo. Luego lanza las herramientas hacia un rincón del patio y camina hacia la cocina limpiando sus manos en su pantalón. Salgo corriendo hasta mi habitación y desde allí grito que si hay alguien en casa.

—Sí, mamita, aquí estamos, en la cocina. ¿Quieres almorzar ya?

—No tengo hambre, mamá.

—Pero venga, come con nosotros porque después se enfría.

Al momento pasamos al improvisado comedor que papá armó con una hojalata y varios ladrillos. Durante el almuerzo permanezco callada, pensando en la forma de sacar esa lata de galletas de la tierra sin que me descubran. Quiero esa carta. Necesito esa carta y de la manera que sea la voy a obtener. Entonces papá rompe el silencio con una pregunta de cajón:

—¿Cómo te fue en el colegio, mi amor?

—Siempre me va bien, papá. Deberías preguntarme otra cosa.

—Perdón —me dice cabizbajo.

—No deberías hablarle así a tu papá —regaña mamá.

—Lo siento, pero es que papá pregunta siempre lo mismo y eso me fastidia.

—Entonces cuéntanos qué tanto hablas con esas amigas tuyas —pregunta mamá con ánimo de revancha, y me exalto.

—Hablo con ellas cosas que ustedes no me hablan. Ellas me cuentan cosas que ustedes no me cuentan. Hablamos de temas que ustedes no me tocan. ¿Contenta, mamita?

Papá apacigua los ánimos con una buena noticia. Dice que se presentó a una entrevista y que, en cualquier momento, lo llamarán de un trabajo. Mamá sonríe y nos cuenta que una amiga le va a prestar una máquina de coser para reiniciar el negocio de la costura. Yo los termino de alegrar diciéndoles que en poco tiempo ninguno de los dos tendrá que trabajar porque yo los voy a mantener. En vez de alegrarse, se preocupan y me preguntan a coro sobre la manera en la que conseguiré el dinero. Les respondo, para tranquilizarlos, con la mentira de que una agencia de modelos está interesada en mí y que pronto me verán en anuncios publicitarios.

A la mañana siguiente, sabiendo que la casa se quedará sola, les pido a Valentina y a Adriana que no entremos a clase para que me acompañen a desenterrar una carta que me tiene llena de curiosidad porque es de mi hermana muerta. Como siempre, ambas me secundan en la idea de escaparnos. Sobre las nueve de la mañana, para cerciorarme de que mis padres han salido de casa, mando a Valentina llamar en mi puerta.

—Si abren, diles que vienes por una blusa porque la mía se empapó de gaseosa. Si no abren, nos haces señas.

Las señas llegan a los dos minutos. Mientras corremos hacia la casa negra, un carro se detiene frente a mi puerta. No se ve dentro. Pronto un cristal eléctrico baja para descubrir a Martina, que, con una sonrisa, me encara:

—Catalina, camine.

—¿Para dónde? —le pregunto sorprendida.

—El cliente ya llegó, la está esperando ahora mismo en su apartamento, toma —me dice entregándome una bolsita.

La abro, la miro y me doy cuenta de que hay dinero. Mucho dinero, que ella no demora en explicar:

—Es el cincuenta por ciento. El otro cincuenta por ciento se lo dan apenas terminen de hacerlo.

Me quedo fría. La hora de perder la virginidad ha llegado. Mi cuerpo entra en huelga y se enfría. Adriana me dice que me vaya con Martina, pero Valentina me dice que primero saquemos la carta. No sé qué hacer porque ambas cosas son muy importantes para mí. Entonces decido pedirle a Martina que me regale cinco minutos para cambiarme porque no pienso ir con el uniforme del colegio puesto.

—Voy a cambiarme y salgo —le digo, y le pido que me espere en la otra esquina para no llamar tanto la atención.

—Vale, pero no te puedes demorar más de cinco minutos, hermana. El cliente está impaciente —explica en voz baja—. Se ha puesto muy exigente porque es un ricachón.

—¿Le explicaste que las tengo chiquitas? —le advierto al entender que si es un ricachón, como ella lo llama, el tipo es un narco y que a ellos no les gustan las planitas.

—Todo bien, que ya lo sabe todo y no pone problema. Apúrele, amiga…

La furgoneta arranca y yo entro a casa con mis llaves y me adelanto para que mis dos compañeras me sigan hasta el patio. Le pido a Valentina que me guarde la bolsa con el dinero que me acaba de dar Martina. Si lo dejo en casa me lo pueden descubrir y vendrán las preguntas que no sé contestar.

Las herramientas ya no están, tal vez papá las había pedido prestadas. Sin embargo, tengo muy claro el lugar donde está la caja y les pido a mis amigas que me ayuden a escarbar. Buscamos cucharas y cuchillos en la cocina y con ellos cavamos. Me angustio porque no estamos cerca de la carta, mis papás pueden entrar en cualquier momento y Martina debe estar impaciente. Eso nos hace cavar con mayor ahínco. Al cabo de unos diez minutos, Adriana hace rechinar sus uñas contra la hojalata. Sin pensarlo sacamos la caja, la abrimos, tomamos la carta y tratamos de volver a dejar las cosas como estaban. Rellenar la fosa es más rápido. El caso es que lo logramos antes de que mis papás lleguen.

En el parque, de camino a la furgoneta desde la cual Martina me pide que me afane, y ante una manada de niños jugando y desempleados revolviendo fichas de dominó, abrimos la carta. Pero Martina se baja del carro y no me da tiempo de leerla. Entonces le pido a Valentina que me la guarde como un tesoro. Ella acepta y, junto con Adriana, me desea suerte.

—Todavía tiene tiempo de arrepentirse, amiga —dice Valentina mirando a Martina esperándome con la puerta de la furgoneta abierta.

—Está decidido, Valen. Si me toca morirme para vengar lo que esas viejas le hicieron a mis papás, lo haré.

—De todas maneras, cuídese mucho —me dice Adriana, y me da un beso en la mejilla.

Otro beso para Valentina y corro hasta la furgoneta con el corazón en la garganta. Martina me saluda con un beso y entro. Un hombre extraño me dice «hola, linda», y me lanza el humo de su cigarro en mi cara. Qué burdo.

ADRIANA

Mucha tristeza sentimos Valentina y yo al ver a Catalina subiendo a esa furgoneta. El deseo de venganza la tiene enceguecida y no creemos que eso termine bien. Ella tiene razón porque las Diablas hicieron mierda a sus papás y seguro que yo en su lugar haría lo mismo, pero siento que la está cagando porque uno tiene que ser realista, saber con quién se está metiendo y medir sus posibilidades. Por más que Catalina se acueste con diez o quince manes, nunca va a reunir la plata para pagar al sicario decidido que se atreva a matar una vieja que anda con varios escoltas y furgoneta blindada. Valentina dice que Cata está loca. Yo también creo lo mismo.

Mientras la furgoneta da la vuelta alrededor del parque para salir del barrio, Valentina me propone que leamos la carta. No sé si es buena idea, pero la curiosidad nos mata. Más tardo en decirle que sí que ella empezar a leer:

> Amada madre, Albeiro. No es momento para reclamos. Esta carta no es para reprocharles nada. Si están juntos es porque lo merecen. Reconozco que los descuidé a los dos y no puedo ser egoísta para negarles la felicidad. Antes de emprender un largo viaje del que quizás no regrese, quiero pedirles que velen por la felicidad de ese bebé que esperan con tanto amor.

No estaré para verlo, pero sí quiero que a él o a ella no le falte nada. Ustedes saben que vivimos en un barrio pobre, con gentes envidiosas, viciosas o violentas, y que ese no es el ambiente donde un niño puede crecer sin peligros.

Esta carta es para pedirles que se vayan. Quiero que busquen la forma de vivir en otro lugar. Ojalá, otra ciudad. Como sé que no tienen plata, quiero contarles que les he dejado una platica en un lugar que nadie sabe. El mapa que dibujé al dorso los guiará hasta esa pequeña fortuna. Son cincuenta mil dólares que ahorré con mucho amor y mucha disciplina durante los meses que viví al lado de Marcial. Quiero que vayan por ellos y los saquen y los usen para cambiarse de casa. No me vayan a fallar, por favor, se lo pido de rodillas. Mi alma no descansará hasta verlos sonreír en otro lugar lejos de mi peor enemiga, la Diabla. Ella intentará destruirlos y también al hermanito o a la hermanita que viene en camino. A propósito, mamita, te veías hermosa. Te favorece el embarazo. Por eso quiero que se vayan de ese barrio y no regresen jamás. Los quiero mucho. No me extrañen, no lo merezco.

Catalina

Ninguna de las dos puede salir del asombro. Es increíble lo que acabamos de leer. Catalina les dejó cincuenta mil dólares a los papás. Con esa plata se pueden ir del barrio. Valentina y yo nos miramos, tal vez pensando en lo mismo, y corremos tras la furgoneta, que, sin embargo, ya está muy lejos de nosotras.

—En el semáforo de la 30 de Agosto la alcanzamos —me dice Valentina sin bajar la velocidad de sus piernas.

—Ojalá. Si Catalina sabe que tiene cincuenta mil de los verdes se baja de esa furgoneta y la salvamos de hacer pendejadas.

Corremos a lo que dan nuestros pies. Volamos como perseguidas por un perro de seis patas, en medio de rechifladas de la gente sin oficio. Al llegar a la 30 de Agosto vemos la furgoneta esperando el cambio de semáforo y nos apuramos más. Estamos a punto de alcanzarla y gritamos:

—Cata, Cata...

Pero el semáforo cambia a verde y arranca sin que podamos hacer más. Estuvimos a punto de alcanzarlos. Hubiéramos cambiado la historia de Catalina. Pobrecita, sin saber con qué tipo horrible le habrá tocado.

23

ALBEIRO

Las siete plagas

La niña está perdida hace dos días. Nadie da razón de ella. La hemos buscado en cada rincón donde la maldad suele guardar sus presas, pero nada. ¿Se la comió la tierra? ¿La abdujo el cielo? ¿La succionaron las aguas de la laguna del Otún?

Las hijas de Vanessa y Ximena no quieren hablar. Solo cuentan que se fue a dar una vuelta, pero que no les dijo adónde iba. Doña Rosa Emilia, la vecina del lado, dice que una sobrina suya la vio subiendo a una furgoneta. Dios mío, esto no nos puede estar pasando. Hilda está inconsolable, destrozada. No ha parado de llorar. Le pasa algo a Catalina y es capaz de matarse. Ya me lo advirtió.

—Tres hijos muertos es más de lo que cualquier madre puede resistir, Albeiro.

No sé qué hacer.

—Esperar y confiar en Dios, mi amor. Algo dentro de mí dice que la niña está bien.

—Si estuviera bien, nos llamaría.

—A lo mejor se está vengando de lo que le hicimos.

—Ella no se quiere vengar de nosotros. Ya le explicamos lo que pasó. Ya no me quiero quedar cruzada de brazos a esperarla.

Fuimos a la Policía, pero como aquí todo lo maneja la Diabla no quieren colaborar. Tampoco está en la morgue ni en los hospitales. ¿Qué le habrá pasado? ¿Quién se la llevó?

Hilda dice que cualquier cosa mala que nos pase tiene una sospechosa natural, y esa es Yésica. Yo pienso igual. Nadie nos odia tanto como esa Diabla. Pero ni pensar en preguntarle por la niña. ¿Y por qué no? ¿Qué pierdo con hacerlo?

Voy a casa de doña Imelda y le pregunto por su hija. Me dice, con alevosía, que cómo me atrevo a llamar a su casa.

—Es solo para hacerle una pregunta, doña Imelda, disculpe usted.

—Ni mierda. Ustedes no tienen por qué venir a mi casa —gritó, y me cerró la puerta en la cara.

Son estos los momentos que me hacen renegar de la vida. Por eso me voy a los límites del barrio, cerca de una finca cafetera, y busco la soledad para gritar al cielo con todas mis fuerzas:

—¿Por qué se ensañan siempre contra los débiles, los que no tenemos conexiones con los hilos de las cosas? ¿Por qué siempre se nos cierran las salidas? ¿Por qué nos llevan al desespero? ¿Qué hemos hecho para merecer esta suerte de perros callejeros? ¿Qué he hecho yo, por ejemplo, para tener que soportar tanta hijueputada de este mundo? Nunca he hecho cosas que avergüencen al universo, pero el universo se ensaña contra mí. ¿Dónde está Dios en estos casos? Siento rabia. Yo el único pecado que he cometido es el de liarme con la mamá de mi novia. Lo hice por amor. ¿Es eso tan grave como para que me pongan a comer mierda toda la vida?

Obviamente, nadie respondió. En estos casos la oficina de quejas y reclamos siempre está cerrada. Pero como dicen las rezanderas del barrio, Dios aprieta pero no ahorca. Al llegar a mi casa me encuentro con el camión del correo. Preguntan por Hilda, pero ella se asusta y me pide que la niegue.

—¿Para qué la necesita? —le pregunto al cartero, y me responde, con un sobre en la mano, que tiene un correo.

—¿Lo puedo recibir por ella?

—No. Es personal. Le puedo dejar el número de referencia para que la reclame en la oficina del correo.

—Por favor.

Me deja el número de referencia y se marcha. Y yo me quedo pensando en el contenido. ¿Qué puede ser si a nosotros jamás nos llega un correo diferente al de los servicios públicos o abogados en cobro jurídico?

HILDA

Un día le dije a Albeiro que me hiciera otro hijo. Me dijo que no por la mala situación económica y lo comprendí, pero ahora que mi segunda Catalina está perdida, y ahora que han pasado tres días sin ella y las esperanzas de volverla a ver se esfuman, es cuando mi deseo cobra más vigencia. Recuerdo mis palabras. Catica apenas tenía un año y medio.

—Albeiro, ¿por qué no tenemos otro hijo?

—No, Hilda, cómo se le ocurre. Si apenas podemos darle de comer a la niña.

—Es que me da mucho miedo que cuando la niña llegue a grande se nos vaya o le pase algo. En un mundo tan terrible como este, uno tiene que tener un hijo de repuesto, Albeiro.

Hoy me doy cuenta de que, lamentablemente, no estaba equivocada. Yo sabía que esto algún día nos iba a pasar. Yo sabía que nos iba a hacer falta un hijo para afrontar esta pérdida. Como le dije a Albeiro, nosotros estamos malditos, tenemos que hacer hijos de reserva. Y ahora estamos sin salida. Nadie nos da razón de ella. La Policía no la busca porque somos enemigos de la mujer del alcalde. En el barrio nadie cuenta nada por miedo a la Diabla.

Las amigas de Catalina están encerradas en sus casas y no quieren salir. Ni siquiera han querido ir al colegio. La hija de Paola, la tal Martina esa que está siguiendo los pasos de Yésica, no ha querido dar la cara. La hemos ido a buscar y tampoco. ¿Qué hacer? ¿Adónde ir? ¿Cuál es la salida?

No hay salida. La única salida que tenemos los pobres a los problemas es la resignación. Y yo que ya he perdido dos hijos tengo que resignarme a perder el tercero. ¿Por qué? Porque sí. Porque así es. Porque esa es la ley para nosotros. Y porque así son las cosas, aquí estoy en mi casa, postrada, con el alma arrugada como papel con poemas malditos, llorando en silencio, mirando por la ventana, a veces por la puerta, el ya casi imposible momento en el que mi hija aparezca o caminando, o en un coche patrulla de la Policía, o en una funeraria. Lo importante es que aparezca.

Lo mismo padecí con Catalina la Grande. Un sufrimiento muy duro. Pero de ella esperaba cualquier cosa. Se lo buscó y yo la ayudé a maldecir su vida. Pero con Catalina la Pequeña es injusto. Es una niña buena, es una niña tierna. Es distinta. Hasta antes de ir al correccional no tenía un mal pensamiento hacia nadie. Amaba a sus padres, nos respetaba, era obediente. ¿Cómo termina así, convertida en un ser de odio, si ella no se lo buscó? ¿Dónde está el manual de la vida para leer en qué parte dice que los niños buenos se pueden transformar en monstruos por causa del azar?

Sin embargo, sigo creyendo en Dios, en su misericordia y en su justicia. Nada ni nadie me hará renegar de él. Sé que, si nos está castigando por algo que hicimos, ese castigo, en cualquier momento, llegará a su fin y podremos ver con mi esposo y con mi hija, si aparece, por fin la luz.

Albeiro salió hace mucho rato. No descansa. Se levanta a las cinco de la mañana a buscar a su niña y regresa por la noche, con hambre, cansado, aburrido. Dios, ayúdalo, dale fuerzas para que no pierda la fe. Si Albeiro baja los brazos, estaremos más perdidos que nunca.

Ayer llegó un camión del correo y nos dejó un número para reclamar una carta. Yo no quise salir a recibirla por temor a repetir la historia con la carta que nos dejó Octavio. Nos generó tantos problemas que tuvimos que enterrarla para siempre. Vamos a ver qué pasa con esta. Albeiro me dice que vayamos a abrirla porque lo mismo es de Catalina. Pero no creo porque el remitente es un desconocido. Pero vamos a tener que ir porque, como dice Albeiro, a lo mejor es alguien que nos quiere contar algo.

Ay, Dios. Que no sea un problema.

Hace unos días vengo observando a un hombre que se esconde tras los árboles del parque y se pone a mirar, alternadamente, hacia las casas de doña Imelda y la nuestra. Albeiro dice que puede ser un pervertido y lo tiene en la mira para denunciarlo a la Policía. Lo raro es que no hace poses obscenas cuando pasan los niños. Ni los mira. Su mirada siempre está fija en las puertas de las dos casas.

Un día, mientras lo espiábamos, se quedó mirando hacia la casa y caminó hacia nosotros. Albeiro y yo nos escondimos. Pensamos que quizá nos había descubierto observándolo y venía a matarnos. Algo así llegamos a pensar. Al minuto, golpeó en la puerta y no supimos qué hacer. Albeiro me advirtió que no podíamos abrir. Aunque no me lo hubiera dicho, tampoco le hubiera abierto. Entonces agarramos cuchillos de la cocina y nos vinimos a la sala por si le daba por entrar a las malas. Pero no fue así. Golpeó dos veces sin decir nada y a la tercera nos llamó por nuestros nombres.

—Doña Hilda, don Albeiro. Doña Hilda, don Albeiro, soy un periodista que quiere ayudarlos. Su hija me conoce. Necesito hablar con ustedes.

Albeiro y yo nos miramos con mucho miedo sin saber qué hacer. Lo llegamos a discutir en voz baja:

—¿Y qué hace un periodista por estos lares?

—¿Y por qué sabe nuestros nombres?

—¿Y si sabe de la niña? ¿Si sabe dónde está?

—¿Abrimos?

—A la buena de Dios.

Albeiro me pidió que abriera mientras él me cubría con el cuchillo camuflado en su espalda. Lo interrogamos sin hacerlo pasar:

—¿Qué quiere? —le pregunté.

—Mucho gusto, soy Alberto Cerón, periodista del diario *La Mañana.* Estoy aquí porque estoy investigando a Yésica Beltrán, alias la Diabla.

—¿Y si es al contrario?

—No entiendo —me dijo.

—¿Si usted trabaja para la Diabla y viene a ver qué contamos de ella?

—No. Tranquilos. Miren, yo ya hablé con Catalina hace unos días. Ella sabe quién soy. Estoy metido en esto porque la Diabla me mató a un amigo, más exactamente, al médico que atendió a su hija cuando llegó casi ahogada a la clínica. Las reclusas del reformatorio la pusieron a dar vueltas en una lavadora.

—¡Dios mío! —La niña sí nos contó eso. Fue terrible.

—Mi amigo, el doctor Ernesto Rico, quiso ayudarla, pero encontró la muerte.

Albeiro guardó el cuchillo y se acercó. Las palabras del periodista eran totalmente creíbles.

—¿Cuándo habló con nuestra hija? —le preguntó.

—Hace unos días, aquí en el parque. La hija de la Diabla intentó agredirla nuevamente. Ella sabe en lo que estoy y quedó en ayudarme. ¿Se encuentra en casa Catalina?

—No —le contamos con angustia, y Albeiro terminó la frase porque la voz se me quebró:

—Está perdida.

Tras un silencio, el periodista exclamó aterrado:

—Dios mío. Esperemos que no esté en manos de esa señora.

Lo invitamos a tomar café, le advertimos del peligro en que estaba por ponerse a espulgarle la vida y le ofrecimos nuestra ayuda. En lo que fuera. Entonces le contamos lo de la carta que nos había llegado al correo y nos pidió que fuéramos a recogerla.

—Cada cosa es importante para armar este rompecabezas —nos advirtió.

Albeiro y yo estuvimos de acuerdo y nos fuimos a reclamarla. El periodista, muy gentil él, se ofreció a llevarnos. Media hora después ya teníamos el sobre en nuestras manos. Dentro traía un acta matrimonial de Marcial con Catalina y más abajo una nota que decía: «Ustedes son dueños de la mitad de la fortuna de la Diabla. Si la quieren reclamar, llámenme a este número. Podemos arreglar una cita y lo hablamos».

Nos quedamos fríos con la noticia. Albeiro y yo no sabíamos que Catalina se había casado legalmente con ese señor Marcial. Pero esta acta nos despejaba el camino moral. No quise aprovecharme de esto por no mancillar la memoria de mi hija, pero Albeiro fue contundente:

—Durante años te has mortificado la cabeza pensando que le fallamos a Catalina, que le quitaste el novio a tu hija, que te dejaste embarazar de su novio... No, Hilda. No. Mira la fecha. Catalina se casó siendo mi novia, me traicionó. Eso nos absuelve, eso quiere decir que no hicimos algo malo. Que cuando los dos nos juntamos ella estaba casada. ¿Ahora sí entiendes el valor de este documento? Ahora, si lo queremos usar para salir de la pobreza lo hacemos, pero esto ya es una ganancia.

Sobre la posibilidad de reclamar ese dinero, un día juré que a mi casa no entraría el dinero sucio, pero por solo joder a esa vieja empecé a pensar que no era mala idea reclamar lo que le pertenecía a mi hija.

—Deben saber que cuando lo hagan, la Diabla los va a mandar matar —nos advirtió el periodista.

—Ya lo hizo. Nos quiso matar —concluyó Albeiro, y agregó—: Ahora todo cobra sentido.

—Pues yo les aconsejaría llamar a esta persona —dijo el periodista—. Si me lo permiten, puedo averiguar de dónde es el número que les están dando.

Albeiro y yo estábamos sentados en nuestro miedo sin saber qué hacer. De un lado, porque la niña no aparece, y del otro, porque esta carta nos acaba de cambiar la vida.

24

CATALINA

La metamorfosis

No siento mi cuerpo. Me siento pesada, como si toda mi existencia se redujera a lo que mis ojos ven. Estoy despertando en un lugar extraño. Es una habitación con mucha claridad. Y no acabo de entenderlo todo cuando entra una mujer, vestida de enfermera, y me pregunta cómo me siento. Le digo que bien. Aunque la cabeza me da vueltas.

—Es normal —me dice. Luego anota algo en una libreta y sale.

Hasta ese momento no me doy cuenta de que estoy en una clínica, o algo que parece una clínica. Entonces empiezo a mirarlo todo y las cosas empiezan a aclararse. Intento moverme y no puedo. Mis brazos están amarrados. Me desespero y grito:

—¿Qué pasa? ¿Por qué estoy amarrada?

Nadie responde. Me angustio, pienso que estoy soñando. Algo terrible está pasando. Trato de moverme bruscamente para despertar, si es verdad que estoy dentro de un sueño, pero solo logro despertar en mi cuerpo un dolor terrible a la altura de mi pecho. Entonces me miro el cuerpo y noto que estoy vendada. Alguna protuberancia en mi tórax me corta la visión. Inclino mi cabeza para mirarme y descubro algo más terrible que todo lo que me han hecho y que todo lo que me ha pasado en la vida. Mis tetas han crecido. No un poco, no. Mucho. Muchísimo. No están hinchadas. Siento que tengo las tetas más grandes del mundo.

Al momento me calmo porque creo que, efectivamente, estoy viviendo una pesadilla. Intento cerrar los ojos para tranquilizarme, en espera de que el sueño termine, pero todo sigue siendo muy real. Mientras concilio el sueño pienso que esto no me puede estar pasando a mí. Sin embargo, el dolor en mis senos es real. Lo que veo es real. Me lleno de confusión, pero no pierdo la esperanza.

Pasan los minutos y mi situación no cambia. No sé qué está pasando. Pero me da miedo abrir los ojos y volver a descubrir que todo es cierto. Dios mío, ayúdame. Quiero saber de qué se trata todo esto. Empiezo a recordar cosas y veo a Valentina y a Adriana corriendo detrás de la furgoneta donde me subió Mariana. Traen la carta en la mano y gritan mi nombre. ¿Por qué ese recuerdo? Dentro de los sueños uno no tiene recuerdos. ¿Será que no estoy soñando? ¿Será que todo esto es real? Dios, no quieras esto para mí.

Ahora llegan a mi mente mis papás y también Hernán Darío, aunque de un tiempo para acá he tratado de olvidarlo. Me doy cuenta de que la mejor manera de recordar a alguien es queriéndolo olvidar. Hasta que suena el cerrojo de la puerta y escucho voces.

—Todo salió muy bien, señorita —me dice una voz de hombre, y me decido a abrir los ojos. Es un médico sonriéndome.

—No entiendo, doctor —le digo asumiendo de una vez por todas que estoy en el plano real.

—La cirugía, Catalina. Ya tienes tus prótesis puestas, señorita. Estás lista para ser la reina de este país.

—¿De qué está hablando, doctor? —le pregunto casi a punto de llorar.

—Cómo que de qué estoy hablando. Cuando te trajeron me dijeron que estabas loca por la mamoplastia, por ponerte silicona en los senos.

—Eso es mentira. Yo jamás he querido eso. ¿Quién le dijo esa mentira?

—Bueno, las personas que te trajeron hasta aquí.

—Le mintieron, doctor. Le mintieron y le ordeno que me quite esta mierda de una vez... Quiero que me quite esta porquería de encima. No quiero siliconas, no quiero tetas grandes, no quería operarme —le grito con desespero.

—Lo siento, pero no puedo hacer nada.

—¿Cómo que no puede hacer nada? ¿Cómo que no puede hacer nada si yo soy la paciente y le estoy ordenando que me quite esa mierda?

—Ahora no puedo, señorita. Tiene que dejar pasar por lo menos seis meses.

Un cubo de agua helada cae sobre mí. Mi mente se nubla. No entiendo lo que está pasando o no quiero entenderlo, pero siento que fui asaltada. Entonces me enloquezco y trato de zafarme. Grito como loca. El médico y la enfermera luchan para que no me haga daño. Con prisas, el doctor pide un calmante. La enfermera lo prepara en su jeringa mientras los escupo y me retuerzo como un caimán a punto de ser cazado. De repente siento el pinchazo de la inyección y mis fuerzas empiezan a mermar. Me voy apagando poco a poco hasta volver a la nada.

Me tocó encargarme de la hijueputica de Catalina. La pendeja me hizo ilusionar a Gato Gordo y con esos manes no se juega. Cuando dicen: «Me gusta fulanita o zutanita», no hay nada que hacer. Hay que llevarla. Y cuando dicen: «La quiero así o asá», toca llevárselas como ellos dicen, así o asá. Y Gato Gordo la quería con tetas grandes. ¿Qué más podía hacer? Llevársela con tetas grandes. ¿Y si Cata no se las quería poner? Pues nada, lo que hice, ponérselas a la fuerza.

Sé que esto me va a traer consecuencias, pero las asumo. A mí nadie me había ofrecido diez mil dólares por conseguir una muchachita. No los voy a dejar pasar ni por el diablo. Cuando Catalina reciba el pastón que le van a dar, seguro que me terminará dando las gracias. Y cuando vea todo el trabajo que le va a salir con esas tetotas que le hice poner, seguro que nunca más va a querer recordar su época de tabla. Porque, en serio, parecía una tabla. Cuando le dije al Gordo que ella venía, pero sin operarse, me dijo:

—Ni mierda, Tina, pa' esa gracia me como a un man.

Yo le quería hacer poner unas siliconas talla 34 para que no se le descompense tanto el cuerpo, pero Gato Gordo me dijo que las quería mínimo 38. Sé que son muy grandes, pero qué hacía. El que pone la plata manda. Yo simplemente se la serví en bandeja para dormirla y llevársela al cirujano. Que agradezca que le hice poner la 36.

Valentina y Adriana me tienen que estar odiando. Peligroso, porque son las únicas que me vieron salir con Catalina. Me dice mi abuela que han ido como tres veces a preguntar por mí. A medida que pasen los días, las cosas se van a poner más peligrosas, sobre todo porque el doctor

Pacho me dice que mínimo diez días de posoperatorio antes de llevársela a Gato Gordo. Me tocará pedirle ayuda al duro para que les meta un susto a las amigas de Cata o son capaces de delatarme o contarle a la Policía que yo me la llevé.

La otra es ir esta noche a verlas y contarles que Catalina está bien. Sí, eso es, les diré que se lo está pasando de maravilla con un ricachón que la está llenando de plata y que traten de cubrirle la espalda con los papás. Es mejor dar la cara antes de que hagan algo. Los papás de Cata la deben estar buscando con desespero y a las primeras que les van a preguntar algo es a ellas.

Para adelante. Ya me metí en esto, no me puedo echar atrás. Todo por la plata, dice el dicho. Antes de ir al barrio pasaré por la clínica del doctor Pacho para hablar con Cata. Ojalá no me esté odiando. Le diré que me obligaron a traerla y ni mentira del todo es, porque donde le diga al ricachón que no le puedo llevar a la niña en la talla que la quería, seguro me mata. El que paga pone las condiciones.

Yésica me anda buscando, pero le voy a dar esquinazo. Sé que me va a preguntar si sé algo de Catalina y no le puedo mentir. Esa bruja sabe cuándo uno le está diciendo mentiras. Y si le digo la verdad, que ando con Cata y que la operé para meterla en la cama de Gato Gordo, me mata. Está en guerra con este mexicano y no me quiero meter en esa pelea. Dice la Diabla que Gato es un tránsfuga y no me consta. Ella quiere controlar a todo el mundo y eso es muy difícil. Hay mucho aprendiz de sicario pidiendo su oportunidad. Mientras los gringos y los europeos sigan metiendo tanta droga, las cosas nunca van a cambiar.

CATALINA

Alguien me observa. Estoy despertando de nuevo y siento una mirada atravesándome. Veo borroso, pero pronto la imagen se torna nítida en mis ojos. Es Martina. No tengo claro su papel en todo esto, pero siento que me tendió una trampa.

—Hola, Cata —me dice, y se me acerca a tomarme de la mano—. ¿Cómo te sientes?

—Mal. Mal. No sé qué está pasando. No sé por qué tengo las tetas grandes, Martina. No sé por qué estoy amarrada. Dígame qué está pasando, por favor.

No resisto más las ganas de llorar. Hay mucha angustia en mi ser. Aún conservo una remota esperanza de que todo esto sea un sueño. Muy remota, porque ahora lo veo todo muy claro. La luz, la ventana con la persiana cerrada, el suero conectado a una de las venas de mi mano, Martina mirándome con cara de «yo no fui», un reloj que marca las seis y cinco, no sé si de la tarde o de la mañana. El dolor invade mi cuerpo y siento un calor endemoniado. Cuando mis sentidos están despiertos por completo le exijo a Martina que me cuente la verdad.

—Necesito que me diga qué pasó, Martina, por favor.

—Amiga, me amenazaron de muerte. Me obligaron a traerla hasta aquí o mataban a mi abuelita —me cuenta llorando, pero no sé si creer en sus lágrimas. Las presiento falsas. Luego me dice que lo siente mucho, pero que no me preocupe porque de esto vamos a salir bien.

—¿Qué me hicieron? —le vuelvo a preguntar con la esperanza de que me diga algo distinto a lo que estoy sospechando.

Pero no. La muy desgraciada me confiesa que he sido operada:

—Cata, el doctor Pacho te puso silicona en las tetas, hermana.

—¿Confirmado? ¿Última palabra?

—Sí, amiga —me dice con su vocecita traicionera, y vuelvo a explotar.

—Usted nunca me vuelva a llamar amiga, Martina. Usted me tendió una trampa y más le vale que no me suelte porque la voy a matar, ¿me entendió? Usted me las va a pagar por esto que me hicieron. Usted me sacó de mi casa sana y usted me devuelve sana o le juro por Dios que no respondo.

—Ya. Cálmese, Catalina. Ya le dije que yo no tuve la culpa, hermana. Amenazaron con matarme a mi abuela, imbécil. ¿Usted qué hubiera hecho en mi lugar?

Muero. Lloro. Cierro los ojos y grito por dentro. La peor tragedia ha tocado mi vida. Las siliconas que mataron a mi hermana, las siliconas de las que renegué hasta la saciedad ahora están en mi cuerpo. Esto no puede ser posible. Debe haber una equivocación. Estoy inconsolable. Esto es lo peor que me ha sucedido en la vida. Mucho más que el baldado de mierda en mi cabeza. Mucho más que mi cuerpo girando dentro de una lavadora. Mucho más que los intentos de violación que me hicieron. No sé qué voy a hacer, pero no me voy a resignar. Algo grande tiene que pasar.

—¿Quién mandó ponerme esto, Martina?

—Gato Gordo, Cata. Gato Gordo, el mexicano, el narco de moda.

—Me importa un culo que sea el narco de moda y que sea mexicano y que sea el que más plata tenga. Usted me saca de esto.

—Catalina, ya póngase seria —me dice gritándome—, tiene que asumirlo, hermana. Ya esa operación no tiene marcha atrás. Hágase a la idea de que nació así y dedíquese a sacarles plata. ¿No me dijo que necesitaba mucha plata? Pues le voy a decir la verdad: con este par de tetas va a conseguir en poquitos meses lo que iba a conseguir en años con ese par de huevos fritos que tenía en el pecho.

—Yo nunca he dicho esta grosería, Martina, pero voy a inaugurarla con usted: usted es una hijueputa, Martina. Lo peor que he conocido.

—Piense lo que quiera, pero usted ya tiene un dueño. Está en sus manos sacarle plata o sacarle de sus casillas. No haga que la maten, muchachita estúpida.

Me lleno de miedo. A ese hombre siempre le tuve asco. Tiene fama de andar desvirgando a cuanto capullo va floreciendo por estas tierras. Y aunque por llevar a cabo mi venganza estoy dispuesta a todo, ahora que siento tan cerca el peligro empiezo a pensar mejor las cosas. Tengo que salir de aquí.

—Ya que me jodió la vida, ayúdeme a salir de aquí. Necesito salir de aquí.

—No, amiga, eso está difícil —me dice caminando hasta la ventana y entreabriendo la persiana. Luego toma una fotografía con su móvil y se acerca a mostrármela.

—Mire cuántos malos hay vigilándola, Cata.

Veo a cuatro hombres armados en la pantalla de su teléfono. Estoy perdida. Mis papás se van a morir cuando me vean así. Tengo que hacer algo.

—Martina, usted me trajo hasta acá, usted me ayuda a salir, por favor. Ayúdeme.

—Le juro que si pudiera lo haría, amiga. Pero no es fácil. Gato Gordo me mata a mí, la mata a usted y mata a sus papás y mata a mi abuela. Este tipo es peligroso. ¿O por qué cree que de la noche a la mañana se convirtió en un capo de los duros, ah?

—Yo no quiero hacer nada con ese señor, Martina, me da asco.

—Cata, usted me dijo que necesitaba plata. Y yo le advertí que estas cosas eran así. Yo le advertí que le tocaba con el que le tocara, hermana. Ya no es tiempo de arrepentimientos, amiga, ahora no me venga a salir con estupideces. Sea seria. Usted me dijo que quería plata y plata es lo que le van a pagar aquí, Catalina. Ahora, si de verdad lo que quiere es joder a las Diablas, pues hable con el man, pórtese bien, amiga, y verá que el man la ayuda. Gato Gordo es buena gente. Le juro que, si usted se porta bien con el hombre, de aquí sale embilletada y poderosa, amiga. Porque estos manes, cuando se enamoran, se enamoran. La pone a vivir a todo lujo. Le pone carrito, le pone apartamento, le pone guardaespaldas. Y ay del que se atreva a tocarla o a mirarla, hermana. Le juro que se muere. ¿A usted no le gustaría pasar al lado de Daniela así de poderosa, bien enjoyada, bien respaldada, Cata?

Me quedo pensando cada una de las palabras de Martina y no niego que me llego a ilusionar. No con el dinero, ni con los carros ni los escoltas. Me ilusiono con la posibilidad de plantarme frente a Daniela de tú a tú y demostrarle que ya no estoy sola. Que tengo un respaldo, que ya no me volverá a levantar la voz. Me ilusiono con la posibilidad de que Gato Gordo me proporcione a la gente que necesito para matar a Yésica y a Daniela. Lo voy a pensar. No diré aún si sí o si no. Está claro que no es la vida que quiero, pero un día juré venganza y también juré que haría lo que fuera.

El estado en que me encuentro es terrible. Siento desespero. Me duele la espalda de tanto estar acostada, me pesan los senos. El efecto de la anestesia ya pasó y el dolor empieza a acosar. Seguramente me aplicarán inyecciones, pero ya no resisto más.

—Dios mío, al menos suélteme —le grito a Martina entrando en desespero.

Nunca he estado amarrada. Ni siquiera en el correccional. Martina trata de calmarme, pero me transformo de nuevo.

—Amiga, si sigue pataleando de esa forma no la van a soltar. Cálmese, deles confianza, hágales sentir que está feliz con la cirugía y verá cómo la sueltan.

—Nunca voy a fingir que estoy feliz con este par de siliconas de mierda encima —le digo, y empiezo a forcejear contra mis ataduras. Las manos me sangran.

A la muy bandida no le queda otro remedio que llamar a la enfermera para que me vuelva a aplicar un calmante.

—Cállese o la vuelven a dormir, pendeja —me grita Martina tratando de calmarme, y lo logra—. Ya le dije, imbécil. Tiene dos opciones. O irse por las malas y que le peguen una paliza por atreverse, o irse por las buenas, sufrir menos y salir de aquí forrada en plata. Usted elige, idiota.

—Yo elijo —repito en mi mente.

—Y no se las venga a dar de inocente ni de secuestrada, hermana, porque cuando usted se subió a esa furgoneta sabía a lo que venía. A putear.

—Sí, pero no a ponerme tetas de silicona. A mí nadie me pidió consentimiento. Yo le dije a usted mil veces que no quería ponerme tetas artificiales. ¿Se imagina la cara que van a poner mis papás?

Es inevitable llorar por ellos y por la decepción que sentirán al verme operada. Entonces me asalta una duda. Aunque no quiero preguntar, la curiosidad me mata y lo hago:

—¿Qué talla me pusieron, Martina?

—36, Cata. 36.

Qué decepción tan terrible tengo... Del mundo, de Martina, de la gente mala y de mí misma.

25

YÉSICA

Asuntos varios

Cría cuervos y te sacarán los ojos. Hoy, ese dicho es perfecto para mí. Un pendejo al que le enseñé todo lo relacionado con el tráfico de drogas acaba de abrir negocio aparte. Se ha independizado, dice él, se me torció, digo yo, y en cualquier disputa mi palabra es la que vale. Gato Gordo está o estaba conmigo hace ocho años. Me lo mandó mi socio en México. Llegó como gatillero, pero, por su inteligencia y por ser tan acomedido y servicial, en menos de dos años se ganó mi favor y lo puse al frente de la traída de los dólares. Es un experto. Se inventa mil maneras de meterlos en el país, a veces por los aeropuertos, a veces tirándolos en el mar. Pero como ya llevaba muchos viajes al D. F. y eso ya empezaba a generar sospechas en las autoridades migratorias del aeropuerto, lo saqué un tiempo de eso y lo puse a trabajar en microtráfico, primero en el barrio de mi mamá y luego en el centro de Pereira. Es honrado, nunca se tuerce ni entrega mal las cuentas, pero se puso a hacer negocios sin mi permiso, sin mi consentimiento, y eso en mi organización se llama «traición» y se paga con la vida.

Alguien, aprovechando que el pendejo sabe, porque yo le enseñé, lo sonsacó y lo invitó a un negocio grande para mandar un cargamento a Madrid por la ruta de Venezuela y Marruecos. Esa ruta es mía. El caso es que Gato Gordo se metió de socio y entregó una tonelada. Eso le da poder y plata, pero temporalmente. Él cree que con veinte millones de dólares que le habrán tocado puede permitirse plantarme cara. Pobrecito. No se entera, el imbécil. Ese es mi presupuesto mensual de gastos. Para igualarse a mí tiene que poner a salvo en Europa o Estados Unidos por lo menos cincuenta toneladas al año.

Lo he citado para hablar, pero encargó que me dijeran que no viene porque yo lo mato. No está muy equivocado, el perro, pero lo que no sabe es que, aunque no venga, también lo voy a matar. Si viene a negociar conmigo y me reparte su ganancia lo dejo vivir y lo dejo hacer más negocios. Más pendejo si no acepta, porque es su única oportunidad de seguir respirando y seguir comiéndose a sus muchachitas. Porque pa' perro, él. Ya me han llegado muchas quejas de familias a las que el miserable se ha comido a sus hijas. Los papás se llenan de odio y toca matarlos para no dejar venganzas por ahí dando vueltas, y eso nos desvía el objetivo. A veces se las lleva a la cama por las buenas, prometiéndoles cosas, pero a veces por las malas, y hasta ahí no tolero el asunto porque tengo una hija y no quisiera que le hicieran lo mismo. Cuando fui proxeneta a ninguna obligué ni llevé por las malas. Para eso existe un seductor que se llama dólar.

En fin. Ese de Gato Gordo es un problema que ya tengo resuelto. Plomo, plomo y plomo. Tengo asuntos más importantes que resolver. Por ejemplo, el de los anónimos. Ya me llegó el tercero. De nuevo el acta de matrimonio de Marcial con Catalina, pero esta vez con una nota escrita con ordenador. El infeliz o la infeliz que me los está mandando no quiso mostrarme su letra. A lo mejor lo conozco o la conozco, aunque si es Pelambre creo que esa bestia ni sabrá escribir. La nota, que es una pregunta ofensiva, dice: «Si cayó el imperio de Alejandro Magno y el de César y el de Napoleón, ¿por qué no va a caer el de una pobre diabla?». Me saca de quicio. El o la que está haciendo esto no tiene la mínima posibilidad de vivir más allá del día en que lo descubra. Me está haciendo padecer, pero se la guardo.

Mi mamá me dijo que Albeiro me había ido a buscar porque Catalina anda desaparecida desde hace varios días. Juro que no fui yo. Ganas de hacerla desaparecer no me faltan, pero esta vez no soy la culpable de su desgracia. Me da miedo que se la haya llevado el mismo que me está mandando los anónimos y la esté preparando para contragolpear. Eso sería fatal, pero tengo que estar preparada para todo. Y no sería raro que estén confabulados con Alberto Cerón, el periodista que me está fastidiando. Ya mandé seguirlo. Le están respirando en la nuca. Si no lo puedo matar, por lo menos lo callo. Es fácil. Como está casado, tengo que descubrirle una moza o alguna debilidad. En antecedentes de la Fiscalía me dicen que está limpio. Solo le aparece una denuncia por injuria y calumnia interpuesta por un político, pero la gente sabe que, en la pelea entre un político y un periodista, pierde el más desprestigiado, o sea, el político.

Danielita, que es mi compañerita y mi confidente, me dice que no me preocupe. Y como ella ve el mundo color rosa, y más desde que tiene juguete nuevo, Hernán Darío es su escolta, hace la siguiente lista de reflexiones: los anónimos no significan nada porque todo lo que dejó su papá es para ella;

el periodista es un pendejo que está buscando una noticia para que no lo echen del trabajo; Gato Gordo es un pobre jíbaro que se va a estrellar muy rápido, y Catalina no está ni desaparecida ni secuestrada:

—Se fue a putear a Bogotá, mamá. Se lo juro. Como la hermana.

—Ojalá sea eso, mi amor. Ojalá sea eso.

—Eso, o que la haya secuestrado un sádico, un pervertido de esos de las películas que las amarran varios días hasta que las descuartizan —me dice riendo.

A veces siento miedo de sus pensamientos. Uno quiere que los hijos no sean pendejos y que no se dejen pisar por nadie, pero Daniela es caso aparte. Se nota que me quiere superar en todo y eso implica que se convierta en alguien muy pero muy malvada.

Sea lo que sea lo que le haya pasado a Catalina, no me importa. Si no aparece, hago fiesta. Si aparece, le va a ir mal igualmente porque no los voy a dejar levantar cabeza. Le voy a decir a Octavio que, si no recogen rápido esa plata que les enterré por Tres Esquinas, para que se larguen de Pereira, recobro el dinero y se lo doy a alguien para que los liquide. Ya me harté de esa gente. Mi hija también. Ya ni siquiera siente que Catalina sea su competencia. Cuando la vean los del reinado se caerán de culo. Daniela va a Cartagena como sea. Tengo la plata para ponerla más linda de lo que es y para comprar a los jurados que elijan.

Me cabrea que Martina no me conteste. ¿Qué estará tramando esa pendejita? Por lo pronto, me concentraré en imponer respeto. Si dejo que Gato Gordo se independice así de fácil, los demás de la organización van a querer hacer lo mismo y eso acabaría con todo. Haré que pague su desafío.

Hoy es uno de los días más importantes de mi vida. Hoy me como a Catalina. No debería hablar así, pero los malos nos acostumbramos a llamar a las cosas por su nombre. Aunque si es el más importante es porque la quiero. Cada semana me estoy comiendo dos o tres niñitas, pero ella no es una más. Procuro que sean vírgenes porque esa es mi perversión, pero de las siete mil vírgenes, la propia, la real, la que más brilla, a la que más adoro es a ella, Catalina, la hija de una tal Hilda.

Siempre las quiero cero kilómetros. La que ya haya probado sexo no me interesa, ni siquiera de segunda mano. Mero machismo o lo que sea, pero la verdad es que no me interesan. El que paga pone las condiciones y yo tacaño no soy. A cada cría le doy su lana, su relojito, la mando de shopping con mis escoltas, pero a Catalina me toca darle, mínimo, una moto. Y si no me sale remilgada, si se comporta bien, le compro un buen carro. Que todos sepan que es mía, que nadie más la puede tocar.

Mi obsesión por Catalina no es de ahora. La he visto crecer. Le estoy haciendo la cacería desde que tenía once años y se empezó a poner buena. Yo en ese tiempo era mandadero de la Diabla. Viajaba a México cada dos semanas a traerle la lana del polvo que ella le mandaba a mi patrón. Pero al patrón lo mataron y yo me aprendí el negocio de memoria. Cogí la ruta que llega a África por Venezuela y aquí me ven. Ya me mando solito. La Diabla está enojada conmigo, pero qué se le va a hacer. Ella no es la dueña del mundo, ella no puede surtir todos los mercados solita. Por más poderosa que sea, debe saber que el negocio es grande, alcanza para todos.

Desde niñita, la hija de doña Hilda ya pintaba como reina. Era solo cuestión de tiempo para verla explotar en esa belleza que vuelve loco a cualquiera. Yo le mandaba notas con la Martina, su compañerita del colegio, que sí es una bandida de siete suelas, y siempre me daba esquinazo. Eso me agrada porque no me gustan las chiquillas tan fáciles y tan regaladas. Prefiero una virgencita terrible a una mugrosa mansa. Hay jefes que las cuidan como un tesoro, pero cuando no es porque las quieren para ellos, es porque les quieren sacar lana. Aquí menos que en Cuba, pero muchos pobres ven en sus niñas una forma de ganar unos pesos. Esperan a que crezcan un poquito con la paciencia con que un gato espera al ratón, hasta que salga de su madriguera. Las mamás se las ofrecen a uno. A veces los papás o los hermanos. A veces se ofrecen ellas mismas, como en el caso de Catalina. Me dice Martina que necesita plata para una venganza y plata es lo que tengo para darle, así la venganza sea contra el mismísimo presidente de la República. Y si me corresponde como es, con gusto, sin ponerse a llorar, y siento que sus besos no reflejan asco, soy capaz de dejarla para mí. Le pondré su apartamentito y le compraré lo que me pida. Ese culazo vale la pena.

Lástima que esta noche que he esperado tanto me agarre en plena guerra. La Diabla anda disgustada porque no le quise dar participación en la ganancia de un embarque que entregué en las Europas. ¿Y por qué tengo que darle participación si ella no me ayudó en nada? Se las da de Pablo Escobar o de Chapo Guzmán, queriendo controlar a todo el mundo, pero Pablo y Chapo solo hubo y habrá uno de cada uno. Uno muerto y el otro escondido, pero no hay dos. De modo que, si doña Yésica se quiere poner brava, que se ponga brava porque las cosas ya cambiaron. Ahora estamos de igual a igual. Puedo trabajar sin la bendición de ella ni la de nadie. Tengo quien me produzca, quien me compre y quien me regrese los verdes. Me los están tirando al agua, desde el cielo, a sacos.

Esto la tiene enojada. Hasta me mandó a decir que me atuviera a las consecuencias. Las consecuencias quiere decir plomo. Y conociéndola, me va a atacar. Pero aquí la estoy esperando. Solo le pido al diablo que me dé fuerzas para vencerla. Es muy poderosa, pero me estoy armando. Ya contraté veinte gatilleros. Me traje unos zetas y unos maras de México. En este negocio no basta con tener lana, lo importante es tener ejércitos para defender lo que se gana, porque en la mafia mata más la envidia que la DEA.

Bueno, que sea lo que sea. Yo me voy a ver a mi virgencita, a disfrutarla y a decirle que la amo. La verdad es que a todas les digo que las amo, pero a Catalina sí es verdad que la amo. Debe estar brava porque mandé que le pusieran las teticas, pero es que no aguanta una chavita sin su buen par de tetotas. Como le dije a Martina, para eso me como a un tipo igual de plano, aunque imbécil no soy. Pero se tendrá que contentar porque no tiene alternativa. Ahora me va a insultar y hasta me odiará, pero más adelante me va a agradecer haberle puesto esas siliconas.

En una sociedad ignorante y morbosa como la nuestra, a las mujeres lindas y buenonas les abren la puerta en todas partes. «Sin tetas no hay paraíso», dicen que escribió la hermana cuando la mataron, y la mugrosa tenía razón. Ojalá su hermanita haya aprendido la lección. Por lo pronto me tomaré mi pastilla azul antes de verla. No porque la necesite, sino porque quiero dejar una buena imagen. A mis cuarenta y cuatro debo parecer como los de dieciocho que a ellas les gustan. Estoy gordito, pero he bajado por lo menos quince kilos. Estaba en 165. Aun así, me quieren.

26

CATALINA

El lado oscuro del corazón

Hoy cumplo dos semanas de posoperatorio. Ya me quitaron los puntos que rodeaban la areola de mi pezón. Al parecer, me introdujeron las siliconas por ahí. El médico acaba de retirar las últimas vendas que me quedaban. Apenas me ha dejado unas pequeñas tiritas en los orificios por donde drené las heridas. Mis tetas son gigantes. A muchas les parecerán lindas, pero para mí son inmundas. Las siento como algo ajeno a mi vida. No me acostumbraré a verlas. Casi no me dejan ver el suelo. Nunca me resignaré a ser una chica de caucho.

Como me dijo Martina, solo tengo dos alternativas. Hacerme matar y violar sin ganar nada o acceder a los caprichos de Gato Gordo y llevar a buen término mi venganza, que ahora lo incluye a él. Cerraré los ojos y que sea lo que Dios quiera. Me dicen que el tipo viene a verme esta noche. Lo de verme es un dicho, porque seguramente viene a cumplir su sueño de poseerme.

Martina, que por miedo a que le digan algo en el barrio está viviendo aquí, me dice que el hombre está enfermo.

Que no hace sino hablar de mí y que hasta está pensando en echar a la mujer que tiene para casarse conmigo.

—¿Usted se casaría con Gato Gordo? —me ha preguntado un par de veces y las dos veces le he sido sincera:

—No está en mis planes ser la mujer de un asesino. Porque no hay narco que llegue a capo sin matar a muchos.

Es tanta su obsesión por mí que, al parecer, estuvo presente durante la operación. Me dice Martina que no le perdió movimiento al cirujano, que hasta lo puso nervioso.

—Usted es muy pendeja, amiga —me dice por no aceptar a Gato Gordo como esposo, y trata de ilusionarme con cosas que no me conmueven—: A esos manes los matan rápido, Catalina. Piénselo, se puede quedar con una buena herencia. Como hizo la Diabla, que se quedó con la plata de un narco y ahora quita y pone como si fuera un dios.

—Prefiero ser una pendeja a pasar el resto de mi vida al lado de un tipo despreciable —le advierto—. Me sentiría más pendeja de esa manera.

Todo este tiempo me ha servido para reflexionar sobre muchas cosas. Especialmente sobre mis papás. Pobrecitos. Deben estar desechos, acabados, muertos en vida. No merecen que yo les haga esto. Martina tiene razón en que me lo busqué cuando subí a esa furgoneta. Yo sabía a lo que venía. Tal vez no sospechaba que la maldad humana tuviera tantos matices, pero el riesgo estaba. Ahora estoy aquí, transformada en algo que nunca quise ser y esperando que un ser miserable y hasta desagradable me haga suya. No sé cómo haré para no llorar en ese momento. Martina me dice que no debo hacerlo porque Gato Gordo se puede llenar de ira.

—Les cabrea que las mujeres lloren porque se sienten malucos —me advirtió.

La ropa que me trajo para esta noche es muy fea. Muy vulgar. Una blusa escotada, seguramente para que se me vean los senos, y una falda muy cortita para lucir las piernas. Eso demuestra el ansia que debe tener el tipo de tocarme. Sé que será la peor noche de mi vida. Si pudiera retroceder en el tiempo, me arrepentiría, pero ya es tarde. Yo me lo busqué y aquí vienen a mi mente las palabras de mamá, más oportunas que nunca:

—A veces uno cree que se va a vengar de los demás y se está vengando de uno mismo.

Estoy frente al espejo. Parezco una puta. Así se visten las mamás de Adriana y Valentina los fines de semana. Martina me quiere maquillar, pero le digo que no es necesario. Sin embargo, insiste en que me ponga algo de colorete porque para ella estoy pálida. ¿Cómo no estarlo si no veo el sol hace tantos días? Como acepto, termina poniéndome pintalabios, rímel, sombras y brillos.

Mientras me transforma en casi un payaso de circo, pienso:

—¿Quién soy? ¿Qué hago? ¿Por qué estoy aquí? ¿Vale la pena convertirse en una mierda por satisfacer el lado oscuro del corazón?

Amor, sexo y guerra

No sé si esta sea la peor o la mejor noche de mi vida. Estoy llegando con Martina y cuatro guardaespaldas a la casa más grande y más lujosa que he visto. Dice Martina que solo la supera en tamaño y belleza la de la Diabla. Tiene jardines tan bien cuidados que parecen dibujos, fuentes, piscinas, jacuzzi, salas al aire libre, terrazas con parasoles y macetas gigantes con plantas exóticas, palmeras por todas partes y una caballeriza. Me cuenta Martina que se la compró hace poco a los hijos de un ricachón de Cartago que extraditaron hace un año. Entonces pienso... ¡Tanto matarse y matar por conseguir cosas que no se van a poder disfrutar!

Cuando la furgoneta en la que venimos se detiene, del vehículo que nos escolta bajan dos trabajadores de Gato Gordo y nos abren la puerta. Bajamos, Martina con ansiedad por lo que se va a ganar y yo con miedo. Caminamos hasta la puerta, que es más alta que tres personas subidas una sobre otra, y entramos a la casa. Y allí en la sala, al finalizar las escaleras dobles que flotan sobre una estructura invisible, vestido de la mejor manera que encontró, con dos whiskys en la mano y una sonrisa que delata su lujuria, aparece el famoso Gato Gordo. Es peor de lo que imaginaba. Más gordo, más feo y más ordinario. Es un hombre desagradable que me dobla la edad y me triplica el peso. Si pudiera salir corriendo sin morir lo haría ya mismo. De verdad que, cuando uno se mete en problemas sin medir consecuencias, las cosas salen más caras de lo pensado. Lo noto cuando el asqueroso narco empieza a bajar los escalones y, cuando desciende pesadamente del último, abre la boca:

—La estaba esperando, güerita —me dice acercándose con el licor en la mano.

Tiemblo de miedo, pero Martina me hace muecas para que disimule. Entonces sonrío mientras ella se despide.

—Los dejo solos, Gatico —le dice, y extiende la mano pidiendo su parte.

—Mañana le pago, cabrona, ¿o es que acaso crees que te voy a robar tu lana?

—No, Gatico, ¿cómo se le ocurre? Yo jamás pensaría eso de usted, sino que tengo que pagar unas cuentas mañana, pero tranquilo. Yo espero.

—Cabrona hija de la chingada pa' ambiciosa —le dice mientras camina en dirección a un maletín—. Ahora te pago. Espérame afuera, ¿o qué? ¿Quieres que hagamos un trío?

—No, gracias —dice Martina sonriendo. Es toda una payasa. Sabe cómo tratarlos.

Lo que es crecer sin madre.

—Tranquila, mi amor, que para usted es todo lo que queda en este maletín —me dice abriéndolo y dejando expuestos muchos fajos de dólares.

—No necesito plata, gracias —le explico—. No sé si Martina le comentó, pero yo quiero otro favor.

—Ya hablaremos de eso, mi amor.

Martina se despide. Me da un beso en la mejilla y, aprovechando la proximidad, me dice al oído que me porte bien, que sea complaciente y que no me niegue a nada porque este tipo me puede cambiar la vida. Le sonrío falsamente y ella se va hacia la zona de la piscina a esperarme. Yo me quedo temblando. El tipo cierra la puerta con seguro y me ofrece un whisky. Le digo que no bebo y que, además, estoy tomando drogas por el posoperatorio. Respeta mi argumento y se bebe ambos. Luego me dice que no quiere mucho preámbulo porque lleva años esperándome. Yo asiento con la cabeza y enseguida me pide que me empiece a desvestir.

—Primero hagamos el acuerdo —le digo.

—Ya le dije que me puede pedir lo que quiera. Usted me puede pedir cualquier cosa, menos matar a un tipo de la DEA. Si quiere le mato al presidente de este país, pero no me pida que me meta con los gringos porque esos sí saben para qué es el poder.

—No es alguien de Estados Unidos. Son dos personas de aquí, pero antes de que hagamos cualquier cosa quiero que me prometa que me ayuda a matarlas.

—Se lo juro por mi madre —me dice arrodillándose, pero me suplica que me desvista ya.

Me quito la blusa, después me quito los tacones, luego empiezo a quitarme la falda y el tipo se angustia cuando me ve en ropa interior. Me mira con ojos de loco. Se le agita la respiración y se frota las manos como un pervertido.

—A ver, mi morrita, quítese el sujetador —me dice mientras se quita la ropa con prisa, y agrega—: Quiero ver si la platica que le pagué a este güey estuvo bien invertida.

Me quito el sostén muerta de pena y, al vérmelas, el Gato Gordo se quiere desmayar. A pesar del peso, casi una libra, mis senos se quedan en el lugar donde estaban. La gravedad no opera en estos casos. El pervertido camina hacia mí mirándolas con un morbo que nunca vi en nadie. Traga saliva. Sus ojos están desorbitados. No quiero que me las toque. No sé qué decirle para evitarlo. Entonces se me acerca y me abraza, me sienta en sus piernas y me pide un beso mientras las acaricia. No sé qué es peor, darle el beso o dejarme tocar. Es una situación lamentable. Nota que le desprecio el beso y me las toca. Afortunadamente, no siento sus manos, no son mías, las siento ajenas. Insiste con el beso y tengo que dárselo sin que note mi asco. Muy cerca de sus labios asquerosos me detengo.

—No me preguntó a quién tiene que matar —le digo, y se pasma con rabia:

—No es momento de hablar de esas estupideces, mi amor.

—Es que no quiero seguir sin que eso quede bien claro, señor.

—Diga pues qué es lo que quiere y no me llame señor porque se me van las ganas a los pies y mando todo a la mierda. Y quítese todo porque le quiero hacer cositas que nunca va a olvidar, mamacita —me dice entrecerrando los ojos y pasando su asquerosa lengua por sus asquerosos labios.

—Quiero matar a dos personas —le digo con total seguridad.

Él se aterra.

—¿Es en serio? Pensé que me lo decía en broma. ¿Usted, tan jovencita, y ya se quiere cargar a dos?

—Sí —le respondo con frialdad.

—Pues diga quiénes son y los mando a chingar ya mismo. Por eso no se preocupe, que yo cumplo. Pero quítese esas bragas rápido, mi amor.

—Les llaman las Diablas. La mamá se llama Yésica y la hija Daniela.

Noto que a Gato Gordo se le van las ganas de poseerme. Enseguida se levanta asustado.

—Entonces, ¿es verdad? No le creí a Martina cuando me lo dijo.

—Si no puede matarlas, me da el dinero y yo consigo quien lo haga.

Suelta la carcajada y me pregunta:

—¡¿Sabe cuánto cuesta matar a una capo como la Diabla, cabrona?!

—No —le respondo.

—Mínimo cien mil de los verdes, y usted podrá estar muy linda y muy buena, pero esa cifra se la pago a la más famosa de las actrices o presentadoras, mi amor. Perdóneme la sinceridad, pero es así. Esa vieja está muy vigilada. Necesitas de más de cuatro gatilleros en motos potentes y un plan demasiado inteligente para matarla, mi amor. ¿Y sabe quién tiene la gente y la inteligencia? —pregunta mirándome, y luego se responde a sí mismo—: Yo, mi amor. Este gordito que te va a hacer feliz, ahora mismo, es el único capaz de darle en la cabeza a esa Diabla hija de la chingada. Nadie más. Es más, lo haría gratis, porque esa loca debe estar pensando en matarme. No es mala idea adelantármela.

—Prometa que lo va a hacer —le exijo mientras llegan a mi mente las imágenes de mis papás destrozados al salir de la cárcel.

—Lo prometo. Se lo juro.

Respiro tranquila. Cierro los ojos y que sea lo que Dios quiera. Ya no tengo escapatoria. Soy suya. Gato Gordo se lanza a besarme, pero le pido que concretemos:

—Antes de que me toque, quiero que me diga cuándo las va a matar.

Lo piensa, como queriendo no mentirme, y suelta lo que está pensando:

—Yo lo hago, pero me das tiempito, mi amor. Ah, y no me vuelvas a interrumpir porque te juro que te violo.

—¿Cuánto tiempo? —insisto para dejar las cosas claras, y me responde que mínimo un mes y que no me preocupe porque no será una molestia:

—En un mes mato a la Diabla y a la Diablita. Cuenta con eso, amor, pero ya no chingues más —me dice a gritos y me atrae hacia él con brusquedad.

Y me empieza a besar. Para soportar un momento tan desagradable pienso que los besos son de Hernán Darío. La de Gato Gordo es la segunda boca que me besa y la diferencia es abismal. Los besos de Nancho eran el cielo, los de este tipo son el infierno. Es horrible esto. Pero luego viene lo peor. Me alza con una fuerza descomunal y me lleva hasta la alcoba. Allí me lanza con cuidado sobre una cama más ancha que la sala de mi casa, mientras se quita la ropa interior.

Las sábanas son de seda y de un color parecido a la sangre inocente que derraman los toros en la arena, tal vez para la ocasión. La sangre de mi virginidad no resaltará. El obeso se hace cosas. No miro, trato de no sentir, le pido a Dios fuerzas para resistirlo. Cuando se queda totalmente desnudo, acerca su cochina boca a mis caderas y me empieza a quitar el panty con los dientes. Estoy totalmente desnuda y a su merced. Sus ojos están desorbitados y los míos aguantando las lágrimas para no desafiar su hombría. Y se empieza a montar sobre mi cuerpo con su miembro en la mano cuando la justicia divina hace su presencia en el lugar.

Varias ráfagas de ametralladora retumban por todos los rincones del lugar. Gato Gordo corre a ponerse los pantalones mientras busca su arma. Yo me cubro con una sábana y él me pide que me esconda.

—¿Qué está pasando? —le grito, y me dice, con la voz trémula y el semblante pálido, como todo buen cobarde, que la gente de Yésica está aquí.

Hecho un manojo de nervios toma su arma y la intenta cargar, pero es tarde, la muerte es más rápida. La puerta cae por un explosivo y un encapuchado entra y le descarga una ráfaga de ametralladora en la cabeza. Gato Gordo muere al instante. No siento pesar. Tampoco me alegro. Solo levanto las manos suplicando al matón que no me haga nada. El hombre me observa a través del pasamontañas y se me acerca. Le imploro que no me mate:

—Por favor. No me mate, no estoy aquí por gusto. Se lo suplico.

El encapuchado me mira a los ojos y me hace señas para que escape por la ventana. Me perdona la vida. Y en un gesto inesperado, hasta me ayuda. Debe saber que nadie se acuesta con un miserable de estos por gusto, y menos una niña como yo. O debe tener una hermanita en la misma situación. Por lo que sea, me deja escapar.

Yo me enredo en la sábana deprisa porque mi ropa está en la sala y salto por la ventana de la alcoba que da a la zona verde de la casa. No sé lo que sigue. La balacera es tremenda. Tiros rebotan por todas partes. Se escuchan gritos y granadas explotando. Oigo la voz de Martina, que suplica para que no la maten. Ojalá la perdonen igual que a mí. Quisiera detenerme y volver para ayudarla, pero ni tengo con qué ni ella es una amiga por la que merezca arriesgar mi vida.

Solo tengo piernas para echar a correr por el patio de la casa. Llego a un muro y lo trepo engarzando la sábana en el tronco de un árbol de una quinta vecina. La bajo del mismo modo. Estoy a salvo, gracias a Dios. Corro por el borde de la piscina de esa mansión que parece deshabitada y cruzo a la siguiente casa. La guerra se hace tenue a mis oídos.

Paso por las casas de los vecinos de la urbanización hasta llegar a otra mansión donde dos ancianos de avanzada edad dialogan a la luz de la luna como si no estuviese pasando nada. Después me entero de que están acostumbrados a los tiroteos. Les pido que me ayuden, que estaba secuestrada, y se movilizan con solidaridad. La mujer toma el teléfono para llamar a la Policía, pero le advierto que no pueden llamar a la Policía porque la Policía está corrupta. Aceptan y me dejan esconderme dentro de su casa, no sin antes juzgarme y hacerme muchas preguntas.

—Eso les pasa por meterse con esos tipejos —grita la mujer.

—Tiene razón —le digo sin ganas de explicarle las cosas.

—¿A ustedes les pagan por estar con ellos?

—Sí. De alguna manera, sí.

—O sea, que usted es una prostituta.

—Está equivocada —le digo—, ¿en qué se basa para decirme eso?

—Ninguna niña decente de su edad se pone unas lolas tan gigantes, señorita. ¿A quién trata de engañar?

Me quedo callada. Muy difícil pelear contra la razón. Pero el hombre se solidariza y le dice a su mujer que eso no importa, que lo importante es poner a salvo a la señorita. Me pregunta dónde vivo y le cuento que en el Galán. Se ofrecen a llevarme. Se lo agradezco, pero les pido que me presten algo de ropa. Les cuento cómo la perdí y me creen.

—No es nuevo. Los dueños de varias casas de por acá nos han acostumbrado a sus fiestas y balaceras —dice el anciano con resignación.

La señora me alcanza un par de prendas suyas que me vienen bien, puesto que ella es un poco gruesa y eso hace que mis senos se camuflen un poco. Tras un debate interno, la pareja decide no ir hasta mi casa. Piden un taxi por teléfono y me regalan el dinero para pagarlo. Les agradezco en el alma el gesto y me voy, más preocupada que feliz, pensando en el momento de llamar a la puerta de mi casa, en ese instante en el que mis papás me vean así de tetona y su correspondiente exigencia de explicaciones. Entonces me lleno de temor y decido no volver a mi casa. Le pido al taxista que me deje donde Adriana.

Adriana se demora en abrir la puerta. Debe tener miedo. El taxista me agobia y le pido que se vaya. Con mi disfraz de señora puedo andar sin despertar sospechas. En caso de que Adriana no abra, puedo ir a casa de Valentina.

Al momento, escucho una voz sin saber de dónde sale:

—Cata, Catalina. Aquí.

Es la voz de Adriana. Miro hacia la casa, pero no la encuentro. Me vuelven a llamar y descubro que está junto a Valentina, camufladas ambas en el antejardín de un vecino. Me saludan con alegría. Nos abrazamos. Se aterran al sentir mi par de globos de caucho sobre sus pechos y llegan las mil preguntas:

—¿Andabas operándote?

—¿Por eso te perdiste dos semanas?

—Entremos a algún lado y ahora les explico todo.

Entramos a casa de Valentina. Su madre está trabajando. Allí dentro las pongo al tanto de todo: la trampa de Martina, la cirugía, el posoperatorio amarrada a una cama, los besos que con asco extremo le llegué a dar a Gato Gordo, la ráfaga que le pega el encapuchado que después me ayuda a escapar, en fin, todo.

Mis dos amigas lloran de rabia y maldicen a Martina por inducirme a tanto dolor. Valentina me recuerda que mandó amenazarlas con un tipo en una moto para que no contaran nada.

—Nos hemos tenido que esconder de todo el mundo, Catalina —me dice Adriana un tanto preocupada.

—Hasta de sus papás, que vienen a cada rato a preguntar por ti. Ha sido horrible.

—Qué pena, amigas, créanme que nada de esto estaba en mis planes.

Adriana no se aguanta la curiosidad de conocer el resultado de la cirugía. Me hace quitar la blusa de señora y me las mira durante largo tiempo. Luego me pide permiso para tocarlas y se lo doy, sin morbo alguno. Ella las palpa con cuidado, pero me llega a incomodar. Hasta que Valentina le pega en las manos y le dice que «ya no más». Mientras las cubro de nuevo, les pregunto por mis padres y me dicen que están inconsolables, que no dejan de buscarme y de esperarme.

—Don Albeiro viene todos los días a preguntar por ti. El pobre ya no sabe adónde más ir, hermana —me cuenta Adriana.

—Y su mamá no sale. Debe estar deprimida —agrega Valentina.

—Deprimida no, resignada —opino yo que la conozco más.

Luego me aconsejan que vaya a visitarlos porque «se pueden suicidar esos pobres».

—Con estos senos tan grandes no voy a aparecer. Entonces sí es verdad que se matan de tristeza —les advierto.

—¿Entonces? —preguntan angustiadas.

—No sé. Me las quiero quitar, pero el médico me dijo que si me operaba antes de seis meses podría tener problemas graves. Tengo que pensar en algo. Tengo que prepararme... ¿Qué les voy a decir cuando me vean así? —Me miro las montañas desagradables que porto encima y concluyo—: ¡Los voy a matar de la desilusión!

Entre todas buscamos soluciones. Valentina me dice que no es malo del todo. Que tener tetas de silicona es el sueño de muchas y que yo ya las tengo. Adriana me dice que el problema no es tenerlas o no tenerlas, sino quererlas tener o no quererlas tener, y ese es precisamente mi caso: no las quiero tener. No me siento yo misma. Parezco una señora cargando dos niños.

La bendita carta

Superado el tema les pregunté sobre el porqué de la carrera hacia la furgoneta el día que Martina vino a por mí, y llegamos a un tema doloroso.

—Queríamos que leyeras la carta antes de que te fueras.

—¿Qué pasó? ¿Qué dice? ¿La leyeron?

—Ahí dice algo importante.

Me la muestran, me dicen que hay algo que debo saber. La abro con presentimientos encontrados y leo con absoluto asombro. Descubro, para mi desdicha, que, de haber leído esa carta antes de subir a ese carro, no tendría los senos gigantes.

—No puede ser cierto. Mi hermana nos ha dejado cincuenta mil dólares.

—Es lo que queríamos que supieras.

—De haberlo sabido, no me hubiera ido con Martina a buscarme esto.

—Lo imaginamos —exclama Adriana con pesar—, por eso salimos corriendo a contarte.

—Donde el semáforo dure otros diez segundos, los alcanzamos.

—Así es la vida de estricta —les digo pensando en ese instante que determina un cambio.

Ya las recuerdo viéndolas venir hacia la furgoneta antes de que el semáforo cambiara. En ese momento me empecé a quedar dormida. Algo me dieron. Es el segundo en el que nos cambia la vida. Si no me hubiera dejado presionar por Martina y leo la carta, nada de esto estaría pasando. Pero ya sucedió. Como dice mamá, es llorar sobre la leche derramada. Ahora tengo que mirar hacia adelante.

—Tiene que ir a por esa plata, Catalina —opina Valentina.

—Claro que sí. Aquí está la plata para los sicarios.

—¿Qué dice, Catalina? Vuélvase seria. Su hermana dice que esa plata es para que se vayan del barrio —advierte Adriana.

—Pero las cosas han cambiado. Es lo que quiere Yésica y no le voy a dar el gusto. Que sufra. Esa plata es para pagar a los matones.

—No necesitas hacer eso. Cuando Daniela te vea operada se muere —opina Valentina con un tufillo de burla, y algo de sentido les encuentro a sus palabras. Después sentencia—: Quiero verle la cara.

—Ella se muere de envidia, pero mis papás se morirán de pesar —les digo.

—¿Les hablarás a tus papás de este dinero?

—No. Ellos no deben saberlo. Quiero pedirles un favor. ¿Me acompañarían a sacarlo? El mapa parece claro.

—Yo sí voy. Pero ¿cuándo? —pregunta Valentina.

—Mañana mismo —les digo, y ambas asienten.

Son incondicionales. Las abrazo y les doy las gracias por tanto apoyo. Les digo que las quiero y me piden hacer un pacto a lo mosqueteros. Una para todas, todas para una. ¿Quién no acepta algo tan bello y tan sincero?

Adriana me entrega el dinero que me adelantó Martina y me advierte:

—Ya lo contamos, hay tres millones.

—Bueno. Es algo. Podemos mantenernos un tiempo mientras cambiamos los dólares de mi hermana. Incluso puedo enviarles algo a mis papás —les digo entusiasmada, explicando—: Los pobres están sin blanca.

Pero Adriana me recomienda que no lo haga porque eso haría que mis papás salieran a buscarme temprano, dificultando nuestra salida hacia Tres Esquinas, que es donde está el tesoro escondido.

—Yo no me haría tantas ilusiones —dice Valentina.

—¿Por qué?

—Esa plata lleva más de quince años enterrada. Debe estar podrida.

—Hasta no verla no lo sabremos —le digo—. ¿Me van a acompañar o no?

—Con usted hasta el cementerio, Cata —me dicen, y nos preparamos para emprender el viaje.

Justo a las cinco en punto de la mañana partimos en busca de ese tesoro. Más parece un viaje fascinante que otra cosa. Saber que debemos llegar al punto señalado con una equis roja en el mapa nos transporta a las historias de piratas que nos contaron de niñas.

Aunque el dinero es para mí, ellas lucen más felices. Amistades sinceras, diría papá.

27

ALBEIRO

La casa está más triste de lo que es

La casa está triste. Más triste que antes. Más triste de lo que ya era. Más triste de lo que siempre ha sido. Hilda llora inconsolable. El barrio está convulsionado. Catalina lleva dos semanas y dos días desaparecida y nadie la ha visto. Sus dos mejores amigas tampoco aparecen desde ayer. Los libros de mi niña siguen durmiendo debajo de su colchón y su uniforme escolar sigue colgado de un gancho de alambre asido a una puntilla de acero que sobresale de la pared. Fui esta mañana al colegio a ver si veía a las hijas de Ximena y Vanessa, pero la directora del centro me dijo que no fueron a estudiar hoy. De Catalina me dice que, si no regresa como máximo en una semana a clase, perderá el curso. Es una lástima porque es su último año. La soñaba graduándose de bachiller con su toga y su birrete adornando esa sonrisa hermosa que tiene.

Hilda cree que Yésica mandó hacer desaparecer a Catalina para que Daniela gane el reinado, y ahora a sus amigas por haber sido testigos del secuestro. Como si nos interesara el bendito reinado ese. También piensa que Martina se las llevó a putear a Cali o a Bogotá. Con rabia en los ojos me dice que prefiere lo primero.

—Antes otra muerta que otra puta en esta casa. Aunque no soy tan pesimista, yo estoy a punto de perder la fe. Acaba de irse un nuevo día y con él las esperanzas de que regresen sanas y salvas a sus casas. Todo es confuso y doloroso. Es como regresar a los tiempos en que Catalina la Grande se perdía durante semanas, sin decir nada, y pido a Dios que no sea así porque ella siempre aparecía saludando con su sonrisa cínica, después de meses, como si se hubiera despedido minutos antes.

El tiempo corre y no sabemos qué hacer. Vanessa y Ximena hoy no fueron a trabajar. Están marchitas, ajadas, irreconocibles. Llevan encima el peso de la humillación. Cientos de hombres con sus malas energías las han apagado a tal punto que cuando llamaron a nuestra casa no las reconocimos. Aunque no han sido las mejores madres, también están preocupadas por sus hijas. Hilda les sirve café y las hace sentar en las cajas de madera mientras conversan sobre las medidas que debemos tomar.

—Ya fuimos a todos los hospitales y comisarías de la ciudad y a los de los municipios cercanos. Llevamos dos semanas en esta angustia —les cuento.

—No están ni accidentadas ni enfermas —exclama Hilda suspirando.

Vanessa y Ximena piden que vayamos a casa de doña Imelda. Conocen a la Diabla mejor que nosotros y saben de lo que es capaz. Deducen que el odio que nos tiene, especialmente a Catalina la Pequeña, hizo metástasis en su hija y que eso la pudo haber llevado a tomar decisiones radicales.

—Ya fuimos y no conseguimos nada —les expliqué—. La señora, muy grosera, nos cerró la puerta en la cara.

—Esperemos un poco más. Mañana viene un periodista que nos está ayudando a investigar y él nos puede dar alguna esperanza.

—Yo solo espero un día más —apunta Ximena—. Si no aparece, me voy a buscarlas en Bogotá. Allá las autoridades no están corrompidas por la Diabla.

—Y yo me voy con Ximena —exclama Vanessa.

Se les nota decididas a luchar por lo único que les queda en la vida, el amor de sus hijas.

Todos quedamos de acuerdo y decidimos cumplir el compás de espera.

Un viejo del barrio, al que llaman el Sabio, nos pide que no nos preocupemos. Con una sonrisa mueca mientras expulsa el humo de un tabaco nos asegura que la mayoría de las desapariciones de jovencitas están relacionadas con fugas amorosas. Hilda pone mala cara. Conociéndola, prefiere que Catalina esté muerta a que se haya fugado con algún mafioso.

Vanessa y Ximena nos cuentan que a sus hijas y a Catalina las han visto con Martina, la hija de Paola, y hasta su casa vamos a buscarlas. Sabemos que Paola no está, pero sí su mamá, que es una vieja remilgada que nunca pudo con el carácter de su nieta. La señora Norma nos dice con mal genio que por esa casa no han ido nuestras hijas y que Martina tampoco la visita hace más de una semana. En fin. Catalina se perdió.

Mientras llega la medianoche, Hilda y yo recorremos las calles del barrio buscando pistas, alguien que las haya visto. Pero nada. Ya cansados, nos sentamos en el parque a esperarla. Hilda y yo nos sentimos muy frustrados en la vida. Tantos cuidados, tanto pensar en su futuro, tanto aislarla del mundo para que en tan poquitas semanas se nos haya esfumado toda esperanza de ver crecer a nuestra hija sin sentir sufrimiento alguno. Entonces Hilda me dice que ese fue el error. Diseñar todo para que nosotros no sufriéramos sin tener en cuenta sus sentimientos, sus necesidades. Y esa es una verdad absoluta. En esta edad difícil, los padres no pensamos en los hijos, sino en nosotros mismos, en lo que vamos a sufrir con ellos cuando cambian de carácter y de comportamiento. No los interpretamos y por eso se nos van de las manos.

Todo el tiempo he tratado de estar calmado, manteniéndome positivo para no empeorar el estado de ánimo de Hilda, pero ya son las once de la noche sin noticias de la niña y eso me consume. Las lágrimas que contuve durante tantas horas revientan la represa de valor que les había construido y me inundan de dolor. Ahora es Hilda la que me abraza y me consuela. Le digo que hemos fracasado como padres y que eso debería ser suficiente para pensar en morirnos. Nunca le propuse a Hilda que nos matáramos, pero le juré, por mi Dios y por la Virgen, que, si a Catalina le pasaba algo, me mataba.

A las doce de la noche nos encontramos nuevamente con Ximena y Vanessa y nos vamos todos a casa de doña Imelda. Ella aparece enfadada por la hora y más con las ínfulas que da el tener el edificio más alto del barrio. Ya empezaron a construirle el quinto piso para ganarle al de don Jaime, que tiene cuatro. La mamá de la Diabla nos dice que no sabe ni mierda de nadie y que hagamos lo que nos dé la gana, pero que la dejemos dormir. Luego nos vuelve a cerrar la puerta en la cara y apaga las luces de la casa. A pesar de su grosería, sus palabras parecen sinceras. Si es verdad que Yésica les hizo algo, tampoco tendría por qué saberlo. Entonces Hilda les pregunta a las mamás de Adriana y Valentina si saben dónde vive Yésica y ambas niegan con sus cabezas tristes.

Nada que hacer. Solo resta esperar a que vuelvan ellas, o noticias de ellas, para saber si vale la pena seguir viviendo en este mundo o si ha llegado la hora de pagar la derrota con un tiro en la boca.

Al día siguiente, llega el periodista. Está más nervioso que la primera vez que vino. Se le nota paranoico y angustiado.

—¿Le pasa algo? —le pregunta Hilda, y enseguida contesta:

—Creo que me están siguiendo. Ya he visto gente rara por los alrededores del periódico y de mi casa. Para llegar aquí tuve que despistar a un carro sospechoso.

—Si es la Diabla, va a saber que nos estamos entendiendo con usted y eso no es bueno para usted ni para nosotros —exclama Hilda alarmada.

—Lo sé, pero no se preocupen. Esta puede ser quizás la última vez que me vean. Siento que me van a matar.

—Ay, señor, no diga esas cosas —le dice Hilda mientras se persigna, pero el periodista se olvida de lo dicho y nos cuenta a lo que vino:

—Estoy a punto de descubrir una fuerte conexión entre Yésica Beltrán y dos coroneles de la Policía del departamento. Tengo pruebas de pagos suyos a los oficiales disfrazados por supuestas ventas de obras de arte y otras cosas. También estoy descubriendo conexiones entre políticos de la zona y ella.

—¿Alguien conocido?

—Dagoberto López, Octavio Rangel, José Miguel Lopera... Son varios.

—¿Este Octavio Rangel no es Octavio, el que ha venido a que le vendamos la casa, Hilda?

—Es este —nos dice Alberto enseñándonos la foto del político involucrado con la Diabla, y cuál será nuestra sorpresa al ver que es el mismo hombre servicial que nos recogió a la salida de la cárcel y que desde hace varias semanas viene insistiéndonos para que le vendamos la casa.

Hilda y yo hacemos un silencio largo. Entendemos que, si Yésica y él son amigos, algo se traen entre manos. Incluso con la carta que no hemos querido leer.

—¿Pasa algo? —nos pregunta el periodista interesado.

—Lo conocemos —dice Hilda señalando la foto de Octavio, y concluye—: Está intentando meterse en nuestras vidas hace un tiempo. Ahora entendemos muchas cosas.

Le contamos de su interés en comprarnos la casa y el periodista nos dice, mientras toma apuntes:

—Encaja perfectamente.

—¿Qué cosa? —le pregunto.

—Yésica los quiere lejos. Comprándoles la casa logrará su cometido.

—¿Y por qué nos quiere lejos? Nunca le hemos hecho nada —observa Hilda.

—Porque ustedes son su mayor amenaza. Por eso creo que están dejando pasar un tiempo precioso al no ir a ver a la persona que les mandó el acta de matrimonio de su hija con Marcial Barrera. Yo de ustedes hubiera ido hace mucho tiempo.

Hilda y yo nos quedamos pensando. Pero ella es pesimista.

—¿Y si es una trampa?

—No puedo asegurar que no lo sea. Pero podemos llamar a esa persona y citarla en un lugar público. No nos hará nada en un lugar con cámaras. Yo me ofrezco de nuevo a acompañarlos.

Tras pensarlo detenidamente, decidimos dar el paso. Marcamos al número que venía en la carta adjunta y al otro lado de la línea contestó una voz, a todas luces distorsionada. Era un voz rara, miedosa. Alberto se hizo pasar por mí.

—Pensé que no iban a llamar —le dijo un hombre como con un trapo en la boca.

—¿Acaso soy la única persona que llama a este móvil? —preguntó el periodista.

—Lo compré exclusivamente para que ustedes llamaran. Llevo más de dos semanas esperando su llamada.

—Bueno, pues aquí estoy, ¿qué es lo que quiere?

—Antes de nada, identifíquese.

—Me llamo Albeiro Marín.

—¿Cómo se llama su esposa?

—Hilda Santana.

—Quiero que sepan algo muy importante, pero debo verlos en persona.

—¿Qué quiere?

—Confíen en mí. Tienen que venir a esta dirección. ¿Tiene con qué anotar?

—Díctela.

Según Alberto, es una dirección que queda en un apartamento por la zona de la circunvalación.

—Es un lugar exclusivo. Ustedes verán si quieren arriesgarse. Yo lo haría.

Hilda está indecisa. Todos estos sucesos la han vuelto insegura. Sin embargo y para sorpresa de los dos, es quien toma la iniciativa:

—Está bien, vamos.

—¿En serio, mi amor?

—Albeiro, nuestra hija está perdida. Dígame algo peor que podamos perder…

Y tiene razón. Enseguida la apoyo y con la compañía del periodista nos vamos a buscar la dirección. Es una cita a ciegas con un desenlace incierto, pero, como dice Hilda, nada tenemos que perder. Nuestro mayor tesoro ya está perdido.

28

ALBERTO

Las mafias del poder

Muero dentro de pocos días. Ese es mi destino. Ese es el destino de quienes nos atrevemos a desafiar a las mafias del poder. No puedo esperar otro final en este muladar de sociedad donde vivo. Aquí, como dijo Malcolm X: «Si no estáis prevenidos ante los medios de comunicación, os harán amar al opresor y odiar al oprimido. Con una hábil manipulación de la prensa, pueden hacer que la víctima parezca un criminal y el criminal, la víctima».

Y yo seré víctima dentro de poco, porque la prensa de esta ciudad está comprada, está alquilada, está chantajeada y está filtrada por los malos. Y, para terminar de cumplir la sentencia de Malcolm, terminaré tiroteado, como un criminal, con un letrero que diga: «Por violador». También es posible que en los medios aparezca el alcalde o el gobernador a decir que, lamentablemente, mi muerte tuvo por móvil un ajuste de cuentas por parte de narcotraficantes o redes de corrupción.

Mi familia saldrá a limpiar mi nombre, porque saben que jamás he cometido ni siquiera un delito menor, ni siquiera he meado en la calle, y a los cinco minutos recibirán amenazas. A mi hermano John Freddy le dirán que su hija Sofía se ve muy linda con el uniforme del colegio Altamira. Y a mi hermana Fanny le dirán que a su esposo Marco Antonio le luce mucho su auto Honda Civic blanco modelo 2015. Y los callarán a todos. Y mi nombre se olvidará en un rincón de las noticias judiciales del periódico al que con mi esfuerzo y honestidad ayudé a dar lustres y prestigio. Y mi honra terminará en corrillos de personas allegadas diciendo:

—¡Increíble!

—¡Nos tenía engañados a todos!

—¡Yo nunca imaginé que Alberto fuera así!

—¡Qué peligro!

—¡Y nosotros que le dimos toda nuestra confianza!

Aquí los buenos aparecemos crucificados en las redes sociales por cuenta de esas mafias que, para limpiar su imagen a través de la calumnia y la desinformación, pagan a hordas de desempleados para que asesinen el buen nombre de las personas que los combatimos. Terminan convirtiendo a esos pobres, cuyo nombre rimbombante es el de Community manager, en completos sicarios morales. Aquí los buenos son los que matan, los que roban, los que engañan, los que compran votos, como el esposo de la Diabla, Aníbal Manrique, quien en la noche de la elección iba perdiendo por cinco mil votos frente al candidato Ramón Andrade, pero amaneció ganando por un margen igual. No sé de dónde le aparecieron diez mil votos en pocas horas, pero le aparecieron y ganó. Hoy es el alcalde y patrocina desde el poder los desmanes de su esposa Yésica Beltrán, la mujer que me va a matar.

Tienen asesores expertos en imagen y medios de comunicación coartados con miles de millones en publicidad para sembrar una imagen amable, tranquila, fresca, confiable ante la ciudadanía. Por eso, cuando los investigamos o los atacamos, solo somos periodistas con ganas de protagonismo. Solo somos terroristas con ganas de incendiar al mundo. Solo somos resentidos porque nunca pudimos llegar adonde están ellos. Los malos somos los que no encajamos en el sistema, los que no recibimos tajada, los que no tenemos precio, los que denunciamos desde el romanticismo que nos producen palabras como «un nuevo país», «una nueva sociedad», «un mundo ideal».

Cuando era pequeño, mamá solía decirnos a mis hermanos y a mí, fuimos ocho en total, que el mundo se dividía en dos: los que estudiaban y los que no estudiaban. Yo estudié. Hoy veo que fue un craso error. Debí quedarme ignorante para no haber llegado a entender cómo funciona la inmundicia. Debí quedarme en la oscuridad para no ilusionarme con un sol que solo brilla para los que actúan de manera torcida. Debí dejarme absorber por la felicidad que da la falta de conocimiento. Y no lo digo con resentimiento. Esa es la cruda realidad. Cuanto más sabes, más te decepcionas; cuanto más conoces, más lejos de la verdad estarás. Como diría el filósofo Alberto Cerón: ¿El conocimiento para qué? Sencillo, para una mierda. A menos que seas de ellos. A menos que te entregues. A menos que te ofrezcan tu precio. A menos que seas cobarde. A menos que seas el científico que se entrega a la multinacional farmacéutica que te paga para que ocultes la fórmula para curar el cáncer, porque los pacientes de esta enfermedad les llenan sus cuentas con billones de dólares. A menos que seas el periodista que tapa lo que descubre por una oferta. A menos que seas el ingeniero que construye sin los materiales debidos para que el político se quede con la mayor tajada del presupuesto. A menos que seas el juez que arrodilla a la justicia a favor de los corruptos para lograr un puesto en la Corte Suprema. A menos que seas un hampón, un avezado delincuente que engrane con su sonrisa cínica en esto que los pillos llaman «democracia», pero que no es más que una bandidocracia.

Una bandidocracia como la que tiene montada Yésica Beltrán en esta ciudad. Controla la Registraduría para que su esposo gane elecciones. Controla la Procuraduría para que nadie lo investigue. Controla la prensa para que le tapen su pasado y las cagadas del presente a su cónyuge. Controla la Fiscalía para que, en caso de alguna demanda, esta sea archivada o precluída. Controla la Policía para que sus cargamentos con droga puedan circular libremente hasta la costa chocoana en el Pacífico, desde donde zarpa en submarinos adaptados hasta Centroamérica. Controla el aeropuerto para que sus mulas puedan salir con sus estómagos repletos de droga y regresar con sus cuerpos entapetados de dólares. Controla el erario para otorgar partidas a los corruptos que apoyan sus fechorías desde el concejo o las asambleas. Controla todo. La palabra «Dios» le queda pequeña. Aquí se hace su voluntad. Y nadie la puede tocar. Es invulnerable. La inmunidad es a ella lo que la arena al mar.

Pero yo no soy un idiota más de los que celebran los chistes de los payasos que manejan el sistema. Por estupidez o por dignidad estoy fuera de ese molde que los sociólogos callejeros llaman «comité de aplausos». Voy a luchar contra esos molinos de viento y los voy a derribar, aunque sepa que ese día glorioso miles de zombis me digan por las redes sociales: «Resentido hijueputa, cómo se atreve a calumniar a la única persona que ha hecho algo por esta ciudad». A lo mejor no lo logro, pero el solo hecho de haberlo intentado me hará sonreír a la hora de recibir los cuatro o cinco balazos que acierte en mi cabeza mi verdugo motorizado.

Podría irme de la ciudad y esconderme en la capital o emigrar a otro país para salvarme, pero qué sentido tendría. Me sentiría más muerto que el día de mi velorio. Viviría con vergüenza de mí mismo por haberme arrodillado ante la maldad. ¿Qué vida podría tener un hombre que siempre buscó la verdad viviendo una mentira? Ninguna. Por eso me quedo. Me quedo a defender mis principios. Me quedo a defender a unas personas indefensas a las que el Estado, que es el alcalde, en vez de proteger, persigue.

La tarde que entré en esa casa de los Marín Santana, comprendí por qué llevamos casi setenta años en guerra. Es imposible que haya paz en un país donde la gente va a la cárcel sin cometer un solo delito, mientras los criminales y corruptos gozan de impunidad. Un país donde esa misma gente vejada sale y encuentra su casita, levantada con el esfuerzo de toda una vida, sin una sola teja, sin taza del baño, sin puertas ni ventanas. Por ellos he decidido quedarme. Si mi amigo, el doctor Rico, dio la vida por esa niña hermosa que un día maldito entró por azar en su consultorio, yo daré la mía por mi amigo, por la niña y por sus padres. Es la única manera de poner fin a la cadena de infamias. Aunque la muerte de Ernesto no se haya investigado y aunque la prensa vendida haya dicho que su muerte obedeció a un atraco, yo voy a demostrar que a él lo mató la Diabla.

Las víctimas representan a los humildes, a los buenos, a los golpeados y, muy pronto, a los desplazados por los poderosos que lo quieren todo. Porque no me cabe la menor duda de que, después de mi muerte, vendrán a por ellos. Y una de dos: o los matan o los desplazan, porque ya se volvieron incómodos para el engranaje de la mafia.

Así sea lo último que haga en la poca vida que me queda, dejaré preparado un completo dosier contra Yésica Beltrán. Le tengo pisada la cola. Le estoy respirando en la nuca. Tengo más pruebas para hundirla de las que ella imagina: lo que pasa es que no las puedo revelar ahora porque se pierden en el tiempo. Las tomará un fiscal amigo suyo, se las pasará al procurador que es amigo suyo, las enviarán a un juez que es amigo suyo y terminará absuelta y mandándome a la ruina por calumniador. Ojalá fuera solo eso. La única esperanza es llevarlas a la capital. Si la investigación final proviene de las altas esferas, tan malas como la Diabla, pero con algo más de alcurnia, es posible que prospere.

Por eso debo mantenerme vivo el mayor número de días posible y esperar. Debo cuidarme porque me persiguen, me escuchan, me hackean y hasta querrán meterse con mi familia. Esa mujer es mala. Perversa. Jamás en mis veinte años de periodismo me topé con algo semejante. Es el nervio de una organización poderosa. Si quiero prolongar mi vida, debo mantener en secreto mi investigación. Eso sí, me encargaré de enviarla a mis amigos en el exterior para que, cuando me maten, la hagan pública.

Si me alcanza la vida, probaré que la mitad de la fortuna de la Diabla le pertenece a doña Hilda y a su familia. Pero como es gente digna, gente honesta, será muy difícil conseguir que la reciban. De todas maneras, lo intentaré, porque aunque ese dinero esté manchado de sangre, como dice doña Hilda y con toda la razón, a mí me parece que hace menos daño si lo maneja la gente buena que si lo sigue manejando la gente mala. En manos de Yésica Beltrán, esa fortuna es muerte. Esa fortuna retoña para multiplicar sus pecados. Paga sicarios, soborna funcionarios, arrincona a la justicia y envenena a la juventud. En manos de doña Hilda, Catalina iría a la universidad y se prepararía para ser algún día una persona de bien, o como yo: un temible criminal acribillado por una vendetta, o una triste víctima ilustrada.

El siguiente paso, que me parece fascinante porque sé que detrás se esconde algo grande e importante, es saber quién es el remitente de los anónimos. Saber si esa persona está interesada, realmente, en que doña Hilda recupere la fortuna que dejó su hija o en debilitar la estructura criminal de la Diabla.

29

CATALINA

Ya no me miran a los ojos

Ayer salimos de la casa de Valentina a las cinco y treinta de la mañana, porque la mamá llega entre las seis y las siete todos los días. Atravesamos el parque en diagonal y, cuando alcanzamos la esquina opuesta a la de mi casa, vimos a papá como una paloma mensajera, mirando a todos lados, como jugando a la suerte el camino a tomar. Adriana me dice que sale todas las mañanas a buscarme. Valentina, que estaba camuflada tras el árbol más grueso y frondoso del parque, un samán tan alto como la casa de doña Imelda, lo fue siguiendo y nos cantó sus movimientos por el móvil. Cuando papá llegó a la manzana del colegio, nos escondimos detrás de un bus hasta que Adriana nos llamó para contarnos que ya había entrado. Dicen que suele pararse en la fachada hasta que entra el último alumno de la clase. Aprovechamos el camino despejado y corrimos hasta la 30 de Agosto.

Con tres macutos, tres botellas de agua, dos palas, un cuchillo de cocina, un bizcocho cortado en trozos, mil pesos de pan, una linterna y el mapa que dejó pintado Catalina, partimos en busca del dinero.

Llegamos al centro de la ciudad andando y de allí caminamos hasta la terminal de buses. Tras analizar el mapa, tomamos un autobús interdepartamental para ir hasta las afueras de la ciudad. Una hora después, nos bajamos en un lugar llamado Tres Esquinas, que no es más que un caserío pobre y sin gracia donde pareciera haber más perros que humanos. Allí, en medio de gallinas picoteando el polvo en busca de piedritas blandas y el aburridísimo coro de un montón de perros de todas las razas ladrando, revisamos nuevamente el mapa mientras tomábamos agua.

Un par de campesinos muy decentes, un hombre y una mujer de la tercera edad, aparecieron preguntando si buscábamos algo. Les agradecimos su gentileza, pero les dijimos que nos encontrábamos bien y que no necesitábamos nada. Nos despidieron lanzando adioses con sus manitas arrugadas y en medio de sonrisas inocentes.

Una serie de flechas en el mapa nos condujeron por un camino polvoriento de unos tres kilómetros que hicimos a pie. Según el croquis, esa vía nos conduciría a una vereda de nombre El Matorral. Decían las instrucciones que debíamos llegar a una cervecería ubicada en plena esquina de la calle principal, cuyo nombre es La Viejoteca de Antonio. Cuando llegamos a ese sitio, que no es más que una cantina de mala muerte, un grupo de borrachos salieron a molestarnos. Nos rodearon, nos dijeron cosas, nos invitaron a «tomarnos una» y fue allí donde empecé a extrañar mi anterior apariencia. Antes, los hombres me miraban a la cara, me decían cosas muy lindas de mis labios, de mis mejillas, de mi pelo, de mi piel, del color claro de mis ojos. Ahora no me miran la cara. Las miradas de todos, absolutamente todos, se dirigen a mis senos. Es increíble el magnetismo que ejercen un par de tetas en una sociedad morbosa.

No nos quedó otro remedio que echar a correr sin mirar atrás. Cuando logramos evadirlos, retomamos las señales del croquis y nos internamos por unos cafetales en plena cosecha. Allí se nos acabó la poca tranquilidad que nos quedaba. Cientos de recolectores de café nos empezaron a piropear de la manera más absurda. Unos nos decían reinas, reinitas, mamitas, mamacitas, otros nos dijeron putas, putitas, prepagos, culiprontas. Algunos nos preguntaron qué hacíamos tres colegialas castas por esas tierras buscando lo que no se nos había perdido, otros nos defendieron pidiendo a sus compañeros que nos respetaran. Uno de ellos los llegó a asustar con una reflexión sumisa:

—No vaya a ser que las señoritas sean familiares de los patrones y nos estemos metiendo en un lío bien jodido, compañeros —dijo un viejo de piel manchada por el sol.

—Son prepaguitos —opinó otro de ellos, y justificó sus palabras—: ¿No ves las tetotas que mandó ponerse la más pequeña?

Saliendo de los cafetales empezamos a creer, por paranoia o porque a lo mejor era cierto, que alguien nos perseguía. Lo notaron mis amigas, aunque cuando miraban hacia atrás no veían a nadie. Corrimos espantadas durante muchos minutos, el reloj dirá que cinco, nosotras que cien, y ya sin aire y sin piernas nos escondimos en un abrevadero. Y no estábamos equivocadas. Las sospechas de estar siendo seguidas no fueron falsas. Al momento pasaron dos hombres de mal aspecto que parecían estar persiguiéndonos. Contuvimos la respiración y, en voz baja, tomamos decisiones.

—Son las cuatro de la tarde, no vamos a llegar al sitio, sacar el tesoro y volver de día. Y de noche no me meto por acá ni loca. Si queremos regresar con luz, debemos hacerlo ya —opinó Valentina, la más miedosa de las tres.

—No nos vamos a ir de aquí sin ese dinero —les dije—. Si quieren volverse, las entenderé, pero yo sigo hasta que encuentre lo enterrado.

—Yo me quedo contigo —advirtió Adriana.

—Ni loca —susurró Valentina—. Voy con ustedes.

Les agradecí el gesto con un apretón de manos, pero debo admitir que esta decisión tenía sus riesgos. ¿Qué íbamos a hacer tres adolescentes trasegando por montañas, fincas y ríos por la noche y con cincuenta mil dólares encima? Miráramos por donde lo miráramos, era peligroso.

Cuando los hombres que nos persiguieron volvieron a pasar de regreso, Valentina nos pidió, llorando con miedo, que nos volviéramos inmediatamente. Pero yo me mantuve firme:

—Lo siento, Valen, pero yo no regreso sin esa plata.

—Cata, yo me comprometí a acompañarla hasta las últimas, pero dese cuenta de las cosas, hermana. ¿No se da cuenta de que nos pueden agarrar por aquí solitas y nos hacen lo que quieran?

—Si es por peligro, Valen, no se le olvide que vivimos en la misma manzana de la mamá de la más peligrosa de todas. Como dicen por ahí, uno no se muere la víspera, amiga. Si nos ha de pasar algo, nos pasa aquí o en el lugar más seguro —opinó Adriana logrando calmarla. Sus palabras nos dieron alas para seguir.

—No creo que seamos sensatas, pero somos valientes —les dije mientras reanudábamos la marcha.

Después de volver a la ruta que nos trazaba la carta, el mapa nos desvió por un camino de herradura hasta llegar a un tanque elevado que surte de agua al caserío. Según las indicaciones, debíamos cruzar la cerca de una finca y bajar unos cien metros en busca del lecho de un arroyo de nombre Río Verde.

Con los últimos rayos del sol, logramos hacer contacto con esas aguas cristalinas y poco correntosas donde lavamos nuestras caras.

Tras un corto descanso y después de ingerir algunos alimentos, empezamos a caminar por la ribera de ese riachuelo que según el mapa nos conduciría, tras una caminata de ochocientos metros, hasta el lugar que buscábamos. Es un tramo difícil, porque a veces debíamos sumergirnos entre las aguas frías del arroyo para poder avanzar por entre piedras lisas que parecen huevos de dinosaurios. La oscuridad empezó a perseguirnos y muy rápido nos alcanzó. Con todo en penumbras, por fin, divisamos un puente antiguo, hecho de piedra, debajo del cual, según el mapa, se encuentra el dinero.

Nos abrazamos por la hazaña, pero Valentina nos recordó que nos faltaba sacar el dinero y luego regresar a oscuras, porque si prendíamos la linterna los hombres iban a llegar como moscas a una bombilla. Entonces, encontrando razón en la reflexión de Valentina, les pedí tomar entre todas una decisión que podría traer consecuencias graves en nuestras casas:

—Amigas, yo pienso que deberíamos quedarnos hasta el amanecer.

—¿Cómo se le ocurre, Cata? ¿Es que no se da cuenta del peligro que estamos corriendo?

—Porque me doy cuenta de eso es por lo que les digo que mejor nos vayamos mañana con la luz del sol, Valentina. ¿No cree que es más peligroso andar por cultivos y ríos y matorrales sin poder siquiera prender la linterna?

La discusión terminó con mi corta reflexión. Además, Adriana aseguró, con cierto humor, que en sus casas jamás las iban a echar de menos por la noche, pues sus madres nunca estaban. Yo sí pensé en la angustia de mis papás, pero ya habían pasado más de dos semanas. Guardé la esperanza de que un día más no los terminaría de matar.

El griterío de la naturaleza a medianoche es monumental. Sobresale el canto sincronizado de los grillos. Los sapos también se hacen sentir. Las aves duermen y el frío empieza a azotarnos sin misericordia. Para generarnos algo de calor, nos abrazamos las tres bajo ese puente viejo. Sentimos un miedo enorme ante la posibilidad de que apareciera una tarántula, un alacrán o una culebra. Cualquier ruido nos hacía gritar y sacudirnos. A veces entre risas, a veces llorando de miedo. Sentí que no fue buena idea quedarnos, pero ya no había tiempo para los arrepentimientos. Teníamos que esperar a que pasaran las horas para empezar la excavación del tesoro. Así lo llaman ellas, aunque para mí solo sea una suma que algún malo guarda bajo tierra para no pagar impuestos.

Valentina dijo que, si Catalina, mi hermana, no empacó bien esos billetes, podíamos encontrarlos podridos o rotos por la humedad. Adriana opinó que a ella no le importaba cómo estuviera esa plata. Que lo más importante era haber hecho este paseo; «El más chévere de mi vida», aseguró, sin que ni Valentina ni yo supiéramos a qué se refería con ese calificativo. Yo solo sabía que estábamos sentadas sobre el dinero que me curaría las heridas del corazón.

—¿Qué piensas hacer con ese dineral, Catalina? —me preguntó Adriana, y le respondí al instante, porque durante todo el camino lo había distribuido en mi mente:

—Cinco mil para ustedes dos, cinco mil para que mis papás resuelvan sus problemas, treinta y cinco mil para pagar al sicario que les corte la respiración a las Diablas y cinco mil para mandarme a quitar estas siliconas, Adriana. Quiero volver a ser natural como era antes. Le voy a demostrar a este puto mundo que sin tetas sí hay paraíso.

30

YÉSICA

Imponiendo respeto

Tuve que matar a Gato Gordo. Es la única forma de imponer respeto en este negocio. Es un mensaje para todos los que trabajan para mí. Que sepan que de mí nadie se burla. Que sepan que a mí nadie me roba, que yo soy la que mando y que a mí nadie me viene a joder. Espero que el escarmiento les sirva a los demás.

Mi mamá me llamó temprano, como nunca lo hace. Y me sacó de quicio. ¿Cómo me va a preguntar si tengo a la hija de doña Hilda, si yo a esa culicagada hijueputa no le he vuelto a hacer nada? Entonces le pregunto que por qué me pregunta eso y me dice que doña Hilda y Albeiro volvieron, pero esta vez con Ximena y Vanessa, a preguntar por sus hijas a medianoche. ¡Qué falta de respeto!

Supongo que están perdidas, pero con lo loquito que es uno a esa edad, seguro que andan follando con los novios en algún rastrojo o en Medellín. Martina me jura que no estaban anoche cuando mis muchachos llegaron a matar a Gato Gordo. No sé si trata de proteger a Catalina o si le da miedo que me entere de que se la había servido en bandeja de plata al traidor ese, pero no cambia su versión.

Cuando mis hombres la encontraron, estaba en la sala de la casa. A Gato Gordo lo mataron en el cuarto principal, pero no había nadie con él. Martina dice que el difunto se la iba a comer a ella y que el vestido cortitico que encontraron mis hombres en el suelo era de ella. Lo dudo, porque a él solo le gustan los virgos y la Martinita ya está más usada que las sandalias del judío errante.

Entonces, ¿dónde anda la malparidita esa de la Catalina? Ya son más de dos semanas desaparecida. Martina quedó en entregarme unas fotos suyas en ropa interior, para liquidarla en las redes sociales, pero tampoco sirvió de nada. Me dice que la estúpida se las mandó hacer del cuello para abajo. Me jura que las próximas serán de cuerpo completo y desnuda. Ojalá sea cierto porque, si la logramos extorsionar en Facebook, la sacamos de la carrera y no podrá postularse como candidata a nada.

—Mire pues, Martina, que usted está muy evasiva conmigo —la amenazo—, si no me consigue fotos completas de la niñita esa, la saco de la nómina. Gente inepta, ¿para qué?

Se queda callada, pero no se pone nerviosa. Ha aprendido. Es espabilada. Para tener dieciséis añitos, sabe mucho. No la mato porque, por mi culpa, Paola está presa en otro país y lo único que me hizo prometerle, a cambio de no involucrarme, es que cuidara de su hija. Pero le exijo porque quiero que sea la segunda Diabla. Ella tiene que aprender el oficio que me dio plata y fama. Tiene que ser tan buena proxeneta como fui yo. Para eso la estoy entrenando desde pequeña.

—Para conseguirle esas fotos primero tiene que aparecer —me dice con lógica, la pendeja.

Tiene razón. Por eso llamo a mi esposo para que investigue con sus funcionarios si saben algo de ella y de sus dos compinches. Aníbal me dice que los papás van a la comisaría todos los días a denunciar la desaparición, pero que no les han aceptado la denuncia. Y coincide mi marido conmigo en que deben andar puteando. Entonces llamo a Octavio para que me averigüe el chisme. Le digo que vaya a la casa de los Marín y me investigue todo. Como nunca me niega un favor, me dice que ya mismo sale para allá. Le recuerdo que se le está acabando el tiempo para que me saque a esa gente del barrio y me responde que hoy mismo me resuelve lo de la carta. Le digo que, si no lo hace, mañana mismo mando desenterrar mi plata y que se jodan todos.

Otro encargo que me tiene que hacer es el de hablar con el periodista Cerón. He estado persiguiendo al tipo y no da carnaza. No tiene mozas, no tiene vicios raros. No frecuenta lugares escandalosos. Como que ya aprendió que, cuando uno les jode la vida a los demás, debe tener muy pulcra la propia. Le hice hackear sus cuentas en Twitter, en Facebook y en Instagram y no habla de cosas raras con nadie. Resultó santurrón el hijo de puta: pero que le busco la ruina, juro que se la busco. Es que, si no lo hago, él me la va a encontrar a mí. Me preocupa que el perro fue ayer al barrio, pero se les perdió a los que lo estaban persiguiendo. No he podido averiguar adónde entró, pero lo voy a saber. Y a las últimas, si no encuentro de dónde agarrarlo, me la juego y lo mando a matar. En este país de reinados y farándula, los escándalos duran poco, la indignación por la muerte de alguien querido dura menos que la espuma que produce un Alka-Seltzer.

En tres meses son las fiestas del pueblo y ya el comité me confirmó que Daniela va de reina por el Barrio Galán, donde vive mi mamá. Me dicen que, si quiero que gane, tengo que untarles las manos a los tres del jurado. Serán actores, humoristas o presentadores, pero toca escogerlos bien porque la mayoría no se dejan corromper. Entonces le digo al director de ferias y fiestas que antes de contratarlos les pregunten, de frente, si se prestan para recibir sugerencias del Comité de Ferias y Fiestas, o si no que se abran.

Daniela se está poniendo muy bonita. Ahorita se encuentra tomando rayos uva. Mañana va para el masaje moldeador, tiene dos gorditos en las caderas que no quieren desaparecer, y pasado mañana a clases de pasarela. No es porque sea mi hija, ni porque tenga plata, pero mi hija está preciosa. Gana sobrada. Si compro al jurado es para asegurarme, porque de la que pierda es capaz de matarse. Ya me lo dijo y la creo, porque depresiva y caprichosa como ella no hay dos. Ah, y enamoradiza. Desde que Hernán Darío trabaja para mí, lo tiene loco de un lado para otro. A mí se me hace que ese muchacho le gusta, pero ella me dice que no. A lo mejor le da pena contarme que está enamorada de un pobretón de siete suelas, pero, si me contara, yo le diría que a su edad estuve con peores. Ay, no, mentira, se decepcionaría de mí.

Mejor me voy a dar una vuelta por donde mi mamá a ver cómo va la obra del quinto piso. El ingeniero ya me dijo que debemos reforzar las columnas o la casa puede colapsar. Mejor lo llevo para que él personalmente revise la estructura y nos diga qué hacer.

A mí no me quieren en el barrio y eso me importa un culo. Yo soy la más y todos ellos no me llegan ni a los tobillos. No son nada. Al bagazo, poco caso, como dice mi mamá. Yo la quiero mucho, pero es que a veces me busca la lengua. La otra vez me dijo que se quería operar las tetas y hacerse la lipo. ¿Ya para qué?, le dije. Una, a los cincuenta y ocho, ¿para qué silicona?

—Más bien váyase a hacer un viaje bien rico, que yo se lo pago —le dije, pero como que no le gustó la idea.

Ella está con el cuento de operarse y operarse y me va a tocar darle la plata porque a veces se pone cansina. A lo mejor es que se quiere levantar a un chavalito de veinte, ja ja ja. Nada de raro tendría. Si hubo una mujer a la que le gustaron los hombres fue a ella. Pobrecita. Todos tenemos derecho. De hecho, ya fue a ver al cirujano y parece que hasta cuadraron fecha para la cirugía. Qué viejita tan loca. A la edad de ella, yo aspiraría a ser directora de aduanas nacionales. Hablando de la reina de Roma, ahí me está llamando. Debe ser para pedirme plata porque nunca llama para otra cosa.

—Hola, mamita.

—¿Qué hay, mi amor, cómo está la niña?

—Bien, madre. Estudiando y preparándose para el reinado.

—Qué bueno, mi amor. Debe estar feliz.

—Sí, señora, pero necesito que me cuente qué se dice en el barrio por la desaparición de la hija de doña Hilda.

—No, si le contara, mija. Eso aquí hay un revuelo terrible. Por ahí como que mataron a un mexicano... A este que le decían Gato Gordo. Dicen que el tipo tenía a la Catalina esa y ahora resulta que no era él. ¿Entonces quién?

—¿Quién dijo que Gato Gordo tenía a Catalina?

—Rumores de la gente, mi amor. Dicen también que Albeiro, el marido de doña Hilda, se iba a pegar un tiro y como que alguien lo vio y lo llegaron a evitar. No, mejor dicho, eso por aquí está difícil.

—Averígüeme bien todos esos chismes, mamá.

—La Ximena y la Vanessa como que no fueron a putear anoche porque andan de arriba para abajo buscando a las hijas. Como que también se les largaron. Yo no sé, pero todo esto me huele mal.

—¿Si voy un ratico me cuenta bien las cosas, mamita?

—Claro, mi amor, pásese por aquí con mi nietecita, que las quiero ver. Aquí les echo todos los chismes. ¿Les preparo su bandeja paisa?

—Estoy llenita, pero prepárela, yo miro a ver cómo le hago hueco. Recojo a Daniela en el spa y me paso por allá.

—No se demore, mamita, voy a asomarme a la ventana porque hay un alboroto terrible. ¿Quién sabe qué habrá pasado?

—Corra, mire y me cuenta.

Al momento entran Daniela y Hernán Darío. Mi niña viene pálida. Así se pone cuando sabe que alguien me está jodiendo la vida. Trae en sus manos un sobre. Por su color, sospecho que es otro de los anónimos que me siguen llegando.

—Mire lo que llegó, mamá. —Me lo entrega y me cuenta con cara de venganza—: Yo ya lo miré.

Lo abro y saco de dentro una nueva acta matrimonial y una hoja como el doble de grande, que está doblada. Es un papel más grueso. Lo desdoblo y encuentro escrito, con sangre, al parecer humana, una palabra que no me es indiferente. Dice «Guerra», en letras grandes, chorreadas, rojas.

31

ALBEIRO

La dama de la oscuridad

Llegamos a la dirección que nos indicó la persona que respondió al teléfono. Es un edificio lujoso, de los más lujosos de la ciudad. En la primera planta hay carros importados. Hay escoltas. Hay policías. Eso nos da algo de seguridad, pues no creemos que alguien se atreva a hacernos algo si está del lado de la ley. El periodista nos dice que nos puede esperar en algún lugar cercano, porque si entra con nosotros y nos pasa algo, quién lo denuncia. Hilda se llena de miedo ante tan crudo comentario. Alberto sonríe y nos dice que no lo dijo en chanza. Y al final tiene razón. No sabemos lo que nos espera allá adentro.

—Si le da miedo, yo voy, mi amor —le digo para que no sufra, pero Hilda es de las que no me deja solo por nada.

—Entremos. A la buena de Dios.

Y entramos. Como no sabemos a quién vamos a visitar, preguntamos. Marcamos el número que está escrito en la carta y de nuevo nos contesta la voz extraña. Nos dice que digamos que vamos al penthouse 1201.

Seguimos muy extrañados. Ya sabemos que la persona que está detrás de los anónimos no es pobre.

En portería damos el dato del lugar hacia donde vamos y uno de los guardias se comunica por interfono con la persona que habita el último piso.

—Que pasen —nos dice el celador, pero nos pide un documento.

Hilda y yo nos miramos pensando en que no es buena idea dejar rastros de esta visita, y le pedimos que le diga al señor que, si esa es la condición, nos vamos. De nuevo el celador se comunica y obtiene permiso para dejarnos pasar sin dejar el documento. Uno de los hombres de seguridad nos acompaña hasta el ascensor y nos autoriza el viaje con algo de desconfianza. Dentro del ascensor, Hilda me aprieta las manos con las suyas, que están frías.

—¿Quieres esperarme afuera, mi amor? —le pregunto de nuevo, pero me responde que conmigo hasta el fin del mundo.

Recibimos una llamada del periodista y le decimos que todo está bien... Hasta ahora.

Llegamos al piso 12 y el ascensor se abre directamente en una sala muy pero muy lujosa. A primera vista, predominan el mármol blanco y una panorámica imponente sobre la ciudad. Al segundo aparece un hombre de color, bien vestido y de mirada fija. Más alto que educado.

—Pasen, por favor. ¿Vienen armados?

—No —le respondo, pero no me cree.

Se nota desconfiado. Entonces me pide hacerme un cacheo y se lo permito.

—A mi esposa no la puede registrar —le advierto, y el hombre se muestra de acuerdo.

Luego nos manda sentar y nos pregunta si queremos algo de beber. Ni Hilda ni yo aceptamos. Lo único que queremos es hablar con la persona que nos citó.

—¿Es usted la persona que nos quiere ver? —pregunta Hilda, y como veo que el hombre se extraña, complemento la pregunta:

—Es decir, ¿es usted con el que hemos hablado por teléfono?

—Ah, no —nos responde sonriente, y aclara—: El señor ya sale.

A los dos minutos aparece el tal señor. Es un hombre bajito, ya mayor, como de unos setenta o setenta y cinco años, de caminar lento, pero firme. Se le nota amable. Apenas nos ve, nos saluda con la mano con algo de familiaridad:

—Mi señora —le dice a Hilda con respeto, y a mí me saluda con un:

—Hola, joven.

Luego nos hace pasar a otro lugar de la casa. Es un estudio donde también hay muebles cómodos. Yo diría otra sala.

—¿Quieren beber algo? ¿Un whiskisito, un café?

—No, muchas gracias. Vinimos a su cita para que nos aclare de qué se trata todo esto. ¿Por qué nos manda el acta de matrimonio de mi hija con el señor Marcial Barrera? —le aclara Hilda con valentía.

—Es muy sencillo, mi señora. Yo soy Marcial Barrera, el exesposo de su hija Catalina, y he regresado a reclamar lo mío.

Del cielo caen tambores. Todos resuenan en nuestros oídos. Lo que acabamos de escuchar es de locos. Estamos hablando con el esposo de Catalina en persona. Un mito viviente en nuestra memoria. Hilda no sale del shock que le produce la revelación, pero se atraganta con las preguntas.

—¿No estaba usted preso en Estados Unidos?

—¿Qué quiere de nosotros?

—Vamos por partes, mi señora —le dice con voz pausada, y se acomoda como para charlar largamente—. En primer lugar, yo sí fui el esposo de su hija. Fue una niña a la que quise muchísimo. Otro día les cuento los detalles de la separación, porque eso hoy no viene al caso. En segundo lugar, yo sí estaba preso en Estados Unidos. Estaba condenado a veinte años, pero me han dejado salir faltando cuatro años para cumplir mi condena, por un arreglo que hice con la DEA. Y tercero, ¿que qué quiero de ustedes? Sencillo. Que reclamen lo que les pertenece. La mitad de la fortuna que maneja hoy la Diabla es de ustedes. ¿Así o más claro?

Hilda y yo tragamos saliva. Nuestras manos sudan, nuestras bocas se secan. Estamos ante un acontecimiento que puede cambiar nuestras vidas. Sin embargo, Hilda impone sus puntos de vista:

—Mire, don Marcial, y mucho gusto conocerlo.

—El gusto es mío, mi señora. Su hija hablaba mucho de usted. La adoraba.

—Qué bueno saberlo, muchas gracias, pero le voy a decir lo que pienso. En primer lugar, nosotros no estamos interesados en reclamar nada.

—Hilda, espere —le digo tratando de interrumpirla antes de que lo termine de estropear, pero su voz fuerte y su voluntad se imponen:

—Déjeme terminar, amor, y si quiere después habla usted. —Ante mi silencio, continúa—: Como le decía, don Marcial, nosotros no estamos interesados en salir de pobres con un dinero que, con todo respeto y usted lo sabe, está manchado de sangre, y no nos digamos mentiras porque es así. Y en segundo lugar, no nos vamos a exponer a que la Diabla esa nos haga desaparecer. Porque usted la conoce, es la mujer más peligrosa que ha dado este mundo. Yo también le puedo contar todo lo que nos ha hecho un día de estos. Pero si se trata de vengar lo que esa mujer nos ha hecho a mi familia y a mí, si se trata de hacerle pagar el habernos destruido y humillado, si es para eso que nos necesita, puede contar conmigo. Puede contar con mi vida y con mi sangre. Puede disponer de mis días y mis noches porque, aunque usted no hubiera aparecido, yo ya estaba en conversaciones con Dios. Le dije que me iba a apartar de sus enseñanzas por un tiempo para irme a esta guerra por la dignidad. Quiero encontrar a mi hija y nada ni nadie me puede detener. Quiero que Yésica y su hijita paguen, con intereses, sus fechorías. Así que le reitero, cuente conmigo.

—Y conmigo —me apresuro a decir abrazando a mi esposa.

—Muchas gracias. Noto mucha dignidad en sus palabras y sé que haremos un gran equipo. Nuestra venganza debe operar como una empresa. En cuanto a no reclamar mi herencia, entiendo sus razones, doña Hilda, pero tal vez no ha entendido. Cuando le dije que vengo a por lo mío es porque me estoy preparando para una guerra. Una guerra muy dura y violenta. Una guerra a muerte, y eso cuesta dinero. Sé a qué me enfrento. Sé el cuervo que crie cuando creí en el montaje que le hizo a su hija al llevarla donde el Titi para después contarme a mí y hacerme separar. Sé de lo que es capaz esa alimaña, que me entregó a la DEA después de que yo le di mi amor, mi confianza y una hija. Después de que la preferí a ella, amando a Catalina. Pero para que estén tranquilos, yo también quiero que sepan algo: fui su maestro. Yésica es mi creación. Sé cómo destruirla. Sé cómo enterrar a esa Diabla hijueputa. Aunque me toque regresar a la cárcel por mil años más, en una celda de dos metros, sin ver el sol durante días enteros, sé que el mundo no me va a perdonar hasta que la devuelva al lugar de donde jamás debió salir: la oscuridad.

FIN.

Continuará...